它会在适合的时间与你相见，
可能是春雨中，
可能是冬雪后，
我亦如此。

我在最温暖的地方等你

刘墨闻 著

九州出版社
JIUZHOUPRESS

图书在版编目（CIP）数据

我在最温暖的地方等你 / 刘墨闻著. —北京：九州出版社，2014.12（2015.5重印）

ISBN 978-7-5108-3406-6

Ⅰ. ①我… Ⅱ. ①刘… Ⅲ. ①短篇小说—小说集—中国—当代 Ⅳ. ①I247.7

中国版本图书馆CIP数据核字（2014）第292647号

我在最温暖的地方等你

作　　者　刘墨闻　著
出版发行　九州出版社
出 版 人　黄宪华
地　　址　北京市西城区阜外大街甲35号（100037）
发行电话　(010)68992190/3/5/6
网　　址　www.jiuzhoupress.com
电子信箱　jiuzhou@jiuzhoupress.com
印　　刷　北京慧美印刷有限公司
开　　本　880毫米×1230毫米　32开
印　　张　11.5
字　　数　180千字
版　　次　2015年3月第1版
印　　次　2015年5月第4次印刷
书　　号　ISBN 978-7-5108-3406-6
定　　价　36.00元

目录

目录

Sun.

相爱这件事，
我们都是新手

我在最温暖的地方等你

女人也好，猫咪也好，我们不确定有些人会需要我们多久，但是起码有一段时间他们与我们体肤相依，不可分离，所以人才要花那么长的时间去寻找一个需要自己一辈子的人啊。

我有个朋友，他叫少志，名字中含着长辈满满的期望。他也不负众望，果然“少年得痔”。私底下，我们都叫他烧纸。他非常反感这个名字，觉得太不吉利了，我们也配合着说他的名字就是我们纪念他的方式。烧纸说：“哎呀，我草你们大爷的。”

大学时，我和烧纸住对床，所以他有什么事都喜欢和我唠叨唠叨。毕业后，我们一起工作一起租房，隐私二字在我们之间等同于扯淡。烧纸是个文艺青年，满腹的风骚诗词，因为口才特别好，所以从小到大学校的演讲比赛、主席台上讲话这种少先队员干的事烧纸一样没落下。烧纸走过许多大好河山，经历过许多次化险为夷和艳遇未遂，他经常以此为荣，信誓旦旦地说他的胸毛里长满了故事。刚上大学时，他就疯狂地迷上了吉他，学吉他当然是为了把妹，但是不得不承认这孙子吉他弹得很棒。但是他歌唱得实在太难听了，在学校的时候，如果他不唱歌光弹吉他，会有女孩子围着他转，如果他边弹边唱，会被很多保安追。

后来，这货找我们商量对策，抱怨说：“这也不是办法啊，老子一张嘴，她们就跑，有那么难听吗？就像有口臭一样？”一个哥们儿转身去超市买了瓶口香糖递给他，他一脸无辜问：“干啥？”我答：“是你的益达。”烧纸咆哮：“是你大爷！”

我打趣他：“你不是喜欢给无知小妹妹讲故事吗？你可以一边弹曲儿一边讲故事啊。”

这货若有所思一阵子后说就这么干了。原以为他只是心血来潮，后来有人告诉我，学校附近的酒吧有个哥们儿一边弹吉他一边讲故事，夺了不少学生妹妹的芳心。我心想坏了，这货来真的了。

某天，我也抽风去那个酒吧随便点了一杯，想听听这孙子如何笑谈人生。没想到这孙子讲得有模有样，每每动情之处，配合一小段哀曲儿和便秘的表情，偶尔也会简单唱几句。我不知道人们是因为烧纸的故事而忍受了他的歌声，还是因为他的吉他而听全了他的故事，也不确定观众是不是在故事里找到了自己的影子，互相抚慰。但是人们喜欢这种释放，藏了太多的故事，说出来多了一些人分担也未尝不是一件好事。

仓央嘉措说：一个人需要隐藏多少秘密，才能巧妙地度过一生。这佛光闪闪的高原，三步两步便是天堂，却仍有那么多人，因心事过重而走不动。

烧纸曾有过一个恋人，爱屋及乌，所以我们都叫她纸人。纸人也是个纯纯的文艺范儿姑娘。烧纸经常当着我的面回忆他第一次见到纸人的那个时刻。再平常不过的某一天，烧纸正在学校边儿的酒吧里讲故事，纸人穿着一件墨蓝色针织衫和浅棕色长裙，她出现时，烧纸的视觉系统自动把除她以外的地方都打上了马赛克。于是，烧纸拿出了自己压箱底的一个故事——一段最刻骨铭心的爱情，一边嘲弄自己，一边配合便秘的表情，一边弹着意境悠远的曲儿，连哄带骗地打动了纸人，直到最后终于追到手。

后来，烧纸告诉我，纸人那时候刚失恋，是他的故事让她的心再起波澜。有一次，纸人听烧纸讲故事感叹了一句："你要是也会唱歌，那该多好。"

纸人和烧纸在一起一段时间以后就分开了。分手那天，烧纸想给纸人再弹一曲，再说一个故事，妄想以言表涕零挽留纸人，可是纸人淡淡地说不用了，起身就走了。后来，烧纸知道纸人和一个会唱歌的白面小生好上了，那哥们儿有传说中修长的手指和性感的嗓音。相较之下，烧纸虽心有不甘，但终究作罢。

不能挽留的就假装成全呗。

谁都明白，纸人刚失恋就遇到了烧纸，满腔伤痛的注意力终于得以转移。在被时间治愈的过程中，她需要像烧纸一样的人，为她赴汤蹈火，唯她马首是瞻。被爱情冲昏了头的烧纸也明白，这份第二杯半价的爱情到底难以长久，可是他只想爱，用力爱，所以没有谁投入得比谁多。爱情这件事分工明确，有人辜负就得有人买醉，不过是各取所需。人不能一辈子总听故事，我们能偶尔尝试点新鲜的，听一个人一边弹曲一边叨逼叨，但是好吉他终究得配好声音。

有时，我们拿自己的伤痛换来共鸣的病友，可是这样的一时冲动，会让我们在一起病多久？有多少人有耐心在你尽是沦陷的过往中寸土必争地收复失地，又有多少人愿意提着城市的疲惫安慰你，听你诉说尽是哀怨的回忆？这个忙碌的世界不允许，每个人都有自己的故事，我们只有想方设法地让自己尽快痊愈，无论状态好坏都必须上路，只是不想错过对的人。

失恋的烧纸不太爱说话，也不再跟我们一起吃饭一起玩，他爱上了一个人的生活。有一次，他在公园边救了一只快断气的野猫。他努力地救活了这只猫，将它当作自己的伙伴。他把对前女友心有不甘的情绪全部投射到这只猫身上，将它照顾得无微不至。日子一天天过去，烧纸把一个浪迹天涯的少年猫侠硬生生养成了一个膘肥体健的猥琐猫叔。

突然有一天，我和烧纸发现猫叔的裆部有了非常明显的变化，猫叔的蛋蛋变得越来越大。开始时，烧纸以为是整体增长带动局部发展的原因，所以没有过分在意。可是那天猫叔的蛋蛋格外大，仿佛即将成熟脱落的葡萄，吹弹可破，爆出欲望的清汁。这让烧纸非常担心，他怕自己的爱宠还没来得及到世界播种，就先一步“瓜熟蒂落”。猫叔每天用各种方式向他撒娇浪叫，烧纸被逼无奈，就信誓旦旦地对猫叔说：“你说我能怎么办？你也不会打飞机，我也不能手把手地教你。”

某天，烧纸回家以后发现猫叔已经离开了，招呼也没有打一声。也许是在烧纸早上出门的时候顺便溜了出去，也许是在我下楼取快递的时候逃之夭夭。总之，它去风流快活了，留下烧纸守着一盆猫粮、一个沙发和一夏黄昏夕阳斜。

烧纸难过地对我说：“你看，连一只猫的需求我都满足不了。”

烧纸说罢了，一场寂寞凭谁诉，算前言，总轻负。

我难过地拍拍他肩膀，可是亲爱的烧亲，每种生物在不同的阶段需求的东西是不同的。女人也好，猫咪也好，我们不确定有些人会需要我们多久，但是起码有一段时间他们与我们体肤相依，不可分离，所以人才要花那么长的时间去寻找一个需要自己一辈子的人啊。

我们大醉了一场，酒后失态，他一边念着纸人的名字，一边说起他们的种种过往。我听着他们一路走来的故事，忽然明白，爱情里，我们都是一介武夫，被情绪左右，勇敢爱上而丧失所有智慧。把自己过多的期望投射在对方身上，付出很多，也渴望得到更多。原来真的没有人喜欢孤独，只是更害怕失望。

后来，烧纸依然坚持在酒吧说故事。状态不佳，虽然他也尽量使自己痊愈，毕竟刚有一点点粉丝和小小的名气，无奈失恋让他过于沮丧，他闷闷不乐，更不想说话。身为他的好基友，我不得不尽量在闲暇时陪着他，听他念叨念叨那逝去的爱情，永别的风华。

有一天，他对我说:“野子，今天你帮我讲故事吧，我只是弹，你来讲。”

我说：“好，那我就讲一个。”我坐在台边的转椅上拿起麦克，看着台下稀疏的客人。

我上大学的时候遇见过一个女生，那时，我们都处在情感的空档期，彼此暗生情愫，每天彻夜长谈，却又不捅破这层窗户纸，生怕赤裸裸地袒露了心知肚明的来意，这种热恋之前的感觉就扬长而去。谈过恋爱的都知道，这种感觉其实最好。可是最后女孩熬不住了，先推开了窗户想看看我。我被她的唐突吓了一跳，急忙推搡，年少爱玩的我，还不想结束这样的暧昧。最后女孩不再和我说话。又过了一段时间，她和她的同班同学相恋，那个男孩非常棒，善良忠厚，家境殷实。别人问我难过不，我说谈不上难过，只是偶尔有些小失落。

大学毕业后，他们两人一起到日本留学，准备毕业就归国结婚，羡煞旁人。今年年初的某天，她在网上问候我，闲谈几句。我恭喜她可以见到更多的风景、吃更多的美食，我甚至说她当初的选择是正确的，如果当初和我在一起，说不定现在过的是挤公交加班的乏味生活。

她突然激动地反驳说："我想和你聊天只不过是想知道你过得好不好，并不是想向你炫耀我现在的生活。我告诉你我的生活，也并不是想告诉你我做了一个正确的选择，我只是想说我们都会因为自己所选择的爱情或恋人而改变自己人生的轨迹。没有哪个选择是一定正确的，我没有想为谁吃苦。我只是选择了去和恋人一起'吃苦'，这种'吃苦'是日本留学也好，是在陌生的城市打拼也罢，我要的是这种两个人相依为命的生活方式，而不是更多选择的款式或形式。哪有那么多刻骨铭心的爱情和说走就走的旅行，扯淡，生活真的不是选衣服，喜不喜欢、合不合适、要不要得起，真的是三件不同的事。”

是，所以大多数人留恋着操蛋的爱情，凑合着生活还恋恋不舍地扯着过去的淡。

后来，我还爱过一个女人，因为她认真做事的样子让我非常着迷。她用女汉子一般的笑声闯进了我的生命，从此在我平淡乏味的生活中，她成了一个闪闪发光的神经病。她的言谈举止甚至撩发的姿势都在我的梦中无数次闪现，让我恋床不起。然而，在我确定喜欢上她的同时也知道了她有男朋友。

我好多朋友都说名花虽有主，你去松松土，没有无缝的土地，只有不努力的铲子。我说那我就当个不努力的铲子吧，所有人不屑一顾的表情统一表达着一个观点——一看我就不是真心喜欢。其实他们不知道，我对她日夜思念，魂牵梦绕。

我不想松土的原因只是我对她的爱过于强烈，以至于我放大了自身的残缺。在极度的自卑中，我不确定我是否比她的男友更好，我更加不确定我是否能给她更好的爱情、生活和未来。我们都想自己爱的人能过得好一点，因为珍视她的生活高于对自己生活的重视，所以不敢打赌，还未开战就摇了白旗认输。虽不情愿，但是心甘。

爱情就是这么回事，被爱与爱、暗恋与单恋都有收获。这收获绝不是女人得到了几个包或男人放了几次炮。这些人来到我们的人生当中陪我们讲了一个又一个故事，我们一起经历的许多事填补了年轻的空虚。我们和他们一样，经常硬生生地闯进别人的生活直接就问，我是不是你想要的那个人？如果是就老老实实和我过日子，如果不是，也希望我能成为你选择题排除法的牺牲对象，能帮你选一个正确的答案，我的擅闯也变得有了意义。

其实我们能为爱人做的真的非常有限，不要总是把“我这么爱你”或“我为了你如何如何”经常挂在嘴上，我们从小到大看的故事都是对爱人要如何好，可是没有人告诉我们对一个人好，也要用对的方式。

我身边的这位吉他手先生，他前几天刚刚失恋，爱情里的他总是满腔热血，把最好的自己交给对方，希望爱人能慢慢咀嚼自己的好，希望自己一直被需要。可有时，我们给爱人的一切，连我们自己都不确定那到底是不是爱人想要的。因为爱你，所以你给予的爱人会照单全收，却也一直对自己的所需守口如瓶。就好像有的人喜欢听故事，有的人喜欢听歌声，野生的猫不仅要填饱肚子，它还需要性生活是一个道理。

年轻的时候，我们把口号喊得特别响，以为话说得坚定，就可以当作真理；以为故事里刻骨铭心的爱情就该属于自己，想有情人必终成眷属，多情男女共垂暮。长大后才明白有钱人才终成眷属，而有情人终成房奴，我们到了古稀爷可娶妙龄少女，耄耋婆也可嫁壮年直男的时代。如今，我们年轻的信仰都已被现实碾过。我们爱过的姑娘都已“英年早婚，立地成婆”。

你要不要为你的理想、为你的爱情烧点纸？如今的你我还可以信奉什么？

可是，我仍旧见过那么多优秀的人，会不动声色地疼爱自己的恋人，追求自己想要的生活。会有一天，我们终于不在路灯底下咆哮着说你知不知道我有多爱你，而是在雨天的饭桌前推着煲好的汤，心平气和地说趁热喝，小心烫。

失恋阻止不了你，伤心难过也阻止不了你。这世上总有人不为五斗米折腰，他会踩着七彩云专为你而来。在这之前，你需要练好赚钱的本领和精湛的厨艺。我们只有让自己变得更好，才会有勇气在衣服上蹭蹭自己的双手，去迎接更好的生活与爱情。

我讲完这个故事以后，台下为数不多的人愣了一会儿，在确定我故事讲完了之后，他们给了我和烧纸一样的掌声，我也听得出那掌声中有怎样的内容。

我一转身，此时的烧纸热泪纵横。情绪使然，我们合唱了一首张悬的《关于我爱你》。

我们一起喊：“我们拥有的都是侥幸，失去的都是人生。”

这次，他唱得特别好，歌声悠远，尽述衷肠。我看见许多人和我一样热泪盈眶。

来，我们弹个曲子讲个故事。这故事很长，长到你会从一个小清新女生或婀娜女神变成一个和生活讨价还价的怨妇，我也会从一个性欲旺盛的小伙变成一个胡子拉碴的中年肥男。讲故事的过程中会有人加入，也会有人退出。不知道你愿不愿意听我讲一讲，讲讲我和你一起度过的不咸不淡、诙谐有趣的一生。直到夕阳的余晖洒过我的拐杖和你的布鞋，我们的白发闪着金光，我还记得年轻时的情话。老伴儿你贴着我耳边说，我怕我听不清，老伴儿你扶着我点儿，我怕我激动得快要不行了。

不会吵架的爱情

在与对方的共同生活中，我们把自己的感情与疼爱用最朴素的生活能力沉着冷静地表达出来。这也许就是大家追求的平淡吧。

“秋生啊，干啥呢？”

梅姐知道秋生哥听不见，可还是习惯性地在二楼朝着楼下喊。

秋生哥是先天性失聪，所以任何声音在他耳边都只是“嗡嗡”的回响，无法辨别。

他们俩是我家老房子楼里的邻居，从小我们就在一起玩。秋生哥家在一楼的门市经营一个修车行，我家三楼，梅姐家二楼。秋生哥的爸爸是先天性失聪，妈妈是正常人，他们生了两个孩子，一个是秋生哥，一个是正常的妹妹。

以前在家的时候，没事也能听见梅姐这么喊。秋生哥虽然听不见，但是车行里的伙计们能听见，他们几个人推着秋生哥出来，带着满脸连环画一样的油腻子。秋生哥仰着头看梅姐，傻傻地笑。因为常年听不到声音，秋生哥的语言能力逐渐丧失，所以他只能用手语和外界交流，那时经常看见他站在楼下朝着二楼的梅姐比画着聊天。

梅妈是个小学老师，父亲是长途货车司机，有时候车有问题都是找秋生爸帮着修理，都是邻居。自小梅姐就和秋生哥一起玩，多年下来两家关系好得跟一家人似的。

秋生哥从小一直上特殊学校，后来干脆不念了，在家里帮忙打杂，学习修车的手艺。梅姐不喜欢读书，可梅妈偏偏又是老师，这老师自己的孩子学习不行，当妈的脸上哪儿有光啊，于是两天一骂、三天一打都是常事。我在楼上总能听见梅妈训斥梅姐的声音，那时常伴着梅姐的哭声，我用感恩的目光看我妈。

在一个世俗得不能再世俗的市井小区里，不念书的孩子和不好好念书的孩子，更容易成为话题，成为亲戚邻居们的众矢之的。

上了初中以后，梅妈变得更加严厉，除了上学，平时很少让梅姐出门。我偶尔遇见她，她也总是一副没精打采的样子。

突然有一天傍晚，我听见楼下人声鼎沸，尖叫连连。我趴窗边一看吓了一跳。梅姐坐在了阳台上，把双脚放在外面，像是要跳楼。梅爸和梅妈的声音从屋里传出来，像是想过去还不敢过去，一边劝阻一边保证不再逼她读书了。梅姐似乎全都没听见，也不打算改变主意，用力地撕着手里的一本书。

这时候，秋生哥从车行里冲了出来，挤在人群里用力地挥手，让梅姐回去。梅姐看见秋生哥一愣，也没打算回去。秋生哥憋红了一张脸，着急得又跳又喊，“啊啊啊”的一声声，像病痛一样的呻吟，撕心裂肺，撩人心扉。

二楼其实不算高，但是摔下来最轻也是骨折，姿势不对的话，搞不好还会半残。

梅姐似乎并不担心这些，还是眼睛直直地看着秋生哥，手上的书掉了下来。“啪”，纷飞的纸片像是散开的一朵红花，炸得人全身哆嗦。

这时，秋生哥一下愣住了，过分焦急的他硬是被那本书吓哭了，一边哭喊一边张开双臂，迎着梅姐的落点像是要准备接住她。

梅姐看见秋生哥哭了，前后摇了摇，又频频地点头，不知道想要表达什么。趁着这个间隙，梅爸一下冲了上去，抱住了梅姐，把她从阳台上硬拽了下来。梅姐躺在爸爸怀里扬起脸的一刹那，我看见她和秋生哥哭得一样伤心，像是不被世界理解的两个人，隔着空气取得了彼此的理解和信任。

从那以后，闲着无聊的时候，梅姐就喜欢在楼上朝着楼下喊：“秋生啊，干啥呢？”

尽管她知道，秋生什么也听不见。

梅爸和梅妈也不再逼梅姐读书上学，那段自我治愈的时间里，她只和秋生哥在一起。两个人去公园散步，骑自行车，形影不离。我们总能在放学的时候遇见他们俩，你追我赶，还是年少时节该有的样子。

再后来，梅姐去念了护士学校，秋生哥继续在家里帮忙做生意。那时候还没有微博、朋友圈这些东西，我经常会在梅姐的QQ空间里看见秋生哥的照片，有工作时候的样子，有吃饭时候的样子。谁都不知道他们俩什么时候确定的关系，是不是秋生哥一直就喜欢梅姐，是不是那隔空一抱让梅姐动了情？但是无论怎样，在一场彼此搭救的故事里，爱情的出现，似乎是顺理成章的事。

那一年冬天，梅姐毕业，还没有找到合适的工作，于是在家待业。有时候，我会撞见梅姐手里拎着香气四溢的饭盒和保温瓶，踉踉跄跄地下楼去找秋生哥。东北的冬天常常零下二三十摄氏度，梅姐先用白醋帮他洗手，去掉干活遗留下来的老茧和冻疮的死皮，然后两个人坐在车行的小开间里，吃午饭，看一会儿电视剧。就这样，两个人平平淡淡地相互依偎着，长跑了很多年。

大学时有一次过年，我去找秋生哥吃烤串。那时候，梅姐刚调到一个卫生站当护士，医院离家远，我和秋生哥一起去接梅姐下班。刚进卫生站，我就看见梅姐在前台值班，正一只手按着电脑，一只手拿着手机打电话，和朋友眉飞色舞地聊着什么。

看见我和秋生哥过来，她挑了挑眉毛和我打招呼。我挥了挥手，她似乎根本没看见秋生哥，和我打完招呼继续自顾自地打电话。而秋生哥就这么走过去，熟练地把她桌面上的东西整理好，把她常用的东西收进手包，再帮她把白袍换下，披上羽绒服，拉上拉锁，围好围巾，牵着她从工作间里走出来。

这期间，梅姐一直在打电话，我看见秋生哥的轻车熟路和她的“任其摆布”，突然特别感动。

我忽然明白，他们早就把自己活进了对方的习惯里，真正成为彼此的一部分。

虽然在一起这么长时间了，你没有给过我玫瑰花和浪漫的烛光晚餐，可是我们活得像一个人一样，记得对方的生活细节，了解彼此的怪癖习惯，给对方的爱既不可或缺，又习以为常，表达的方式虽然简单，但爱的分量却丝毫不减，足斤足两。

在与对方的共同生活中，我们把自己的感情与疼爱用最朴素的生活能力沉着冷静地表达出来。这也许就是大家追求的平淡吧。

当爱情过了保鲜期没了激情，那促使我们继续依偎前行的，恐怕就是这份默契了。

吃烤串的时候，趁着梅姐去厕所的间隙，我问秋生哥打算啥时候娶梅姐。

秋生哥吧嗒吧嗒嘴，比画着想转移话题，我不依，硬要问。

秋生哥比画说他怕，我问怕什么，他说怕以后结婚了，孩子也像他一样。

我没追着聊，两个人安静了一会儿，我顺手拿手机查了一下遗传的问题。翻了好几页答案，才知道其实导致患病的原因有很多：有可能是秋生妈也有家族病史，携带了致病基因，隐性遗传到秋生身上体现了出来，而妹妹是显性，所以没有事；还有可能是怀孕期间的母体受到了病毒感染或耳毒性药物的影响，导致秋生的听觉系统受损；等等。所以只要女方不是病患并且没有携带致病基因，女方家里也没有这种病史，怀孕期间再稍加注意，胎儿就可以保证基本没事。

我把这个信息捋顺了告诉他，只要梅姐没事，她家里人也没有病史，就可以放心结婚，只要没有外因，孩子几乎可以确定会是正常的。

他听着似懂非懂有点迷糊，比画着问我网上的那些话能信吗？

我说："要不你跟我去趟医院嘛，大夫的话你信不信？"

秋生哥还是满脸疑虑，摆了摆手，继续吃串。心里不知道盘算着什么。

梅姐回来，我不好多说什么。

秋生哥给梅姐加了一点调料，我们当什么都没有说过继续吃着。

第二天，秋生哥和梅姐去了一趟医院，随后给我发了一条短信：谢谢。

我回了两个字——加油。

一个月后，两个人领证，半年后，秋生哥和梅姐大婚。

办喜酒那一天，秋生哥的嘴咧到了耳朵根。那天，他喝酒特别痛快，只要有人敬他就喝，有时候没人敬，自己一边傻笑一边喝。

客人都走得差不多了，他一屁股坐在我身边，喘着粗气。

我大声问他，高兴不？

他鸡啄米一样地点头。

我逗他说："你们俩结婚证都领那么久了，才反应过来高兴啊？”

秋生哥掏出手机，开始在手机上按字，他一边按我一边看。

他说：“有一样东西啊，你从来都不觉得它是你的，即使它每天都在你身边，你都觉得这东西是借的，迟早要还的，自己也提醒自己，配不上这么好的东西。可有一天，别人告诉你，它是你的了，也不知道要咋个高兴才好。”

我鼻子一酸，他继续按。

“以前，她对我好的时候，我也不敢想娶她，就寻思以后她会嫁个啥样的人，要是对她不好该咋办。我还总觉着，别人也许不太看好我俩。今天这么多人祝福我俩，我才真的觉着，她是我媳妇了，长这么大，今天才真正感觉到，自己是真切地活着。”

两个喝得面红耳赤的男人，紧握着一个手机，指着对方发红的眼睛，互相拥抱，彼此嘲笑。

有一样东西啊，你握在手里也不觉得它真实，你认为总有一天它会离你而去，因为你并不相信你自己能有给它幸福的能力。老天爷和你开过一个玩笑，好在它派了这么一个人，给你这么一场梦。秋生哥以为梦终究会醒，但好在这场梦，我们可以一直睡到头。

去年过年放假，我去探望秋生哥和已经怀孕的梅姐。我刚到他家楼下的时候，正好撞见秋生哥买菜回来，他比画着说是要给梅姐熬粥喝。

梅姐妊娠反应特别严重，闻见吃的就吐，什么也咽不下，熬点粥勉强能喝一点。但是这粥再好喝也有喝腻的时候，秋生哥急得没招儿，全家人一起想辙，南北稀饭，中西名粥，翻过来调过去不重样地做。

患孕期综合征的女人不好惹，刚见面，梅姐就拽着我话东家长聊西家短，把两人婚后生活里的嬉笑怒骂从头到尾唠叨了一遍。

其实有些事我也好奇，先天条件不允许，他们两口子没办法吵架，但是过日子哪有锅边不碰碗沿的时候。我逗梅姐："你们平时闹别扭不？"

梅姐打开话匣子一样娓娓倾诉。秋生哥看得懂唇语，梅姐也能看得懂手语，这么多年过来了，两人交流起来根本没有障碍，可是一旦闹了别扭要吵架，他们就使用各自的"母语"，自顾自地表达。

秋生哥太老实，平时少和别人聊天，怎么可能"吵"得过梅姐？有时候，俩人杠上自己没词了，秋生哥就乱比画一通，梅姐看不懂，就问比画的是什么意思。秋生哥就是不告诉她，看梅姐急得团团转，心里暗爽。后来，俩人和好了才知道，秋生哥那一套莫名其妙的"张牙舞爪"，其实就是胡说八道。

梅姐自然也就学会了，有时候故意找碴说些乱七八糟的话，搞得秋生哥满头雾水。更多时候都是梅姐笑场，吵着吵着自己憋不住笑，笑得花枝乱颤，最后瘫倒在秋生哥怀里。后来的许多次"吵架"，他们都以怒目而视开始，以打情骂俏结束。

梅姐说："连吵个架都这么有喜感，这日子可怎么过啊。"

在家没事的时候，梅姐还是会像很多年前一样喊："秋生啊，干啥呢？"

我好奇地问梅姐，这么多年了，明知道秋生哥听不见，为什么还是喜欢这样叫。

梅姐摸摸肚子，笑成了一朵花，说："过日子吧就是问题叠着问题，一个坑接着一个坑。人刚从自己的坑里爬出来，就得进孩子这个坑，孩子这个坑也爬得差不多了，父母又到岁数了。但好在坑再深，你知道坑底下一直都有这么一个人，他张开双手在坑底下等着接你，所以坑再深你也不怕。我喊一声他，就是喊我这一生的踏实啊。"

我从他们家走的时候，梅姐还在吐。秋生哥一边用袋子接着一边给梅姐擦嘴，顶着大大的黑眼圈，一点也不敢怠慢。

回家的那一路，我都觉得很幸福。

你看，生活很难，每一件值得期待的事情过后，都要回归到现实里的柴米油盐。岁月面前，人人从命。但我知道你会在一次次翻山越岭的马失前蹄中，将我接住。前路虽远，还好有你总是张开双臂护着我，给我穿衣，陪我取暖。

后来，听梅姐报喜，她生了个大胖小子，眼睛大得像灯泡，头发多得像野草。从此，梅姐的朋友圈里全是秋小生的吃喝拉撒。

今年我家又搬了，过年放假我们全家一直待在姑姑那儿，也没见到秋生哥和梅姐。

前几天下班的时候，我坐在回家的地铁里百无聊赖地听音乐，秋生哥突然打电话过来。我诧异得很，平时有事都是发短信，以为是他按错了，可还是按了接听键。自己按住另外一边耳朵，尽量屏蔽掉旁边熙熙攘攘的人声，努力辨认着手机那一端的声音。开始一直没有人吭声，隐隐约约听见了梅姐在说话，却听不清是什么。

就在我以为是秋生哥拨错了要挂断的时候，一个娇滴滴、奶声奶气的声音叫道："麻麻，麻麻……"

一瞬间像是被什么东西击中了一样，在充满疲惫与麻木的荒芜列车里，我无法抑制地哭出声来。

妈妈的名牌

像我妈这样的女人，无论这辈子有钱没钱，得意失意，终究还是感情最大。无论在外面有多风光，最终也还是得要一盏家灯，几口人坐在沙发前，聊聊新闻，谈谈人生。

元旦快零点的时候，全世界都在总结、展望和祝福。我和好友收拾残羹碗筷时，老妈发来一条信息：

“祝你在新的一年里事业顺利，爱情饱满。”

我回道：“妈啊，您儿媳妇还没着落呢，哪来的饱满啊。”

老妈回：“就快来了，你再等等。”

我对着屏幕傻笑了好久。

妈妈年轻的时候，是个非常漂亮的女人，骨子里是典型的中国传统式贤妻。在她看来，洗衣做饭、相夫教子就是毕生最好的事业与归宿。现在看妈妈年轻时的照片，皮肤白皙气质温婉，说是那个时代精致女人的标准，一点不为过。

我父亲算是个有才华的人，年轻时仗着长得好看，和不少姑娘看电影谈恋爱，经朋友介绍只见了我妈一面，就嚷着要提亲了。听我妈说，除了她，我爸真的没对哪个女人那么用心过，两个人很快就坠入爱河。爸爸又仰仗着三寸不烂之舌，在姥姥面前表决心，终于娶到了我贤良淑德的妈妈。婚后很长一段时间，他们过着特别舒心的日子，奈何我爸爸性子急，脾气也差，往往一言不合便拔刀相向，眼里也容不得沙子，在体制内工作时四处碰壁，仕途不得意，回家也经常和妈妈吵。

小学每一次放学回家到门口时，我都会先下意识地趴在门上听，如果听见里面有争吵，就会马上夺路而逃。跑去球场或者公园，玩到很晚才回家，浑身浓重的泥泞汗味。到家后刚好赶上他们吵完，带着彼此给的怨气，再来个训斥我的下半场，有时男子单打，有时也男女混双。有很长一段时间，爸爸的生活都浑浑噩噩，饮酒赌博，彻夜不归，家里经常只有我和满脸倦容的妈妈，两个人面面相觑。记忆里，小学时的每一个黄昏都模糊黏稠，每晚归家的路都阴暗潮湿。

那时，我一天比一天自卑，一天比一天觉得自己多余。春游后，老师带着学生和家长一起拍合影，我一个人靠在最旁边的位置，干净的校服透着一股无奈的羸弱。班上和我最好的同学特别难过地和我说，他爸爸妈妈要离婚了。我并没有给他任何安慰，反倒羡慕起来，想着要是我爸爸妈妈也离婚那该多好，要是我的家里再也没有争吵，那该多好。

“我永远不要吵架，也永远不要结婚。”

十岁的我把这句话写进了日记本，妈妈看见后拿着本子坐在沙发上愣出了神。

我刚上初中的时候，有一次爸妈吵得特别凶，互相都说了要离婚的狠话。两个人较上劲谁也不肯先低头，妈妈一气之下，约了几个关系好的同事出去散心。从长春到大连，又坐船去了威海和青岛。现在看妈妈绝对是那个时代文艺中青的典范，已身为人母的她，一次奋不顾身的爱情多年以后，还能再来一次说走就走的旅行。

妈妈不在的日子，我有种被人放弃的感觉。那段时间我异常消靡，偷化学老师的酒精灯烤土豆，用足球砸校长室的玻璃，晚上放学载着女同学在城里闲逛。

像是报复她的突然离开，又像是用自暴自弃来缓解被放逐的难过。

从这种突如其来的自由中，我找不到丝毫的快乐。

这样浑浑噩噩地过了差不多一个月，有一天放学，我骑车载一个和我顺路的女孩回家。在我回家必经的十字路口处，我看见了旅行归来的妈妈。我扫了她一眼并没有停下车，而是径自骑了过去，把女孩送回家以后才慢慢悠悠骑回家。

直到现在，我还记得路口处妈妈看我的那个眼神，诧异中带着些许失望的黯淡。随后的路上，女孩和我说话我一直都心不在焉，感觉骑车踩下的每一脚都那么虚无。

到家后，妈妈没有问我关于女孩的任何问题，尽管心虚，我还是憋了很多气话，计划着等她开口问我，我就开口告诉她我早恋了，即使并不是那么回事。

可是自始至终，妈妈都没有问过。日子又回归了往常，妈妈还是早上起来为我准备牛奶煎蛋，晚上静静地坐在茶几旁边陪我温书。我突然意识到我是那么喜欢有妈妈在的家。它干净通透，空气清新，每一件衣服都洗完叠好摆在衣柜里干净整洁，每天不重样做的菜，咸淡适宜辛辣可口，说话既不唠叨也不琐碎，我不听话时她也能张口就骂。

高中时谈恋爱被老师找家长，妈妈在学校的球场边和我谈话。我大言不惭地说要把她娶回家，妈妈没有气急败坏地责骂我，而是义正词严地问我有没有做好成为一个丈夫的准备，我说就算不念书也可以打工养家，反正这书我也念不下去了。

妈妈站起来眼里全是泪，说："你可以不在意你的人生，但是不能不在意别人的，你要是真喜欢她，你去问问她你这么做，她会高兴吗？当有一天，你有能力成为一个丈夫的时候，你能理解'责任'这两个字的时候，我才能真正放心你去建立自己的家庭，这样不伤害自己，也不伤害别人。"

说完这番话，妈妈转身就走了。看着她离开的背影，我忽然想起初中时妈妈站在十字路口的那个夜晚。晚风吹起她凌乱的发，纷絮中我看见的不是愤怒，不是难过，那个眼神里含着的，是不是放不下心的丝丝牵挂，是不是对回头是岸的翘首以盼？

上大学时，我经历了一次压倒般的失恋，整个人终日萎靡，状如行尸。放假回家后，我每天都窝在房间里，不出门也不说话。老两口变换着方式想从我嘴里套出个所以然，始终也没得逞。

晚上，老妈钻到我屋里坐在我旁边撩闲，坏坏地问我怎么不和女孩子发信息啊。

我说分手了，老妈顿了顿问，因为什么啊。

我把两个人在一起相处时自己的卑微都告诉了她。我讲我是如何寒冬在宿舍楼下等她几十分钟，只是舍不得她走五十米去打热水；我讲我是如何兼职赚钱节衣缩食，只为了带她吃遍城市的美食；我讲我是如何把她照顾得无微不至；我讲我爱她爱得太用力了，以至于握紧了的两只手有一只已经松开，我都没注意；我讲这一份爱情里我是如何把自己一次次放低，又如何输得一败涂地。

妈妈听得特别安静，以至于我以为她已经睡着了，我也不过只是说给自己听。说到哽咽时，我就停了下来。

妈妈突然长舒了一口气说：“一份爱情两个人相处，很难每时每刻都照顾到对方的感受，就像玩跷跷板，根本做不到平起平坐一样。有时候，你忙活了一通好不容易让自己的地位变高了，别人不玩了，你就又掉了下来。过了好久你才会明白，好的爱情里本没有高低，最高的永远是中间最平衡的那一块区域，需要两个人爱得不分伯仲和相差无几，一同上下也一起努力。”

我听完这些话吓得翻身就问：“妈，我不在家，你都看了些什么啊？这话您从哪儿学来的啊？”

老妈淡然一笑，随后说："不过，我还真挺高兴的。"

我问："母上大人，您是因为什么高兴呢？"

妈妈仰了仰头，说："从小到大，你和女孩子的事我从来都不多管。我真怕我和你爸吵的那些年，会让你对爱这个字产生误解，怕你受我们的影响，厌恶爱情也厌恶婚姻。今天听你说你是怎样认真地爱一个姑娘，我挺高兴的，真的。"

我这才明白原来妈妈这些年的放任，一直是为了维护爱情在我心目中的形象，她担心她和爸爸的争吵会影响到我对爱情起初的判断。她把我儿时的一句戏言牢牢记在心里，一直小心翼翼地照看着儿子爱情观的成长。她怕在我成长的过程中有多余一点点的干涉与用力，都会将爱情在我心目中本来已经不堪的形象，彻底揉碎。

我妈那个年代的人娱乐匮乏，他们认识的歌手也就那么几个面熟的人。阎维文老师算得上是我妈半个男神，再加上听说阎维文老师经常露面赶演出，是为了给自己罹患癌症的妻子赚钱治病，更加重了他在我妈心目中的分量。有一次，阎老师上《艺术人生》，朱军惯用老套路，和阎老师聊完他与妻子的往昔之后，让他面对镜头和妻子说几句话。阎老师特别含蓄，对着摄像机几次欲言又止，最后只说了六个字：

"下辈子，还是你。"

阎老师说完把脸转到后面，我看见妈妈的眼里闪着晶莹的泪光。

像我妈这样的女人，无论这辈子有钱没钱、得意失意，终究还是感情最大。无论在外面有多风光，最终也还是得要一盏家灯，几口人坐在沙发前，聊聊新闻，谈谈人生。

在我妈眼里，爱情永远是绝顶的好东西，她从来不会把自己的遭遇放大成对世俗的偏见，她自始至终都认为人应该为感情而活，为挚爱的人而活。好笑的事要一起笑，赚钱了全家花，一锅饭菜要配几副碗筷，才是这人间最极致的享受、最美好的情怀。

所以，她想让我尽情享受爱情带来的酸甜苦辣，她想让我爱得真真切切，也有血有肉。

她一直期待她的儿子能成为一个好丈夫、好父亲。她希望我能长成她心目中好男人的标准模样。

因此，她才在我青春年少懵懂无知的时候问过我那一句："你做好成为一个丈夫的准备了吗？"

从大学那次失恋逃离以后，我把爱一个人的时间拿出来，写字画画，旅行工作，直到大学毕业，我也一直没再谈恋爱。

毕业典礼前几天我在家，妈妈从书桌的抽屉里拿出一对新买的精钢情侣表，送到我手中说："一块给你，一块你给最心爱的女人。"

我把表分别戴在了爸妈的手上说："我最爱的女人就在这儿呢。"

妈妈笑得眼眯成一条缝说："你啥时候能再找个女友给我看看？"

我说："别急啊，老是催我我可不保证质量啊。"

老妈说："我不是急，你和你爸一个样，有些事认准了就不回头。我就怕你还是放不下以前的事，一个人打单儿习惯了，麻木了，那就糟了。”

我撇撇嘴想，要全身心投入地再爱一个人，哪有那么容易？

老妈见我面露不悦，低声问：“还想谈恋爱不？”

我说：“想，但不是现在。”

妈妈像是心里的一块石头落了地，长舒一口气说：“想就好。”

那时，我实在不理解妈妈买那对手表的心意。

后来我的一个哥们儿失恋，叫我陪他喝酒解闷。我已经做好将醉如烂泥的他背回家的心理准备，可是我们只是面对面喝了两瓶啤酒，聊了聊工作和以后。我知道他不是善于伪装的人，也不喜欢深夜自怜或独自哀号，可在他脸上我看不出丝毫伤心与难过。我发现再也没有一场爱情，可以将他死死地按在案板上任意宰割。此时的他无比强大，也无比悲哀。

什么是爱情里的麻木？就是你把相信缘分的时间拿出来，开始相信命运。我这才明白，妈妈是怕我变成她，怕闹到最后，落得看破红尘、心如剃发。有些感情像是慢性毒药，劫后余生残存于记忆，怎么也不肯放过你。老妈费尽心机也不过是担心我一直陷在疗伤的潜意识里，不能放开手，好好地爱别人，好好地爱自己。

去年春节回家，一下出租车就看见老爸和老妈手牵着手，一起站在小区门口并排对我笑。这是我儿时曾梦想过的画面，那一瞬间，我竟有在梦中的错觉。

回家后，我发现他们之间的对话也开始有一种叫温和的古怪味道，还学会了互相夹菜这种残暴的技能。而那一筷子一筷子的菜，却正正好好放进了我的心窝，仿佛填饱了整个童年的饥饿。我头一次因为感到自己的多余，而激动万分。

我终于可以想象多年以后，我的孩子已经开始调皮，会骑在爷爷奶奶的脖子上撒泼时，他们不会当着孙子孙女的面再吵；他们也会在我要动粗教育孩子时，团结起来任性地挡住我；父亲终于放下脾气，愿意心平气和地教给我一些人生经验；母亲会和我妻子聊我儿时的调皮和照顾孩子的技巧，他们也会像其他老夫老妻一样，跳健身操，打小麻将。

我终于可以像其他人一样，拥有那个在我心目中早已期盼已久的、光芒万丈的平凡家庭。

在岁月长河的撑渡中，妈妈用最朴素的陪伴，包容着两个男人的狭隘，照顾他们的起居。她终于熬到了头，她看见了丈夫和儿子与她心目中向往的样子越来越像。她终于不用再活得那么坚韧，可以真正像多数活在男人臂弯里的女人一样，有坚实而饱满的安全感。

今年，我参加了不少同学的婚礼，这些总是茶余饭后聊天的话题。

老妈习惯性地盯着我问：“你那么多同学结婚，你到底急不急？邻居家的闺女说什么宁缺毋滥，你是太挑了还是真没人要啊？你到底喜欢什么样的？”

我笑着敷衍，老妈您不知道啊，其实说宁缺毋滥的都是虚张声势，私下里都在四处观望暗自着急。

我也急，我急我暖好的被窝还没人同睡，见到的美景无人共享。可是这个时代许多的人都在要，要男人有钱踏实又专一，要女人贤惠懂事好手艺。女人嫁存折嫁权势就是不嫁男人，男人娶胸娶屁股就是不娶真正的情义。

看着他们的明码标价我一退再退，这样的爱情我当真消受不起。所以啊，急也没办法，载载光阴已逝，也不怕再多等几个春秋。生活不是肥皂剧，爱情不过是你来我往两个人的游戏。我愿意多等等我那个迷了路的猪一样的队友，等她在下班高峰的人潮人海中，一眼就认出我，等她贴近我的胸膛，辨识我的味道，数着我的心跳。

去年在香港太平山下休息时，遇见一对年逾花甲的夫妇，老爷爷给老奶奶一边揉腿一边说："年轻时就不听我的话，那时候让你多穿你不穿，要不这腿能总疼吗？"老奶奶一脸得意地说："甭说年轻时候，就算现在和以后我也不打算听。"老爷爷没好气地说："不听拉倒，反正也没剩下多少日子，这辈子就这样了。"

揉着揉着，我们仨都笑了。

我呀，这辈子就求这么个人，我随便说了一件事，她也能整天挂在嘴边念叨。有时候觉得爱这个字太简单，形容不了我和她之间的感情，我就盼着我们俩的脑袋变成两团棉花，每天都腻在一起，不情愿彼此也离不开，摇摇欲坠晃晃悠悠。走着走着，我们的头发就越来越少，像两株蒲公英，被风一吹就显得凌乱不堪。我唯一能报答她的就是接住她掉下来的每颗牙齿，收集她发梳上的每一丝年华白，再好好锻炼身体，争取晚她一步从这个世界离开。

前几天，妈妈打电话说，爸爸觉得以前很少陪她逛街，要好好弥补，元旦放假陪她整整逛了两天的街，买了好多东西花了好多钱。说着又感叹果然是到岁数了，现在这好衣服能撑起来的系不上扣，能系上扣的又撑不起来。

言语中的无奈也透着若有似无的炫耀和甜蜜。

我说："妈，您重点不是要说身材这件事吧。"

妈妈笑了笑，突然问道："儿子啊，我是不是一件名牌都没给你买过啊？"

我说："买过啊，你忘了吗？"

妈妈说："买过吗？不记得了啊，买的什么啊？"

亲爱的妈妈，那件人们动不动就说再也不相信的名牌，那件人们惧怕又不断尝试的名牌，那件您用多年时间一直努力维护的名牌，它一直完好无损地保存在我心里。无论经受怎样的考验和洗礼，无论岁月载着我翻越多少山脉，我都对它一直有憧憬，也一直有期待。哪怕有失去，或者受伤害，也一直坚定不移地相信您，相信姑娘，也相信爱。

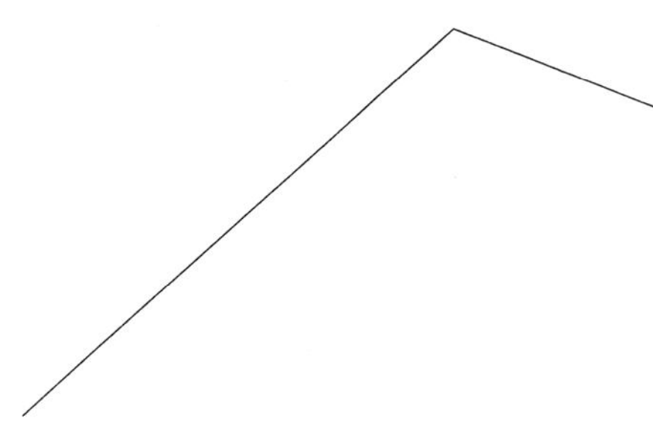

分不开的时光

他开始记得上厕所关门，克制着自己的脾气，经常刷牙，每一天都打理换洗新的自己。失去爱的日子里，我们都会迅速成长，每天都反省自己，却无时无刻不想逃离。

虽然偌大的加油站只有一盏路灯，我们的车还是很不凑巧地撞上了它。我安静地陪着大熊坐在路边等拖车来，大熊开车四年多了，本不该犯这么低级的错误，但这是他和花姐分居的第一个月，我知道他的状态实在太差了。

大熊是我第一份工作的同事，那时我们一起租房，他住我宿舍隔壁。熊仔一米九的身高，两百斤的体重，故获称号大熊。他最大的爱好就是健身，经常在网上发一些自己锻炼以后肌肉膨胀的骚照，希望以此得到更多的关注。美女萝莉没吸引多少，傲娇小受倒是成群膜拜，其四肢的发达程度让人严重怀疑他的智商。

有一次，一个陌生的大老爷们儿加我QQ，要和我基情视频，还要给我舔脚。我灵机一动直接把大熊的QQ给了他，告诉他这个人也好这口，身体健康行动体贴，可以和他搞安全基，舔放心脚。添加成功后直接点视频，他就心领神会。

小受回了我一串鸡啄米一般的点头“嗯”。

五分钟后，隔壁传来一声熊吼般的“哎呀，我×”。振聋发聩，绕梁三日。

后来，大熊借着工作的机会认识了花姐。花姐是我们客户公司的对接人，一米六的个头，微胖，因为做事洒脱，气场够足，说话快准狠，故人送外号花姐。从一开始合作到最后提案，大熊看花姐的眼神就没对过。工作结束后，双方联系不断，在大熊迅猛的攻势下，花姐败下阵来，当着自己的闺密说：“这人虽然反应慢，但是还挺老实的，爱好也挺正当，健身锻炼总好过抽烟喝酒。”

一转眼两年过去了，经过了热恋期和熟悉期，为了能让关系更进一步，经双方协商，大熊和花姐开始了苟且的同居生活。

两个人摆好姿势相拥着藏在一个壳里，准备抵御现实的攻击，然而坚固的城堡往往都是从内部被攻陷的。同居一开始的新鲜和甜蜜过早地离开了他们，随之而来的，是两个人的习惯、怪癖以及生活方式上的种种差异所带来的问题。大熊爱吃葱蒜，而花姐闻到蒜味就会咳嗽；大熊上厕所总是忘记关门，花姐总要吼上几嗓子大熊才能长点记性；花姐喜欢熬夜，晚上经常煲电视剧到凌晨一两点，而大熊作息时间规律，还有些神经衰弱，身边的人不安静，他怎么也睡不着。

生活中小打小闹是常有的事，只不过感情是起伏不定的，也是脆弱的。大多数一开始非常好的爱情都是在两个人真正一起生活以后，渐渐透支掉的，层出不穷的琐碎之事将两个人搞得越来越疲惫。为了改变目前的状况，两人坐在饭桌前苦思冥想了一个晚上，决定做一些事情来转移人民内部矛盾。

由于长期的“腐败”生活，再加上本来就不瘦的他们早已经从微胖界跨越到了臃肿行列，两个人的默契再一次完美契合，第一时间就想到了“健身”这件事。当晚，花姐就把签名改成了：“减肥是会呼吸的痛，它活在我所有的脂肪中。”

熊花组合刚开始锻炼时，大熊坚持每天早上都晨跑，没事还要拉着花姐一起。花姐一开始百般不情愿，耐不住大熊软磨硬泡，久而久之也就习惯了每天早上早起半小时，陪着大熊绕着小区小跑一会儿。我总能想象一根大油条和一个小笼包并排晨练的样子，好像赶着去上班的城市标配早餐。

就这样，早晚跑步、周末游泳健身成了两个人的习惯。他们终于一致对外把矛头指向身上的肥肉，大家都以为事情就这么过去了。

后来，花姐的上司离职，公司要在包括花姐在内的三个人当中，选一个来顶替这个职位。以花姐的性格，她当然不会错过这个机会，于是玩了命地在公司加班，赶业绩，早出晚归。大熊晨跑回来时，花姐已经出了门，晚上大熊刚躺下，花姐才下班。花姐到家就一头扎在床上，两个人一点交流都没有。

有那么几天，花姐快熬不住了，大熊在接花姐下班的路上对她说：“这样下去不是办法，你这不是工作，这是玩命。”花姐疲惫得一句话也不想说，只能任由大熊在耳边不停地絮叨。

很长一段时间，两个人都处于冷战的状态，直到一件事情将冷战推向了顶峰。

眼看要到公司的季度总结大会了，花姐明白这意味着她的时间不多了。而面对其他两个竞争对手，花姐虽然没有十足的把握，但也信心满满。哪知道越到关键的时候越是出错，花姐部门的实习生给生产部门的报表出现了疏漏，上头劈头盖脸地骂下来。当着众人的面，花姐替小实习生顶了一个大雷。晚上，花姐只能继续加班，将损失降到最低。

大熊忽然打来电话催问花姐几点下班，花姐冷冷地说不知道，可能不回去了。

大熊在电话那头炸了锅："你这是上的什么班？晚上都不回家啊？"

花姐气也上来了，被上司骂也就算了，你不理解我还来说我？两个人在电话里大吵了一通。

大熊开车杀到花姐公司，想把她从公司带走。花姐觉得大熊像一个长不大的孩子，平静了语气对他说："我不漂亮，也没有什么背景。工作能力是我唯一引以为傲的东西，这是我的机会，我不想放弃。"

两个人话赶着话，倔脾气就对上了，什么话都说。大熊不依不饶："你引以为傲的应该是你有一个健康和完好的身体，你这不是工作能力，你这是作践自己。"

花姐说："那你想我怎么样，工作不干了回去和你一起养生？

一起健身？”

这句话说完，花姐也后悔了。她明白话说重了，可是泼出去的水怎么也收不回去了。

大熊：“我健身怎么了？你还记不记得我们健身减肥是为了什么？”

花姐：“我和你不一样，我现在只是想工作，安安静静地工作。你明白吗？要回家你自己先回吧，我最近几天都住在公司。”

大熊：“那不是我一个人的家，如果你不回，那我也不回了。”

大熊独自一人回家收拾行李，然后把行李放进后备厢，一个人开车到处乱逛，直到把我叫出来，我们两个人聊聊天、扯扯淡，到加油站撞撞电线杆。后来，我把大熊叫到了我家，续上我们的同租生活。

这场冷战持续了一个月之久，这一个月花姐安安静静地工作，大熊老老实实地上班。两个世界的人却过着几乎同样的日子，各自保留着和对方在一起时的习惯，一个人过着两个人的生活。

换到我的客厅以后，大熊因为有一种“客居他家”的不自在感，整理家务、买菜洗碗全都由他一手包办。他在衣柜里放一块香皂，衣服拿出来都是香香的，将保鲜膜套在扫把上可以轻易地粘起地上的头发。每当他熟练地向我展示一些生活小窍门时，总要补上一句——花姐教我的，得意之后，便是一丝难过与尴尬。

他开始记得上厕所关门，克制着自己的脾气，经常刷牙，每一天都打理换洗新的自己。失去爱的日子里，我们都会迅速成长，每天都反省自己，却无时无刻不想逃离。

大熊依旧睡不好。有一天早上，他起来和我说他昨晚梦见了花姐，她在前面走，他在后面跟着，梦里觉得风大，他想让她走后面，结果来了一阵风，把自己吹走了。我说："那风得挺大啊，你确定不是花姐放的屁？"

大熊瞪了我一眼说，醒了才发现窗户没关。以前他睡觉也老是踢被子，花姐在的时候总是一遍遍帮他盖回来。有时候，他自己半醒着，也故意踢开，等着花姐帮忙盖。暗暗地撒娇，享受着被宠爱。

为了让大熊从郁闷中走出来，兄弟们陪着他解闷。我们共同的朋友大彪是个顶级色狼，他的朋友圈里除了约过的姑娘，就是正要约的姑娘。KTV里，他找了一包厢的女孩，他让大熊坐在中间，趴在大熊耳边说："看上哪个告诉我，我帮你介绍。"

大熊环顾了一周，在每个女人身上挑了一堆优点，又挑了一堆缺点，拿着她们比了比，刚有了点邪念，又迅速放下。就好像在商场里买东西，对比来对比去，选择困难症一般无法确定。唱了一晚上苦情歌，姑娘们都走了，情场老手大彪坐在大熊面前说："兄弟，不是她们不合适，而是花姐在你的心里早就已经变成一把尺子。你拿这把尺子去量别人，怎么量都不可能合适。"

大熊明白，不是他走不出来，而是他根本不想走出来。

公司的季度大会到了，花姐以微小的差距输给了对手，曾经的同事摇身一变成了上司。可花姐反倒一点也不失望，她觉得这一切终于结束了，整个人像是出狱了一样，心口的石头放下了、舒服了，不那么累了，可就是感觉空荡荡的。

你有没有努力考过一次试？你拼命地复习，背下考点，孤注一掷地赌上自己的尊严，结果还是考砸了。你没有发怒撕了卷子，也没有把参考书丢进垃圾桶，而是明白了这世界许多事情并不是努力了就一定有结果，决定我们人生的也不一定是我们的能力，更多时候要看我们如何选择。

因为公司整体业绩良好，老板带着全公司的同事去郊游。一群白领在山底下豪言壮志耀武扬威，爬到半山腰一个个却都气喘吁吁了。花姐看见自己平时最尊敬的女总监大口呼吸的模样，简直就要撒手人寰。整个公司只有她一个女人闲庭信步般地一路小跑着。

到了山顶以后，花姐一个人坐在石凳上，呆呆地望着被薄雾包裹的城市，一点点加载出自己的回忆。

过了一会儿，女总监爬上来一屁股坐在花姐旁边，拍着她的大腿说："什么都不比有个好身体强。小花你真行啊，这么年轻能有这么好的身体素质，习惯肯定很好，能在这种城市节奏下保持这种习惯，毅力真不一般。"

花姐打哈哈寒暄着说："以前和男朋友经常一起健身跑步。"说到这儿，她愣了一下。

女总监气喘匀了说："你们部门的事，我知道一点，别灰心，我一直都看好你。我和老板也谈过你，行业在洗牌，市场要重新做，我这儿要单独开出一个部门，需要人带，职位等级薪资待遇和你上司一样，不知道你愿不愿意到我这边来。”

下山以后，花姐给我打电话约我出来吃火锅。她跟我讲完爬山这一段时，我在她脸上一点也看不出高兴的样子。

花姐说大熊离开的这段日子里，她突然就学会了理解这个世界：在地铁里吃早餐的大叔并不是素质低，他有可能是低血糖；公司老板总是斤斤计较要求苛刻，是因为他贷款支撑公司运作，生意押着他的身家性命；那个终日唠叨叮嘱的男人，并不是他啰唆娘炮，他只是重视你超过自己。

看着大彻大悟简直可以开情感专栏的花姐，我一点都不适应。两个人各自调成了静音模式，思想是飞行模式，彼此沉默也不动筷子，静坐了十几分钟，外界的声音显得格外大。

听隔壁桌男女的谈话像是第一次见面，花姐侧目留意，好像想起了什么。吃饭时，女生说：“哎哟，你怎么吃蒜啊，味道那么大。”男生听了有些不好意思，抿嘴一笑低了头。

花姐一个激灵站起来吼道：“吃蒜怎么了？吃蒜又不代表不刷牙！”说完，拎起包夺门而出。我起身连连道歉，把账结了紧追出去。追上花姐的时候，发现她在拐角处蹲着，妆都哭花了。

是啊，我爱吃大蒜，身体有点胖，反应也有点慢，还有些啰唆，我知道我有那么多的不好。

可是，我爱你啊。

身材会走样，梦想会变形，若是再没了你，我以何对物是人非，我拿什么换低谷的黎明？

碍于面子，花姐不好意思主动联系大熊，于是，有事没事就给我打电话询问大熊最近的情况，瘦没瘦，秋天冷，晨跑要加衣，蛋白粉吃没了买哪家，千万别再买什么进口生肌粉。我路过客厅的时候，经常无意中看见大熊一遍一遍刷花姐的微博，仿佛要从看了无数遍的内容中硬挖出什么。

这是两个人分开的时光，却又好像没有分开，他们更加珍惜对方的信息，把彼此攥得紧紧的。越是相爱的两个人，越容易让彼此疼。两个人用一次疼痛，换回了一次喘息的间隙。他们保持着对方给的习惯，彼此想念，却又不肯放弃尊严。有时，我真分不清，这份爱情里，到底谁对谁更好，到底谁比谁更在意。

如果两个人给彼此的爱可以四六开，那这世界上会有很多人愿意拿四，甚至拿三、拿二，因为他们并不在意自己能够得到多少，而是看见你拿得那么多，他们自己就会很满足。

这样的人，你也许遇见过，也许没遇见过。

没遇见的，你渴望遇见吗？你是不是就是那种拿四三二的人？

遇见过的，你拿着六七八的时候，你珍惜了吗？

后来四三二的人仍然愿意拿四三二，只是他们畏首畏尾犹豫不定，不再轻易相信别人。拿过六七八的人，终其一生都会继续寻找四三二，都不会愿意去做四三二。所以情歌里最多的是失恋，是孤单。城市的节日里，许多人都是电台FM最忠实的听众。

世上从来没有两个人一开始就像拉锁一样互相契合，都是两枚独立的齿轮在相互适应的过程中打碎了几颗牙，才互相咬合，爱情啊是要经过疼痛撕扯与激烈的磨合才能得到最后的平淡。那种没有经历痛苦过程的爱情，或许只是相互娱乐的一种游戏吧，反正彼此都不在乎。

苦难有时确实伤害爱情，也确实会考验爱情。

那是深圳十几年以来遭遇的最大台风，许多大桥都被水淹了，花姐的车被堵在桥下面，淹在了水里。那一刻，花姐觉得自己真的是要死了，她拨通了大熊的电话，却没有求救，反而是一遍遍不停地诉说着自己的想念和牵挂。她说着说着就开始哭，车外面雷声阵阵。大熊不停地问：“你在哪儿？你到底在哪儿？”

过了没多久，花姐就被救援人员救起来坐到了救援车里，而此时大熊的电话却一直打不通。就在救援车辆准备离开时，花姐看见一个高大的男人在水里艰难地前行。他下半身浸着水，全身早已湿透，他像一头饥饿的熊寻找着鱼群的方向，一边找，一边不停地喊着花姐的名字，声声嘶吼，伴着雨声阵阵，喊得花姐为之一颤。

她打开车门跳入水中，救援人员一直在后面喊，她什么也听不见，只顾着朝“野兽”的方向渡过去。大熊也望向了这里，他们两个人再一次像晨练时那样，开始奔着一个方向“跑”去。

爱情长跑啊爱情长跑，每一场爱情都是一场长跑，会有碰撞，也会有摩擦，会有一方跟不上另一方的步伐。你要调整好节奏、呼吸，面对突变的风向与天气，脚下的路时而崎岖时而湿滑。更重要的一门技巧是必须学会两个人相互扶持着跑，否则到终点就算你是第一、你最快，这一路的风景若无人相伴共同追溯，千山万水也都是扯。

大街上只有他们两个人，像是爱情里两条不会水的鱼，速度那么缓慢，却游得那么努力。或许在相爱这件事上，我们真的都是新手，要宽容对方的姿势不对，要理解我们也许曾生活在不同的水域，但无论怎样，今后的路，我们要努力地游在一起。

雷声阵阵，却好像是在为他们加油。雨水拍打着泪水，水里漂着怪东西，他们终于抱在了一起，好像再也经不起一次分离。

Letter Time:
情书

我的妻:

见字如面。

许久不曾给你写字，博客也未更新。是的，答案依旧，生活过于忙碌，连黯然神伤的时间都要想方设法挤出来。忙到脱节，到麻木，到发不出任何声音。

最近工作上忙得厉害，做起事来不要命，加班，学习，也特别喜欢一个人安静地待着。

有时趴在床上许久不动；有时看一部纪录片许久不眨眼；有时一个人去看午夜场电影，坐在空空电影院的中间，从表情默默，看到面目尽湿。按时吃饭，也不记得吃的什么，买了衣服许久，却连包装袋都没打开。你还没来的日子，有时我觉得一团糟。

可是一想到你会在未来的某天来提醒我这些细节，我的心就觉得温暖而饱满。

数日前反复奔赴广州，同行的其他人一起去外面吃饭聚会，我一个人在宾馆里打开电视看娱乐节目，被相亲节目里的一对男女嘉宾所感染，感受到一种很久都未曾体验的名为爱情的东西。所以原谅我，我只是一个人太久了，遇见你时还请你敲敲我的头提醒一下，你到了。

不知道你有没有这样的感受，反复想念一个人的模样时，他的轮廓反而更加模糊。但是我知道于我来说，你的身姿体态会像一卷画，让我的生活色彩万千，也跌宕起伏。你的笑声会传进我的梦境，如同你蒙住我双眼时绕我脖颈的每一缕青丝，温柔而致命，仿佛每一口呼吸都与你有关。脑海里会编织与你有关的镜头，发生过的循环播放，未曾发生的准备开机。甘心和你在林间做伴，淡看尘世纵情贪欢。

我也知道我遇见你时，应该会有多狼狈。是的，我向你奔跑时，时间的计算吝啬到分秒，我怕你在路的中央摇晃，我怕你被雨淋而不知躲避，我想了无数种情况勒令自己变得更好。所以，我在奔跑时也没有过分考虑到自身的妆容与打扮，你看见我时切勿嫌弃，愿你抿嘴一笑，用手触摸我憨厚的棱角，阅读岁月留下的每一块痕迹与胡茬儿中藏下的眼泪与艰辛。在遇见你时，这些都愿化作你的嫁衣与婚词，只为我能迎娶你。此时此刻，我将不必再多说为寻你的千辛万苦，只是牵起你，温存地唠叨一句：亲爱的，我到了。

而我也深刻地明白，我不仅仅是遇见你，而是重新开始了一种新的生活方式。岁月要我们在经历了那么久的起伏后才明白，两个人少了些许挑剔，便多了些许珍惜。房子的大小请允许我量力而行，但是我保证你会有一个坚实的肩膀，帮助缓解城市的疲惫，拥抱你的重量。请原谅我不太会娱乐，你不在的日子里，我与纸张、植物为伴，我不喜烟酒，甚至连一个完整的电脑游戏都不会。原谅我对这些东西欲望的寡淡，我热衷文化与艺术，并且也喜爱你所喜爱的。请允许我质地古朴，即使在家时也偶尔工作，我想两个人为结婚打算并不代表生活趋于平淡，只是追求理想的方式变得内敛。你看，我们的梦想出入现实时也是一双一对地做伴。我们一起照顾共同的父母，教养膝下的儿女，从朝阳冉冉，到暮色四合，日复一日，岁岁年年。

青春里总有一段难熬的日子，流浪的时候总是勇敢地四处碰撞，疼就哽咽，痛也忍耐。在蓦然回首的痛楚里，我枉然猜测，你是不是也在人群中，迫不及待地盼望我在被现实挤压在角落之前，挣扎着，殷切着。我说我的爱人，我唯一的床伴，请闭上眼，逆流的人群与你无关，卸下岁月与生活的羁绊，那些现实的污浊与昏暗你别看，你只需劈开最难走的路，在遇见我之前，保留爱的能力，用来对付你我共同的一生。

此时此刻，我敲下这些字，未来的某一天等你来验证此时的你，在何方，在作甚。

但是无论你在哪儿，在干吗，我的妻，如果你累了，你就慢些，我再快些。

墨

睡语：如果你冷的话

关掉电扇　关掉空调　我们坐下来聊聊

我知道你很努力　所以我一直不敢打扰你

看你认真的样子　我特别高兴

我希望你能过得好

是那种很踏实的好

日子不太慢　也别太快

你能掌握好节奏与分寸　悲喜爱恨　各自均码平分

工作不能太累　也不要太闲

你能把热情投入进去　找到一点自己的存在感

爱好不要太多　有一两样一直坚持的

能让自己更好地和这个世界连接起来

独处的时候尽量不要胡思乱想

聚会的时候能有朋友说说心里话　把身上的事放一放

我希望你渴了杯里有水　饿了锅里有饭

每一个夜晚都睡得踏实

每一个早上都烽火连天

你时而精明干练

也间歇性神经大条

勤快时能做一桌子的饭

懒惰时能躺在床上一整天

我不希望你因为过往而自谋绝路

堕进婆娑世界　品尽愁苦

更不希望你被现实奴役

打开背包　发现责任很大　理想很小

社会凶险　折耳莫闻

梦在前方　我在你旁

两个人的相爱能有多爱

拼的是两个人有多傻

而不是有多聪慧

我愿意为你傻

愿用春天的花　换你的薄雾初晨

愿用全世界的白　换你一声冬安

愿意陪你疯陪你火

陪你温存陪你落寞

全世界都停电也别怕

我看你的目光　就是暗中白花

我知道　世事艰辛

别急啊　我等着你

——你的丈夫　墨

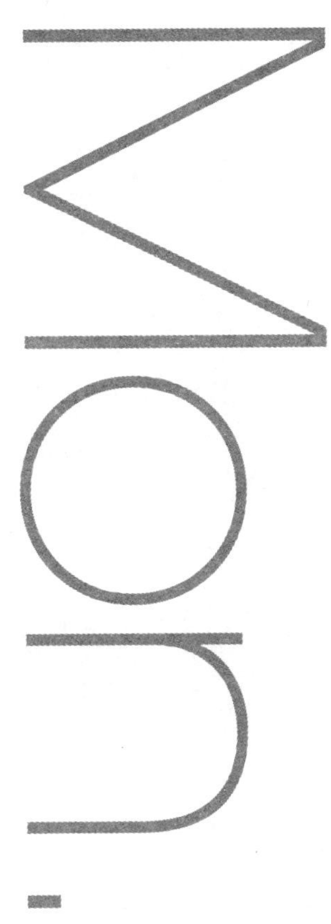

惦记是一种
沉默的温柔

他是杜汶泽，也是陈小春

感情的路上总会有一些坎儿，你过去了，它就不再是坎儿，你不过去，它就是一道疤，总是戳在那儿，时不时杵你一下，始终不肯变成你茶余饭后指点人生的谈资。

欣哥是我见过的最靠谱的男人里看上去最不靠谱的那类人。

秤砣一样壮硕的身材，顶着圆寸头，一身痞子气，过飞机安检都得被人多查几遍。一小圈吃货男人帮出行时，他若走在前面，就会像黑老大带着小弟去砍人，路人皆要避让三分。这人还特愤青，凡是他看不过去的就要管一管，在微博上看见某市的强拆新闻，就百度查了人家的市长专线，打过去骂了一通。

欣哥也很喜欢看美女，但不好看的他还喜欢大声谈论人家的身材罩杯。某次一起排队吃自助餐，前面的美女凹凸有致臀型饱满，欣哥一脸坏笑地指着中正部位说："国破山河在，城春草木深。"

"美女"听见了一回眸，吓软了后面意淫的色狼们。

欣哥失望地说："唉，好好一张屁股，让脸给毁了。"

就是这么个人，愤青还带着一些歪才，就算拉去拍偶像剧也永远都是演谐星的料。

我们经常挑最火的烧烤排档，吃最新鲜的生蚝。正是这样舒适惬意的时候，欣哥总要忆往昔峥嵘岁月，说大学毕业刚出来的时候，没有工作房租都交不起，话费都是靠家里帮着充，手上除了吃饭的花费都没有多余的钱坐公交。后来熬到房租也交不起了，就出门步行去借钱，经常是顶着四十几摄氏度的天气徒步走十几站地，每天精打细算地过日子，从牙缝里挤出一片天地。

他说那时候就想带老婆吃一顿春饼，后来就瞒着老婆在外面兼职，每晚加班三个小时赚四十块钱，周末就两人一起去吃大餐。第一次去的时候，他看着老婆幸福的吃相，自己一直嘤嘤地哭。那是男人没钱的日子，穷苦疲惫，却永耀光辉。现在我看见这对互相鄙视的胖夫妇，再也无法想象他们当初卷着春饼互相喂吃的样子。

他们有过一段插曲，只有少数人知道。就在两个人日子逐渐转好的时候，欣嫂因工作需要去北京出差一个月。寻常看这倒也没什么，两个人彼此信任，轻车熟路地交代些生活上的琐碎，欣嫂就踏上了去北京的路。

这一去可倒好，欣嫂所在公司北京分部的老总一眼就看上了她，每天开车载她绕着帝都转，吃牛排喝红酒，早餐晚餐再加餐，扫货一层二层又三层。欣嫂没见过这架势，半个月就缴械了，一个月后根本没打算走。这就又待了一个月，她敷衍着欣哥说是工作需要，欣哥倒也没多问。

等嫂子再回来就是收拾行李，迁都京城了。欣哥一下就傻了眼，后来听说嫂子收拾行李时，他也没拦着，自己穿着拖鞋出门跑步，能跑多远就跑多远。他一边跑一边哭，哭得迷路了，眼镜也丢了，拖鞋只剩一只时才一瘸一拐地往回走，一脚一个血印。

没有翻天覆地的变化，也没有寻短见殉情的戏码，一切依旧。欣哥没有颓废买醉，只是把房子收拾得越发干净整洁，开始系着围裙钻研食谱，中西大餐，日式甜点，仿佛把菜谱与食材都装进大脑，手上拿着菜刀，心里想着工序，那些难过的事才能暂且放一放。

感情的路上总会有一些坎儿，你过去了，它就不再是坎儿；你不过去，它就是一道疤，总是戳在那儿，时不时杵你一下，始终不肯变成你茶余饭后指点人生的谈资。

半年过去了，朋友们见证着欣哥从泡面领主变成业界神厨的心路历程。他的每道菜都细心地拿捏着配料、掌控着火候，和半年前那个对着女郎吹口哨的爷们儿判若两人。

后来我才知道，欣哥很早就想学做饭，想在家也能做出来两个人都爱吃的美食，不仅节省开支也丰富情趣，谁知这计划没来得及实施，便蒲苇不如丝了。欣哥却在这计划完全失去意义以后迅速地实施了，他每时每刻都在潜意识里提醒自己：这盘中的美味，他要独自一人吃下，独自一人。我明白他在用这样的方式，锻炼自己的坚强。

也就是这个时候，欣嫂回来了，带着和欣哥一样的疤。北京阔佬没法娶她，因为阔佬的千金不喜欢她，欣嫂也没耐着性子和他女儿相处，就步步紧逼着阔佬。最后，蜜月期过了，阔佬的“去你妈爱谁谁”脾气上来了。欣嫂眼看修成正果已无望，就主动辞职了。

举目无亲的北京她一刻也没想多待，提着行李就杀回了深圳。飞机起飞前，她发了条短信给欣哥，内容是“晚八点到深圳”，信息发出后就关机了。

下飞机后，她戴上墨镜掩饰半年前义无反顾的尴尬。待她走出机场后环顾四周，欣哥正站在一辆出租车前缓慢地挥手，干净而笔挺。

两人回去的车上彼此恭让，连问候的寒暄都没有，就好像以往的某天接欣嫂下班一样。到家后，嫂子在熟悉的客厅里陌生地望着四壁，客厅多了一些储物柜、杂志和植物，井然有序，卧室里一席独被，方方正正安安静静。欣哥系着围裙默默地煲汤，仿佛一切都一如往常。

许久以后，欣哥才告诉我，他在厨房做饭的时候，忍着决堤一样的泪水没哭出声音，嘴却咧到了耳朵边上。一个人静静地哭得声嘶力竭，一锅汤没敢多放盐。

男人就是这样，明知道会遇见很多必然要妥协的事，却藏着一肚子委屈怎么也不肯言说。想要自尊不接受你回头，却也放不下你一人流落街头，想了无数次重逢的画面，看见你狼狈也该觉得报应如此，预先准备好的嘲讽一张嘴却变成了嘘寒问暖。想言也言不由衷，想弃却锲而不舍，恨总比爱容易放下。

我问欣哥，嫂子在北京的时候，你想不想她？

欣哥说不想，就是惦记。

我说惦记不就是想，有什么不一样。

我暗自感叹，果然是男人改变世界，女人改变男人，一次别离就要了他侠客的放荡风骨。

万能青年旅店说，是谁来自山川湖海，却囿于昼夜厨房与爱。

直到我自己和心爱的姑娘分隔两地时才明白，这想和惦记还真是两码事。

想念是主观的，带有自身强烈的欲望，想你每时每刻都在自己身边，想和你一起吃饭，一起睡觉，一起逛街，一起洗澡。想参与你生活里的每个细节，想把自己刻进你人生的每一寸掌纹。

而惦记是一种沉默的温柔，是远远地看着你，用目光打探你的体态与面容，妄自揣摩你的生活状态，想你能吃好、睡好，一切舒适，日子顺心。这惦记是唠叨的、是陈旧的，是在慢慢斟酌后悄悄塞进你口袋的，不如情人一般热烈，却像亲人一样体贴。

尔后，他们两人都未再提及此事，像是一段真空的记忆被人凭空处理了，朋友们彼此心照不宣也当作什么都没发生过。两个人静静地生活，彼此爱护，直到今年八月，两人终于修成正果。他们的关系正式受到法律保护，再也不怕街道办大妈敲窗户了。那些过往会在时间的帮助下慢慢腐烂成空，止于唇齿，两个人也将没羞没臊地互相鄙视着过一生。

挑爱人得像挑钱包，选的时候小心翼翼，拿在手里仔细丈量，太简单的自己看不上，太浮夸的怕被贼盯上，就选拿在手里最舒服的那一个，放得进口袋也装得了背包，里面夹得了全家的照片也放着全家的保障。即使日子久了，洗裤子时忘在里面也没事，彼此摊开了心扉，把那些潮湿拿出来晒晒阳光就好，细心地数着人民币和银行卡，看着全家福，大把赚大把花，大把摩擦也大把幸福，再不马虎也不辜负。

欣哥是好男人，他是杜汶泽，也是陈小春。他一开始就不是你理想的王子型，但却是那种一开始你就不用再去期盼他回头是岸的好男人。他会在披荆斩棘的前行中拉家带口，擦汗抹泪，俯仰无愧。

姑娘们要明白，你未来的真命天子也许不高、不富也不帅，但是这并不妨碍他用生命的一切去供养你，用自己的胃、肝和肾为你换房子换车，换有保障的生活。

有一次，欣嫂无意中看见欣哥的新年欲望清单，潦潦草草四行字写道："饭菜做好锅里有，老婆裸着家里走。决赛电视正转播，桌上毛豆冰啤酒。"

欣嫂忍俊不禁却也泪眼蒙眬。

故事最后即使柯南没有娶小兰，宜静也没有嫁给大雄，那也不是现实，只是你早已不在梦中。过日子嘛，总得踏实点，日子久了你就会发现身边的这个男人最帅，能一心一意站直了扛起责任，心里也有对未来的计划。他不做屌丝，也不做男神，就做了个耐着性子过日子的普通男人。

最近某次男人帮聚会，欣哥激动地和我说他们公司办了两张工资卡，一张打基本工资，一张打项目提成。言及此处，欣哥居然声泪俱下。我说："欣哥，你哭什么呢？这事儿有什么可激动的？"欣哥低声回道："你没结婚你不懂。"

你说男人和钱较了一辈子劲，什么时候才算真正地有钱呢？

为爱走的每一步

是啊，连爱情这么美好的东西都会在日常生活中消磨殆尽，何况那些雪中送炭的度假式温暖。我当然不敢打扰你的生活，也明白不能爱得太用力，太用力了，你就怕了……

沈璐在失恋的半年里一直努力工作转移着情绪，连上厕所的时间都要挤出来，项目业绩飙升，赚得盆满钵满。就在她打算干完这一票就收手，出去散散心的时候，她意外地从楼梯上滚了下来。

万幸的是骨头没有受伤，只是有几处摔伤。不幸的是颈部划破了个小口子，脸上还有瘀痕。医生处理过伤口后，她被同事七手八脚地抬回家，那阵仗就像乔迁新居一样张扬。所有人张牙舞爪互相指挥，他说他抬人的姿势不对，他叫他们不要弄疼病患。所有人虚张声势的模样化作一场表演，彰显着自己的善良与博爱。

沈璐是感谢这些同事的，虽然她明知自己完全没有那么严重，只是压死骆驼的最后一根稻草被拾去以后，自己还不想很快做出反应，能多赖一会儿，就多赖一会儿，在哪里跌倒的，就在哪里多躺一会儿。而僵硬的自己，让她觉得又好笑、又可悲。

给到了安慰与寒暄，看过了热闹故事，观众们陆续离场，只剩下几尺空房和无法摆脱的沉重寂寞。听浴室的水滴声很久，沈璐自己发呆很久。她举起手机四十五度角拍下自己现在的状态，附上一句：扮相还不错吧。她犹豫了一下要不要发在朋友圈里，最后还是点了发送。

对投入大海的心事瓶，她表面上不在意、无所谓，心里还是一千遍地问，会有多少人看见，会有多少人回复。

有不明何事的朋友点赞，有留言的嘘寒问暖，有的人直接打电话、发微信过来，有的人想要来探望，被沈璐拦下。

虽然发出的消息明显是求安慰的，但是自己目前这种状态真是接受不了太真实的嘘寒问暖，因为会绷不住会难受、会流泪，太不符合自己最近女王大人的设定了。

林君安不问缘由风风火火地杀过来，一开门就被沈璐的造型镇住了：纱布蒙得尤其艺术，脸上瘀青的对称像是有意而为。他憋不住笑出声来，这也让觉得难过的沈璐一时间拿捏不好情绪，于是开口就骂："你还笑，疼死老娘了。"

林君安像是领导莅临检查，忍不住对沈璐的家品头论足一番："日子过成这样，你可真不像个女人啊。"

沈璐呵呵一笑说："那你原来喜欢我，是奔着搞基去的吗？"

林君安语塞，频繁转移着目光掩饰自己的词穷。随后，他慌张之下脱口而出的邀请让沈璐吓了一跳。

"这段时间也没人照顾你，我除了赶画稿也没别的事，你就去我家住吧。我睡沙发，也算有个照应。"

沈璐吓得瞪大了眼睛，她简直不敢相信这是含蓄谨慎的林君安发出的邀请。她不断侧目回避着他诚恳的眼神，想拒绝又张不开嘴，只好摆摆手说："那我看看你的手艺吧。"

沈璐第一次到林君安的家里来，她仔细打量着每个细节，四方安静的一室一厅，阳光充足，置物有序，颜色单调温润，像是无印良品的样板间，和她心目中那些赶稿插画师的生存环境大相径庭。她坐在桌子前，看见透台上还有没画完的线稿，画中的女孩眼神透亮，清澈迷人。

林君安说："我平时也吃得比较清淡，馒头面包，清茶淡水也可下咽。家里什么都没有，我去超市买一点。"沈璐说："我陪你去吧。"君安想劝又住了口，他好像明白了她不再想独处这个道理。于是，他扶着沈璐在超市里熟练地挑选，他比原来更小心翼翼，两个人一步，两步，不紧不慢地走。沈璐突然觉得现在的他们颇有相濡以沫的感觉，只是在失恋以前，她从未想过要把林君安从朋友的分组里，拽进待考虑分组。

他腾出一个大的储物间，按她的习惯一样样摆进去，卫生巾放在最外围，叠成一个方块。沈璐问，需要买这么齐全吗？君安答，有备无患。

夜晚，沈璐躺在床上，卧室开着门，她看着林君安躺在沙发上一边看着书，一边抠鼻屎，忽然觉得特别有安全感。作为睡眠质量很差的人，她听见身边有任何声响，都会警觉地竖起耳朵，所以晚上很容易清醒，白天很容易困顿。如果旁边能有个把风的人，说来也不错。

那一晚，是她很长时间以来，睡得最好的一晚。

随后的日子里，他们相依在沙发上用投影仪放电影，他们一起配茶叶，调试味道，他们打扫房间的角落，像一对默契的夫妇。他看她烹饪，她看他作画。每一天都很漫长，每一天都很安静。晒太阳听雨声，赶着朝阳踩落霞。她的瘀青慢慢消肿，他的胡茬儿越来越坚硬。他们像情侣一样坐在镜头前拍照，没有美图软件，没有华丽的外景，只有相机的定时与“咔嚓”声。宝丽来和面包机一样，吐出一张张欢快的享受。两个人席地而坐，精挑细选着彼此的丑相。到了夜晚，他们不关心娱乐、政治，或者皱纹，只是守着彼此的所有情绪，等着全世界沉睡。

所有的难过情绪都渐渐消融在相处的日子里。沈璐不止一次地问自己，当初为什么那么拼命地转移注意力，差点以为自己会挺不过去。原来失恋就是一场病，免疫力低的人好得慢一点，身体好或者心大的人恢复得快一点。过去的终将过去，我们也会和另外一个人看电影、吃面包，在对失去的释怀中，渐渐放过自己。

有一天醒来，林君安发现沈璐一直盯着他的脸，目光像是已经看进去了，想拔又拔不出来。

“看什么呢？”林君安问。

“看胡子里能不能养蚂蚱。”沈璐答。

林君安问：“有胡子不好吗？”

沈璐回：“好啊，可感觉还是缺点什么。”

林君安没再问，他想等沈璐再开口。

沈璐说："缺少些特别的味道吧。"

林君安伸手去摸沈璐凌乱的头发，碎念道："年轻是要特别，但生活会趋于平稳，总有人是你的落点。"

沈璐问："你是那个人吗？"

林君安忧心忡忡地说："……我不一定。"

沈璐追问："为什么？"

林君安沉默了很长时间才说："未来路太长，谁也说不准。"

沈璐将头埋在林君安的怀里，奋力地呼吸。这不是她想要听的话，或许，这也不是林君安想说的话。只是生活不是偶像剧，我们不能像电视里演的那样，一觉醒来发型还完好，妆容浓淡适宜，都不能在恰到好处的时候，奉上一句：永远在一起。

因为捉摸不定，情绪冲动，我们才要各自冷静，赋予诺言该有的犹豫。

沈璐忽然觉得或许林君安早就不喜欢她了吧，那些过分的关心与照顾，只是对她境遇的怜悯。

那一晚，林君安烧好热水，将沈璐棕黄参半的三千青丝小心翼翼地放进水里，慢慢揉搓。那种想要清洗得当，却又怕弄疼主人的温柔试探，一次次俘获着沈璐的心。

她在快要睡着时，梦呓了一句："林君安，我们结婚吧。"

这一次，沈璐没有尝试去引诱林君安说什么，而是比原来更直白地发出邀请。在两个人一直踌躇的中间距离里，林君安率先向她走出了第一步，在没有得到任何回应以后，他还悄悄地躲在沈璐的周围伺机而动。然而就在沈璐想要缴械的时候，林君安却望而却步。

于是，沈璐勇敢地向他迈出了她的第一步：“林君安，结婚吧。”沈璐又重复了一次。

林君安轻轻地将藏匿于沈璐发丝里的温水挤出，安静地说：“睡吧，明天早上看看你还是不是这么想。”

沈璐一时百感交集，索性睡去，等林君安帮她将头发吹干，抱她入榻，关灯，说晚安。

第二天，林君安醒来后，发现沈璐已经自己收拾东西走了。房间内安静整洁，他的东西都被一丝不乱地放回了原处，好像她从来没有来过一样。林君安知道，这是她被“拒绝”以后，试图保存自尊的一种方式，安安静静地带走每一个细节，在你的生活里溜走，不再留下任何痕迹。

林君安觉得房间似乎从未这样空旷过，每一口呼吸，都像是一声叹息，每一次视线的转移，都像是要逃避。

沈璐又回到了自己的生活里，每天神采奕奕。漂亮的盘头，严谨的正装，精致的她又开始过得有“效率”起来。

过了些日子，她就收到了林君安邮寄过来的一大包茶叶和一个木杯。每天习惯性地喝上一小杯，品着茶，想着这个人，有时想笑，有时晦涩，有时出神地怀念“疗养”时两人的一些细节。

有一天，沈璐心血来潮，就又去了林君安家楼下。她发现曾经最熟悉的阳台上，站着一个正在晾内衣的妖艳女人。她忽然有一股莫名的愤怒，放松的双手慢慢攥紧。这不知所措的情绪操纵着她必须上楼去，亲自听听林君安怎么说，看一看他尴尬的嘴脸。

当然，沈璐也明白这些都不关她的事，他们之间本来就没有关系。可是这样的女人一出现，就激起了她的求知欲。她一边上楼一边暗暗咒骂，林君安你的品位怎么可以这么差，你的心变得也真够快。

快到门口时，她又开始盘算要编一个怎样的理由开口，哦，对，就说有东西忘在这里了。那为什么不打电话？哦，对，手机刷新了，号码全都不见了。不到一分钟，她就为自己东拼西凑了个一戳即破的理由。但是她等不了那么久了，像是要捉奸的贵妇，她整理整理情绪和表情，略带矜持地敲下愤怒的一击。

没有反应，再愤怒一击。

门开了，一个憨厚的米其林大叔赤裸着上身问，你找谁啊？

沈璐显然有些措手不及，故作淡定地问："请问，林君安在吗？"

大叔懒洋洋地说他搬走了，不住这儿了。

趾高气扬的沈璐心一下子跌进了谷底，她徒步回家，像被人放了气一样，蔫儿在了床上。

大叔沉闷而有力的回答持续在耳边环绕。他不在这儿了，你是谁啊？

发微信问问他在哪儿？不行，不能表现出对他有所关心。高冷女神宁可憋红了脸，也不愿意按下"你在哪儿"右边的发送键。

沈璐开始在网上到处搜集林君安的信息，贪婪地不放过一丝痕迹。终于，她发现了他的lofter主页(乐乎网站)。从此以后，每天翻看林君安的插画、照片，俨然成了沈璐的新习惯。他的新鲜事成了她的热门话题，时时刻刻关注，分分钟刷新，很怕错过一个捕捉林君安踪迹的机会。

一天，林君安发了一条更新，照片上的他表情呆滞，望着湖中央，傻气中透出一点蠢萌蠢萌的可爱，微博定位是云南大理。沈璐看着照片里游玩自在的林君安，百感交集。

内心温柔时，她想，林君安你为什么要搬家？你现在在做什么？你是不是去给别的女人洗头了？

情绪狂躁时，她想，林君安你没事瞎搬什么家？插画师不好好画画，到处溜达什么？是不是去大理找艳遇去了？

日子越来越平淡，沈璐懒得思考懒得吃饭，每日面包清粥，口味寡淡。她发现自己和林君安的口味越来越像，好像回到了以前那种失恋的状态，爱情死掉以后，他依然在你心里进行着统治。你孤单地维持着在一起时的少许习惯，每日粉墨扮演着无碍的常人，为回忆献上可笑的秩序。

沈璐忽然明白，自己从林君安家离开时，不仅带走了自己的痕迹，也借着机会让林君安钻进了自己的世界。他像文身一样深深地刻入了她的生活以后，就逃之夭夭，而且一点信息也不留下。如果旅行搬家都不算过分的话，那为什么连一个电话都不会打呢？

分开后的两个人共同拥有的那些甜蜜细节，要么再一次将两人拉拢到一起，要么加倍煎熬着分手的人。可是我们没有办法选择是否避让这些细节，因为惊喜藏在路上的每个转角里，有可能你吃到的一口菜、听到的一首歌，也可以让你一瞬间掉进回忆，无法逃离。

沈璐拽上闺密诉苦，把两个人的事从头到尾叙述了一遍。

闺密大惊问：“他是你的备胎吗？”

沈璐哭丧着脸说：“你看我俩现在谁像备胎？”

闺密又问：“你觉得，他最看重你哪里？”

沈璐还是答不上来，只是觉得他似乎从未向她索求过什么。

闺密说：“你看，重点就在这儿啊，他无欲无求，所以他才更有魅力。”

沈璐盯着闺密老到的眼神，她忽然发现，似乎以往的所有八卦都在这一刻化身为阅历，成了她们两人的经验之谈。

当晚，沈璐把微信里的林君安拉黑屏蔽掉，想着如果他发现看不了自己的朋友圈，一定会来问责，到时候就可以把话题聊下去了。于是，她欢天喜地地为自己蹩脚的招数点赞，翻身蒙被睡觉。

半夜的时候，沈璐“垂死病中惊坐起，翻身就去找手机”。心想万一那个单细胞生物以为我把他删除了伤心过度难以自拔，再一气之下把老娘删了，那这生意就赔大了。

沈璐解除了林君安的封印，他的朋友圈又在她的世界里肆虐起来，那一张模糊的头像，沈璐看了一遍又一遍。她筋疲力尽地倒在床上，用了一个自己最不想用的方式去联络林君安。

“茶叶喝完了，配方是什么，我想自己配一些。”信息发出去后，沈璐就后悔了。她觉得自己的女王气质在这一次对付林君安的战斗中消失殆尽。即使是这样，她还是没有收到任何回复。

但是没过几天，沈璐就收到了重量多出上次几倍的一大包茶叶，小学生书包一样的体积，严肃地摆在公司的前台等待着她的签收。沈璐抱起茶叶气势汹汹地走回自己的座位，将茶叶往座位上一摔，口中骂道："老娘要的不是这个。"

下班回家后，沈璐将茶叶包袱当成沙袋，一拳拳挥上去，打出植物原有的芬芳。一边打一边骂；"这么多要喝多久，老娘喝吐了才能得到下一次聊天的借口是吗？打死你。我擦，打死你。"

打着打着包袱就散了，零零散散落出许多小小的茶叶包，包装各不一样，看得出是手工做的，上面还有字，写着茶叶的功效、每天的剂量，像叮嘱病人一般的口吻，却一句问候都没有。再往包裹里翻一翻，居然翻到了一些她确实需要却又总是忘买的日用品。沈璐此时的感觉就好像林君安就站在她背后，指指点点告诉她这些你放在这儿，那些你放在那儿。

沈璐拿起手机打过去想张嘴就骂，脱口而出的却是当初没有说出来的那一句："你在哪儿？"

林君安说："我在路上，怎么了？"

沈璐说："林君安你真是个有手段的人啊……"

林君安安静了一会儿说："……我一点也不想感动你，我怕，怕你是因为感动、因为冲动，才选择和我在一起。"

是啊，连爱情这么美好的东西都会在日常生活中消磨殆尽，何况那些雪中送炭的度假式温暖。我当然不敢打扰你的生活，也明白不能爱得太用力。太用力了，你就怕了，索性不痛不痒。如果我们有可能，那固然是好，即使没可能，还能倾诉朋友的日常，这样的距离，恰到好处，也有备无患。

可两个人之间，有的渐行渐远，有的不离不弃。更多时候要看他们自己，即使是青梅竹马的金童玉女，也要有第一个耍流氓的人，去奋不顾身，去臭不要脸。当然，更值得庆幸的是向着彼此前进的两个人，即使他们的默契时有时无，即使他们有着各自的速度，即使因为太过着急而撞在了一起都没有关系，只要他们把对方当作仅有的方向，为了两个人相拥的温度，勇敢地为爱走出每一步。

沈璐的情绪急转直下，激动地问道："所以你就搬家，让我找不到你是吗？所以你就去了大理一点音信也不给别人是吗？"

林君安说："从我原来住的房子到你家，坐公交需要五站地，二十多分钟，骑自行车需要四十多分钟。而从我现在的家到你家，步行需要十五分钟，不到一公里，一共是两千五百二十步，误差不超过十步。我去大理是因为新房的主人还没到期，而我的合同已经到了，索性这段时间，就去云南采茶，想一起带回来给你，可是路太长了，物流居然现在才到。"

沈璐收住哭声嚷道："你话怎么那么多？你还在大理吗？我去找你。"

林君安说："刚才在路上，不多说一点走不到。开门吧，我就在你家门口。"

你可千万别像你爸啊

我指着电视里的石光荣和我妈说："你看像不像我爸？"我妈说："他像不像我可不管，你可千万不能像你爸啊。"

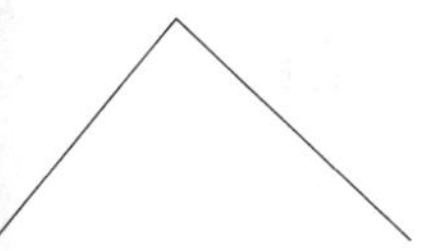

每次给我妈打电话，听她数落我爸是一个必经的程序。按照我家惯例，我妈先是把我爸最近做得不对的地方添油加醋说一番，然后郑重地警告我："你可千万不能像你爸啊。他太倔、太硬，做人啊，要活泛一点。"

我记得儿时有一次陪我爸在单位开会，体制内企业，走程序的事比较多。我爸本身就烦这样的会，他就抱着我在后排看《二战史》，爷儿俩看得津津有味、目不转睛。有个领导不开眼，叫我爸总结一下最近的工作内容，我爸拍拍屁股说："最近挺清闲，没什么事，就是喝喝茶水嗑嗑瓜子。"

周围一圈人捂着嘴偷笑，我爸搞不清楚状况，茫然四顾。领导皱了皱眉，又问："就没有一些具体的工作内容吗？"我爸不耐烦了："有啥具体内容？茶是龙井的，瓜子是五香的，我总结完了。"

就是这么个直肠子，到处当好人，却到处得罪人。

我小时候特别黏我爸。有一次他出差，我抱着他大腿死活不让走，他丢一包糖在床上，我特没出息地去捡，一回头发现他已出了屋。我哭花了小脸挂着两道鼻涕在后面追啊追，最终也没追上。

那时候，家里没什么钱，但是爸妈都是国企单位，有保障，偶尔还有些福利。赶上周末放假，他就带着我去单位的仓库里蹭免费的水果。我满怀期待地牵着他的大手，两小步并成他一大步，仰起头看见他下巴上倔强有力的胡茬儿。

看管仓库的师傅把大门一拉开，里面一箩筐一箩筐的苹果啊鸭梨啊什么的。他打开一筐，把我整个人都放进去。我坐在筐里甩开了吃，这筐吃腻了，就换一筐，像是猴子在蟠桃园，有的果子咬了一口就不吃了，那奢侈劲儿，土豪得很。

走的时候还不忘在口袋里塞满了各种水果，到家了全掏出来给妈妈。妈妈抱着我数，一个果、两个果、三个果……

那时候什么都没有，可是幸福那么多，快乐也那么多。

但从我记事的时候开始，我爸的脾气就很坏，也许和他的成长经历有关吧。我爸十八岁的时候，爷爷就去世了，大伯在远方工作，二伯当兵，我爸是老三，是在家最年长的儿子。奶奶一个人带着几个孩子强推着生活往前走，寡妇门前是非多，经常有人欺负我们家没有主事的。

别人盖工棚占了我们家院子，我爸把棚子给拆了；邻居家的小混混溜进我们家偷鸽子，我爸下班了拎着扁担再去抢回来。这样的还击方法不对、不理智，但是在那个年代他或许找不到更好的解决办法。他竖起了全身的刺，顶着难处尴尬地匍匐，暴躁地面对着生活给的酸楚。他耿直得像一盒钢卷尺，直来直去地活着，谁要他弯曲，他就怒气冲冲地飞回盒子，时不时刮伤身边的人。

我妈有时希望他会察言观色，会见风使舵，这样或许也能在企业里混出个样儿来。可是这些年过去了，他还是学不会溜须拍马，也学不会阿谀奉承。好就是好，不喜欢就是不喜欢。他的喜怒哀乐全都挂在脸上，没有一个成熟男人该有的“世故”。

他和我相处的方式不像是父子，而更像是朋友。我总是没大没小，他也不顾及父亲该有怎样的威严，喜欢拿我打趣、开玩笑。

小学五六年级的时候，我疯狂地爱上了漫画、足球和小说，很长时间都稳坐全班倒数第一的宝座。开家长会，我妈嫌我不争气，一般都派我爸来。我爸也比较镇得住场面，来了看一眼成绩单上最后一名的我多少分，随手就把成绩单放进兜里回去给我妈验收。

就那么一次，有一位同学因为生病缺考两科，我考了个倒数第二。我爸来开家长会，看了一眼倒数第一，发现不是我，眉头紧锁，于是翻到成绩单的背面去找……

父皇，您领了这么多年的成绩单不知道背面什么都没有，是空白的吗？

他寻找未果，怒问：“你在哪儿呢？”

我忍痛答曰：“爸，你看倒数第二个……”

老爸转脸一看，愁眉瞬展，欣慰着念道：“哎哟，倒霉孩子还抓到一个。”

我班主任憋到内伤。

高中时候，我和我的小女友放学刚出校门，就被我爸逮了个正着，我让女孩自己先回家，一个人战战兢兢地面对我老爸。

结果我爸张嘴就问：“你什么眼光？她不就个子高点嘛，你喜欢这类型？”

恋爱中的稚嫩小男孩斗胆反驳：“我喜欢她不是因为外在，你不懂，咱俩口味不一样。”

我爸怒问：“你知道我什么口味？”

脑海中一闪念，我淡定答道：“……我妈那个口味的。”

我爸好像瞬间被雷击到了，回家的路上一直很严肃。当时，我心里这个后怕啊，寻思我爸这是在等技能冷却呢？到家一进门，菜香从厨房里传出来，我爸自己嘿嘿笑着，笑得我直发毛。他回头对我说，对，就是这个味儿。

当然也有不少挨揍的时候，比如我偷了化肥厂的尿素撒在姑妈家的菜园子里，比如我踢碎了邻居的玻璃第一反应是逃跑……少年时那么多次挨揍，如今看来都是可以拿来评判道德和人格的东西。

现在想想，在我最叛逆的那个年代，我打电动他不管，上网吧他给我钱，考试成绩他很少过问，就连早恋这样“大逆不道”的事他都觉得可以从宽处理，但是那些违反他做人原则的事情，他却从不让步。我不知道这是他独特的教育方式，还是这就是他的处事态度。

但是，这样自由的教育方式如何造就了今天的我，他当然不得而知。这么多年的放养生活里，我以自己最原本的状态生长着。是这种自由，让我在任何一个陌生的环境中都能迅速地融入进去，将自己的气息铺散开来。你说是我无知也好，莽撞也罢，起码在我起初要试探这个世界的时候，我爸没有因为顾忌或担心我太多，而过于束缚我。

后来我离开家，融入大学生活里，尽管离家很近，却很少回家。我把自己的生活丰富得滴水不漏，我玩音乐、跳舞、演话剧，勇敢地尝试着每一样我不曾接触过的新鲜事情。

大一放寒假回家，一次家里吃火锅，我和我爸去买菜。走路的时候，我步伐快了点，他跟着我走急了，累得气喘吁吁。我故意放慢点，他强调着说就是昨晚没睡好。

快到家附近的时候，突然下起了雨，我爸开始加快步伐往家里跑。我不敢超过他，一直在后面跟着。跑着跑着，他扭曲着姿势，突然回头大声说：“你看，我跑得不慢，我身体还很好！”

我忽然觉得鼻子一酸，手足无措。他的衰老在那一瞬间被放大，像一张网，铺天盖地地将我捆绑起来。我舍不得追上他，脚步越来越慢，腿越来越软。我小声说了一句：“爸，你等会儿我，别走那么快。”这话却被风吹散了，飘进我耳朵里已经变成了哭腔。

成年后游子的离开，就像小时候父亲的远行，待到回来时，岁月和我们都开了个巨大的小差。

五十岁之前，他意气风发，敢找全世界的碴儿。

五十岁之后，他发现一口气上七楼需要在五楼停一下。

我印象里，他老是青筋高挑，开口就是："你信不信我剁了你？"

我以为他老了，时间驯服了他，也驯服了他的脾气，其实才不是。大四的实习期，我赚了一点钱。放假回去赶上他过生日，就给他买了一双新鞋。我买的时候没注意，回去后发现鞋底有些磨损，他就自己去找店员换。店员说这个样式的就剩下这么一款了，换不了，要换只能换同价格的别的款。他就要店员从别的店里调，没有就从外地调，店员嫌麻烦，不想给调。他说着说着就和人家吵了起来，吵得特别凶，引来好多人围观。

我赶到鞋店门口气得直喘，不分青红皂白地说："都这么大岁数了，有什么事不能好好说吗？你怎么和谁都吵啊？你还当这是咱家啊都让着你？"

他嗓门飙得老高说："别的样式我都不要，我就要你给我买的那个，就要那个！"

我愣了几秒，像哄孩子一样把他哄出来，摸着他的脾气往下顺。我说："爸啊，别生气，要不我再添点钱，咱买个更好一点的，好不？"老头看了我一眼说："嗯，也行。那你再给我好好挑挑。"

那好像是我第一次给他花钱，他那么认真，居然显露出一点孩子般的幼稚，一共五百多块钱的鞋，至今几乎还是崭新的。

我打算来南方工作的时候，他并不是很情愿我走这么远，但嘴上还是说："你爱去哪儿就去哪儿，没人管你。"然后悄悄地在我上衣口袋里塞上几千块钱。这几千块"救命钱"我一直封着口，好好保存着，想将来能让这个信封厚上一倍，再骄傲地还给老爸。

可是后来由于一次意外失误，我的预算超支，不得不花掉这个信封里的钱。那个月过得狼狈极了，我啃着馒头、咸菜，看着我爸塞给我的那个已经空了的信封，忽然明白，在我自认为很凶猛，要甩开袖子和这个世界搏斗的时候，他早就用这样的方式，原谅了我的幼稚。

大学的时候兼职过，也实习过，以为这就算工作了，没什么了不起，可真正闯到职场以后才发现根本不是那么回事。以前因为是学生，哪怕做错事，也能拿着身份去当挡箭牌，因为有理由稚嫩，有理由莽撞，就有理由在一次次错误中收着全世界的安慰，再全身而退。

年轻的时候，容易沾沾自喜，容易得意忘形，需要被这世界扇几个嘴巴子，才能清醒一点，去看待自己的缺点与惰性。这个展开的信封，真的就像有话要说一样，让我忽然想起我爸和我说过的一些话。

他和我说："孤独的人可以是一个个体，也可以成为一面旗帜。"

他和我说："做一件事，时间久了，才能看出差别，喜欢一个人也是这个道理。"

他还和我说："人不能什么东西都想要，求仁得仁实在奢侈。失去这件事不会让你强大，你要明白的是，为什么会失去。"

当初，他给我的那些说教套词，最近几年反复地出现在我脑海里，并且不断被现实反复论证着。

我知道他不喜欢我在这种一线城市里过着属于自己的三线人生，但是他还是在整理我的书架、擦拭我的奖杯、翻看有我文字的杂志时，冷静地鼓励我去过自己想过的生活。

特别累的时候，我和他说，想出去走走。他说：“那就去吧。去看看，去体会体会。路上有许多好玩的东西，你看了，你就懂了。”我想起小时候摆弄他的胶卷相机，看着他把一沓沓纸质照片从暗房里拿出来时激动的样子。他照着书上的字念给我说：“这个世界的许多角落里藏了很多的美好和幸福，你必须亲自去取，别人给不了你，你需要的是为之付出努力、汗水，还有时间。”

以前看过一个电视剧，叫《激情燃烧的岁月》，里面有一老头叫石光荣，我觉得和我爸特别像，脾气臭、蛮横，还不讲理，惹得妻子和自己吵吵闹闹一辈子，三个孩子也没落得清静。

我指着电视里的石光荣和我妈说：“你看像不像我爸？”我妈说：“他像不像我可不管，你可千万不能像你爸啊。”

我爸有很多缺点，他暴躁、酗酒，喝醉以后还要酒疯，他还特别懒，洗衣做饭统统不会，做错事也不承认，死要面子。他这辈子也并不如意，但是他没有把那么多的压力交托给我，没期盼我大富大贵光宗耀祖，也没有把我当成他人生的绝地反击。我考什么样的大学，做什么样的工作，去哪个城市生活，喜欢什么样的姑娘他统统不管。他只希望我能成为一个好人，并且快乐，快乐而已。

我不吸烟，也不喜欢喝酒。就算喝了也不喜欢拉着人耍，而是找个地方刨个坑，自己睡觉。每个人排解压力的方式都不一样，我喜欢家里多一些植物，多一些书，安安静静的，再有一个老唱片机配上一壶茶，那就太美了。

但我的确很像我爸，我也非常倔，也是直肠子，会因为相信一件事或一个人，昂着头和生活叫板，但我更像我自己，我是他的延续，却不是复制。

我爸今年已经五十五岁了，他已走过了自己的一大半人生。他因为自己的老实，着实吃了不少苦头，但是他依然会主动去换楼道的灯泡，会在路上帮环卫工人推一把垃圾车，会在跳广场舞的人群旁，一脸不屑地看着我妈，却又带着笑容。

他依旧不会说软话，不会表达自己的情感，嘘寒问暖到嘴边又咽回去，把一句句问候，转变为生活里的细节。时不时跃跃欲试给你寄点东西，你不给他打电话，他就跑去给你充点话费提醒你一下。但是他还是那副傲娇模样，喜欢打趣你、挖苦你，却又忍不住想要知道你的一切消息。

今天父亲节，我给他打电话的时候，他问我书稿的事情。

我爸："听说你在准备书稿？"

我："是啊，怎么了？"

我爸："你写我了吗？"

我："没有，你想让我写你吗？"

我爸："不想，可千万别写，你也写不好。"

我："唉，你就不能鼓励我两句吗？"

我爸："行啊，儿子啊，好好写快点写吧，村头厕所没纸了。"

我："……"

唉，我就知道。

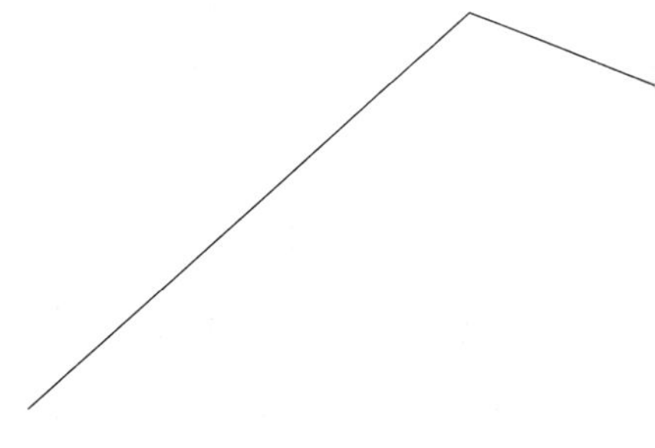

放弃手术

不知道你明不明白，人们有时会不择手段地去博取爱，通过任性、颓废，甚至是报复，来获得自己想要的关怀、想要的爱，可结果却总是与初衷背道而驰。

甘南说，那是爸爸第一次对他动手，他记得非常清楚。父亲看见他在左臂上刺了一个救世基督的文身以后，气得双唇微颤，扬起巴掌重重地扇在了他的脸上。

甘南并不觉得难过，他看见父亲愤怒和无奈的样子反倒有一丝得意，他终于依靠伤害自己，获得了报复的快感。

甘南的父亲是一家私立医院普外科室的主刀医师，资历颇深，工作时经常会有生命在他的手中逃过一劫，或遗憾过世。但父亲的行事作风却极其个性，因为见惯了生离死别，所以早就看开，并不像其他医生那样爱惜自己的身体，抽烟，喝酒，甚至还有流言蜚语说在夜总会的门口，看见他和一个女人互相搀着散步。许多要做手术的病人在医院内部打听消息以后，都不愿意让他父亲做手术。传言说，他父亲过于散漫，手术成功率极低。

不仅如此，父亲似乎从来不关心他的生活，对他仅有的问候是他是否缺钱。必须承认的是，母亲离开他们这么多年以来，父亲把他养得很粗糙。他清晰地记得儿时在幼儿园被同伴用水枪浇湿了裤裆，同学们嘲笑他尿裤子。放学时，他打算满心委屈地向父亲“告状”，可是父亲只是满脸嫌弃地把他的裤子脱了下来放进塑料袋，然后拎起光着屁股的他放到自行车后座上，一路骑回家。

同行的小伙伴们在爸妈自行车的后座上不断地向他发出嘲笑、羞辱。那一刻，甘南小小年纪竟然也有了一种心如死灰的感觉。他想跳车，拼命地摇动小屁股希望摔到在路上。总之，不想再看见自己裸露潮湿的下体和同伴讥讽丑陋的表情。

这让从小就缺失母爱的甘南非常失望，成年以后他很长时间都不称呼父亲一声爸爸，他们一个月也见不上几次面。有时候，甘南甚至觉得自己是抱养的，父亲根本不在乎他，那些传说中的父爱，为什么自己一点也体会不到呢？他是恨父亲的，恨父亲弄丢了母亲。他也恨母亲，恨她为什么没有带走自己，居然舍得把他留给这个一点也不爱自己的男人。

少年甘南开始也对自己的生活漠不关心，逃课，打架，扒火车，虚妄度日，少不知愁。他成了老师口中校园中的反叛典型，他一直戴着这顶帽子，四处游荡，迅速成长。然后按部就班走着父亲为他铺好的路，从医学院毕业以后，到爸爸的医院实习、工作，成为和他父亲一样的“绯闻”医生。然而，他们还是没有办法亲近起来，即使在单位迎面撞上，彼此连招呼都不打，连同事之间的寒暄也没有，装作不认识一般擦身而过。

工作以后的甘南忽然发现，这个世界每天发生的意外远比他想象的要多得多，即使打起了十二分精神进入这个行业，也还是不够。他需要不断地让自己冷静下来，每一个可能疏忽和错过的细节都会导致一个生命的陨落。他原来最看不起的课本上的那些内容如今全部在实践中获得了确认。面对这份工作，他第一次变得谦卑起来。

甘南认识罗岑是在一次中秋演唱会上，那天罗岑打扮得格外漂亮，静坐在甘南旁边。甘南三分心情分给了台上的歌手，剩下的七分全都放在了罗岑身上。在结尾手拉手大合唱时，他们举起双臂挥舞着荧光棒，消耗着青春不竭的热情与体能。灯光流过，印着罗岑的侧脸划出精致的曲线，甘南凝住呼吸，不敢细看。

他们第一次约会，罗岑骑着一辆摩托，到时她洒脱地放下脚蹬，脱下安全帽洒出长发。甘南整个人愣在原地，简直要举起双手缴械。那是他第一次骑摩托，显得有些孩子气的兴奋。罗岑从他腰间环绕着双手把着他，两个人在空旷的广场上横冲直撞，透支着年轻的活力。

罗岑的父母都在外地打工，她自小和奶奶生活在一起，同是问题少年的罗岑似乎比甘南要早熟许多。他发现自己以前玩的那些把戏在罗岑面前，完全是小儿科。他们在一起的时间越来越多，很快就坠入了爱河。

罗岑的身上一共有七处文身，分别文着不同的图案、名字，还有花纹。甘南疯狂地喜欢着罗岑，他被她的一切东西吸引着，包括罗岑刺青时认真的眼神。他决定让罗岑帮他在自己身上也刺上一幅图纹。

之后就有了甘南左臂上那幅救世基督，因为父亲的愤怒，他再一次觉得自己做了正确的决定。

甘爸爸用手指着甘南，僵持了一会儿，问道："你就这么作践你的身体是吗？"

甘南冷笑："文身怎么了，大街上文身的多了，你就很爱惜你的身体吗？"

一向洒脱浪荡的甘爸爸第一次这么激动，他的样子甘南多少有些触动。在诡计成功内心愉悦的同时，他也有些不明所以的紧张，直到看见甘爸爸双眼泛红，他才开始收敛自己的任性。

那天，他们亦如往常一样不欢而散。甘南骑着摩托去找罗岑，他想和恋人分享自己的快乐，不明所以的快乐，一种刺痛的快乐。可是，他怎么也高兴不起来，此时的左臂仿佛正在燃烧，烧掉了刚才内心的得意，又慢慢烧掉了他所有的防备，丢盔卸甲般逃窜。最终，他见到罗岑时一句话也说不出来，只是静静地抱着恋人，他的快乐燃烧殆尽，失落填满了内心。

不知道你明不明白，人们有时会不择手段地去博取爱，通过任性、颓废，甚至是报复，来获得自己想要的关怀、想要的爱，可结果却总是与初衷背道而驰。

某天晚上，罗岑骑着摩托坐在医院门口，等甘南下班。他们见面时迫不及待地黏在一起，旁若无人地紧贴着甜蜜。这时，正好撞见从医院走出来的甘爸爸。

半夜的时候，父子再一次吵了起来，因为罗岑。甘南父亲拽着他的胳膊问：“这个是不是她让你文的？”

甘南恼羞成怒，甩开父亲的手，字正腔圆地强调着：“是我自己想文的，我喜欢这个文身，我还要文更多。”

显然甘爸爸对这个头发有三种颜色的女孩有很大的成见，但越是这样，甘南就越是和罗岑亲密。他在不知不觉中，又掉进了和父亲作对的怪圈里。

那天罗岑一边打电话，一边骑着摩托穿街走巷。骑出巷子冲上街的时候，被迎面的大巴车撞了出去。整个人倒在血泊之中，昏迷不醒。

她被人七手八脚抬到了医院，抢救结束以后，护士用毛巾擦掉女孩脸上的血渍。甘爸爸这才认出来，病人是自己儿子的女朋友。

罗岑浑身多处伤口，并伴随一定程度的脑震荡颅内瘀血，病情一点也不乐观。甘南终日在病房门口观察，有时罗岑醒了恢复一些意识，就不停地伏在甘南耳边说：“先别告诉奶奶，奶奶心脏不好，等我再恢复恢复……”说完又沉沉地睡去。

每一次罗岑醒来都伴着沉沉的头痛，说几句话就虚弱得不行，不一会儿又沉沉地睡去。甘南一直守在她身边监控着她的状态，大夫对罗岑的颅压升高采取了各种措施。时间分秒揪心，仪器的声音和病人的呼吸一样微弱。

甘南也没有想到，第一次见到罗父和罗母，竟然是以这样的形式。他们在病房门口哭天喊地，惭愧、后悔、互相指责，而甘南则静静地透过窗户看着罗岑微微皱眉的睡相。

他从未体会过那样的难过，他第一次这么在乎一个人，也第一次感觉到被一个人这样在乎着，而这个人现在就躺在自己的面前，他却无能为力。

那天晚上，甘爸爸又去抢救了一个重创患者，不幸的是伤得太重，一口气没缓过来，还是去世了。病人家属在病房门口嚷嚷着，拽着甘爸爸的衣领肆意谩骂道："人家说你不行我还不信，是不是因为没有给你塞红包，你个人渣……"

甘南远远看着衣服早已被汗水浸透的父亲被别人拎来拎去，周围的医生拉着家属。甘爸爸一句话也不说，满脸疲惫，眼神落寞，任由别人推搡着、扭拽着。

夜晚的医院花园虫叫声都没有，甘南远远地看见父亲衣服还没来得及换下，一个人坐在长椅上，满头大汗，艰难地喘息，汗水沿着他的皱纹滑下来。他走过去坐在父亲旁边，两个人第一次能在一张椅子上坐这么久，他们一根烟一根烟地抽，谁都不说话。

甘南第一次理解了，其实做医生在救死扶伤中所得到的成就感，比起所承受的巨大压力，简直不值得一提。他忽然理解了父亲的放浪形骸，了解了他的洒脱无奈。父亲每天都要面对那些无理的谩骂和诽谤，还要顶着巨大的压力去坚持，因为这也是工作的一部分。

他希望自己能活得轻松一点，在一个人忙忙碌碌的孤独羁绊中，能让自己扛下来。

甘爸爸又重新点燃一支烟，缓缓地给他讲了一个自己刚上班时的故事。

甘爸爸刚到医院上班的时候，医院条件还没现在这么好，即使病得再重，也没有那种单间给你住。那时候，他老是跟着师父一个病房一个病房地走，看病人、学东西。后来他认识了一个姑娘，她住院有一段时间了，病情不乐观，不治，就是一生要人照顾，治疗有痊愈的可能，但是也要承担危险。家里人正为手术费发愁，也纠结到底要不要手术。那姑娘特别漂亮，两个大麻花辫，大眼睛忽闪忽闪的，坐在病床上，虚弱得像一座美丽的冰山。甘爸爸每天都去找她聊天，上树摘李子给她吃，因为年轻不懂事，半夜还带着她逃到楼下看星星，害得她差点感冒。

他那时候只想好好地和她在一起，甚至认为她一定能好起来。他鼓励她做手术，她也和父母去商量，后来钱凑足了，他们最终决定手术。那时候，甘爸爸连给主刀医生当助手的资格都没有，甚至还有些胆怯，想象一下自己喜欢的人就躺在那儿，他的手就开始抖。一个大的外科手术，需要麻醉医生、主刀医生、器械护士、巡回护士、主任医师等，得八九个人吧。他的师父问他，要不要和他们说一说，让他当个助手，不知道师父是不是在试探他。犹豫了很久，甘爸爸还是放弃了。那天，他在离手术室很远的医务室里等消息，仿佛每一个路过的人都踩着他的心率。

手术失败了，她病情加重，父母带她上京城求医，还欠下一屁股债，他们此后再无联系。那时的甘爸爸每天都尝试给京城各个医院写信，他想知道她在哪儿，但是他又害怕知道她的消息，想知道她有没有好起来，又怕得知她根本没有好。后来甘爸爸再恋爱，结婚，再有了甘南。故事就此沉落谷底，人们各自为生计沦落天涯。

前年，甘爸爸开车路过仿街找停车位的时候，看见了她。她坐在一家夜总会的后门，清洗着一些琐碎的东西。她剪短了头发，说是好打理，她还结婚了，嫁给了一个在南方认识的男人，还生了一个女儿。

自那以后，甘爸爸路过那儿的时候，就会去看看她。他有时候觉得自己这一生都欠她的，有时候也替她惋惜，但是命运不可回头。在用力奔跑做出选择以后，我们不得不用那么多的眼泪和时间，去尝试经历，去面对和接受。

末了，甘爸爸转身对儿子说："太激烈的相爱，只会将两个人的脑子都撞错、撞坏。年轻，有的是力气犯蛮，但是你要想这份感情能好、能长久下去，就要学会忍。"

甘南看着父亲的霜鬓，似乎明白了什么。或许只有真正失去过的人才懂得，如果能在当时保持一份克制，不那么冲动，或许就不会失去那么多，即使失去，也不会是现在这种结果。谈恋爱好像和讨生活差不多，需要拿得起、放得下，需要看得开，也忍得了，忍得按捺不住的思念，忍得已经到了嘴边的气话，忍得因为爱所带来的恨，还有因为过于依赖而产生的压力一般的信任。

"人生和红尘都一样，看透可以，不要看破啊。"甘爸爸说。

是啊，在经历了那么多的起伏后，还能说出这样的话，人生和红尘，都是多么有意思的事情啊。

起身的时候，父亲问他：“罗岑的手术是我做，你……有什么想说的？”

甘南坐着没动。

“如果你愿意，我可以放弃手术，去和主任医师说，让他亲自来，我给他打下手……”

甘南忽然觉得眼睛一热，全身开始发麻。他听见父亲随意的一句话透出了好多颤音，好像在不断向他示弱，又好像不断向他逞强，字字句句，全扎在心上。他低头不语，咬着牙，陪父亲一起抖。

“那你……要不要当助手？”父亲岔开了话，但是他明白，父亲必须问他。

甘南还是没有说话，两个人沉默了一会儿。父亲似乎已经得到了答案，他掐灭了烟头，拍了拍身上的烟味，缓慢地朝着楼内走去。快进楼的时候，他转身对儿子说：“哎，她素颜比化妆好看。”

罗岑开刀的那一晚，他们父子各自为两位病人手术。甘南拼尽全力摒除杂念，全力配合主刀医生。他的手术一切进展顺利，但是他却比主刀医生还要紧张。那一刻，他明白此时的自己已经听过枪响，开始和父亲、罗岑赛跑。他甚至没有多余的时间去喘息，全心全意地做着自己的工作，因为他不想失去眼前的一切，更不想留下一生的遗憾，无论是爱人，还是病人。

甘南大汗淋漓，这是他这辈子最难熬的几个小时，每一秒都像是煎熬，用吞咽着氧气的方式，溺水一般维持着呼吸……

他们几乎是同一时间结束了手术，红灯落下，手术室门打开，大夫们全身湿透，大跨步走了出来。家属围着问病人怎么样了，父子二人各自挣脱了亲属们的追问，开始在走廊里奔跑。

他们近乎逃窜一般绕过一个个长廊和病房，相遇在走廊的拐角处。两个人一起倒在了地上，并排躺着气喘吁吁，等着对方先说结果。

呼吸逐渐平稳，他们侧过头，死盯着对方的眼睛，表情紧张，互相都不先松口。慢慢地，绷着的两张脸开始融化，逐渐露出笑容，两个人躺在地上放声大笑。他们互相拍打着对方的肩膀和头，夜晚的走廊幽静，一个值班护士远远地看着他们，摸不着头脑。

屋顶昏暗的管灯洒下温柔的光，包裹着人们的情绪。甘南手术服脱了一半，耶稣基督的文身隐约可见。笑着笑着，他们坐直了身子收住声音，脸上泛红，然后开始抱在一起痛哭，眼泪从两张岁月交替的脸上滑到手术服上。他们的哭声撕裂着对方的防线，好像要把这些年内心的恐惧和委屈全部倾泻掉。

他们哭得好像失去亲人一样，他们哭得像重生一般获得了上帝的恩宠。或者上帝也在犹豫，到底该给这两个都经历过“抛弃”的男人，安排怎样的命运。

呼吸机跳动着乐符，幽蓝的医院像一面沉静的镜海，映照出平凡人们的喜怒哀愁。海豚带着鱼群在影子里游过，一双双眼睛在黎明前被海浪声叫醒。

Letter Time：如果我注定孤独终老

亲爱的女儿：

见字如面。

微博上曾有个活动，名字是“如果这辈子注定孤独终老，你选择怎么过？”

我想如果我这辈子都没有结婚，我会去领养一个女儿，也就是你。

别误会，你爹不是那种寂寞空虚想要猥亵儿童的变态，等你长大，你就会明白你爹对萝莉和幼女都没什么兴趣，因为你爹也喜欢被动。

也别觉得血缘这种根深蒂固的传统概念会让我对你的爱有所保留，作为除了你爷爷、奶奶，你爹我这辈子最重要的陪伴，那几条叫DNA的链儿我真心没看重。而且，我坚信你会在我英明神武的教导下和我越来越像，比亲生更像亲生的。我会把我的优点全部传授于你，除了说脏话时的潇洒和性感的胸毛。

我们之间的交集可能要从我教你分辨韭菜与芹菜开始，你爹当初犯过这样的错误，因此留下了被你奶奶耻笑多年的阴影，我不能再让你陷进这个坑里。喂奶粉这个工作交给你奶奶，你也懂她远比我有经验。我会负责陪你玩，我正努力练习抱你的正确姿势，我也保证飞高高不会超过两米五的距离，我恐高，我担心这“遗传”给你。

我会允许你在我的背上、脸上以及家里的墙上画画，但是不允许你写“拆”字，咱还得在这屋里住几十年呢。但是你墙上的大作我是不会擦掉的，等你长大后，我会让你看看当初在家里你都干了些什么。

别嫌弃你爹做饭不好吃，你没来的时候你爹是吃地沟油的，你来了你爹才打算自己动手，过正常的饮食生活。太不对胃口了就去找你奶奶，不过吃剩下的记得帮你爹打包回来。

很遗憾，我不能和你分享生理的常识与化妆的技巧，你可以按照自己喜欢的方式打扮自己。如果你足够了解一些文化，我也会允许你文身，但是千万别在身上镶金属球球，你爹心脏真的不好（此处捶胸）。但作为同类物种中较为另类的一个，我会给你很多择偶的建议。当然，你有自己选择的权利，我也尊重你的选择，哪怕你爱上了一个人渣，只要对你好我就可以放他一马。晚上不回家？你想都别想。

可能矛盾有时候就是从这儿开始的，岁月终于在我们之间挖开了鸿沟。每代人都有自己不同的价值观，不求达成一致，但求彼此包容，多迁就对方的感受。就好比你还在摇篮里时，父皇我正在用膳，你不合时宜地放屁排便，那时我没怪你，也不会和你讲道理，家哪是讲理的地方，我宠你，你也让让我。

你是我上辈子的情人，我不得不榨取我这一生的细腻与娇宠来还上辈子我亏欠你的债。我没有机会好好地爱你妈妈一次，所以把这份爱双倍给予你。你觉得好与不好，爹都尽力了。可我希望你能长成最温暖的那种人。我希望你善良真诚，端正独立，身怀梦想，怡然大方。

即使你无法摆脱世俗的束缚，我也希望你能去过自己想过的生活，其余的你担心的一切，都交给我。为父愿穷尽一生与现实斗争，换你一个只属于自己的人生，但你的选择我不会过多干涉，直路、弯路都是你的风景。

孩儿，即使这样，我知道我仍亏欠于你。可能无数次，你在幼儿园看见别的孩子被妈妈温柔地抱走，而你只有父亲满是杂草的胸膛时你也会难受。也许会有讨厌的小朋友笑你是没有妈妈的孩子，会以各种你厌恶、我憎恶的方式伤害你。那时，你来问我，妈妈呢？我会告诉你，妈妈是个旅行家，她在时光里等我们，等我们一起去找她。这不是善意的谎言，这就是不折不扣的谎言。

当有一天，你成长到我再也无法用这样的谎言敷衍你时，如果你愿意，我会买上一辆保险的车，带着你去找妈妈。

我们去青海湖的花海里找，我们去阿勒泰的山里找，我们去稻城亚丁的巷子里找，我们去梅里雪山找，我们去纳木错的湖边找。

其实，你也知道怎么找都是徒劳，但重要的不是我们有没有找到妈妈，重要的是这一番行走，这一路你见过的世间百态与人情冷暖，这一路你所忍受的艰难险阻与饥寒交迫，这些成长能让我更放心地把你交给这个世界。

孩儿，你妈妈是个旅行家，我在你身上又一次看见了她的影子，我爱她，就像爱你一样。

你成年前，我是你的棉衣你的屋檐你的伞。

你成年后，我只是你脚下的路，你脚踏实地，我就内心平缓。

会有一天，你玩的游戏我看不懂，你走路的速度我跟不上，我就要退出你的生活，抑或有一天我要把放在我手心的你的手，交给另外一个男人。我交接的动作会异常缓慢，请你理解，这分分秒秒的迟疑都是在回忆我们父女的种种过往。

从你追着我要抱抱，到我牵着你去菜市场；从我看你在幼儿园里演话剧，到你坐在阳台里听楼下不同的男孩为你唱歌；从我躺在床上看书时，你喊着“巴巴”撒娇努力爬上我腹肌的样子，到你无论干什么都要关着自己房间的门；从你穿着学士服拿着学位证站在我身边，到今天你穿着婚纱站在另外一个男人身边。

想到这儿，我缓过神来才发现你们已经手牵手离开我，走了好远。我不觉得老泪纵横是一件羞耻的事，我更愿意体会你找到另一半的幸福感受，因为你爹未曾体验过。

你的倔强和我真是像，但是别强留，你们有两个人的生活。当外公时，我会回来看看孩子有没有小JJ，要是你觉得我带孩子的技术还行你也可以雇用我，我还不见得答应。

孩儿，写到这儿我突然想起第一次教你走路，我渐渐地放开手时，你重心不稳摔倒了，我手忙脚乱地抱你起来，你疼得扑在我怀里大哭。那时，我在想，要是你这一生都能把难过的泪水与鼻涕都擦在我怀里，那该有多好。

此致

摸头

爱你的　墨爹

睡语：哄你睡觉

在很久的以前和以后

森林里有一条长颈鹿大道

路过那里的动物们　都抻长了脖子看着远方

它们活在对未来的期许中　磕磕绊绊　踉踉跄跄

小熊暗恋了小兔很久

蜂蜜总是吃一半藏一半

将蜜汁偷偷抹在低矮的树丛的叶子上

小兔总是尝上一口　转身就走

一场爱里

小熊没有吃饱

小兔也没有因此而得到

小熊后来终于明白

对一个人好　就该用他也喜欢的方式

否则一切都是徒劳

河流里有一种会说话的鱼
它们总是一边唠叨　一边放屁
喜欢告诫他人　与事物保持距离
自己的味道并不好闻　却对他人各种嫌弃

突然有一天放屁鱼哭了
它说自己的那些批判　并不是非要纠正
过分的尖酸与刻薄　也只是为了遮掩自己的羸弱

林子深处有一个城市来的木匠
他寂寞时　就点燃房屋
指引游客找到来这里的路

客人离开　他再重建
周而复还　周而复还
他说那是城市里养成的习惯
总是消耗自己去攀附　舍弃性格去填补

假如世界上只有一百个人
他们也会有几百种姿态
每一个人都身兼数职

每一个生命都很忙碌

今晚　不要去担心明天未发生的事
我们的生活方式　才是我们的人生底线

就好像
我信任你
早已多过信任感情
你依赖我
像与生俱来的本能
我们共同拥有的　经营的　收获的
亦是我们渴望的　珍惜的　保护的
七点的牛奶　三点的茶
六点的炊烟叫我回家
挤一把大伞　床头滚床尾
沙发里聊聊芸芸是非

你可以发呆　或是想想晚饭
在我牵着你回家的路上
我们穿过灯红酒绿的荒芜和欲望
蹚过车水马龙的市井与城墙
迷途未返总有意义

马儿也要歇一歇　我们在路边小憩

挑出你发丝里的细草
拨出你衔在嘴角的发梢
你的呼吸何时这样轻过
在银河般深邃的夜里
一次次将我击落

亲爱的　晚安
你睡你的
我看我的

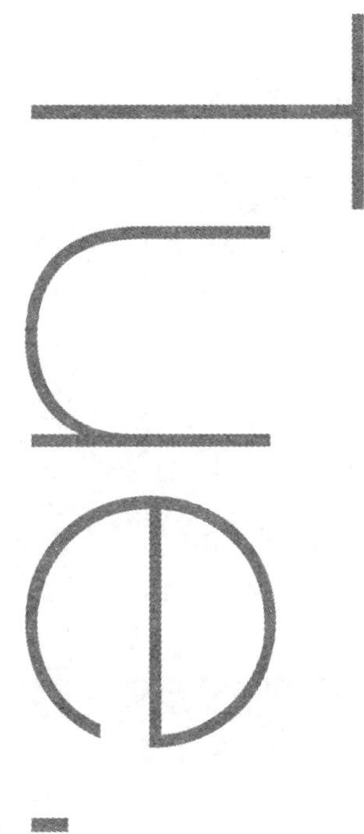

五个姑娘的故事

温柔的火山

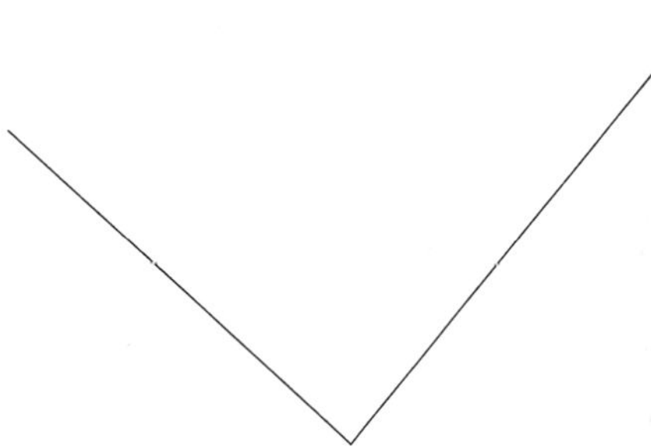

打那以后，他见到沙沙和高瘦美娘都绕着走。显然，丢了面子的方华并不甘心，为了找回点自尊，他信誓旦旦地说：“我和这娘们儿，早晚得有一战，等着吧。”

我的发小方华，在老家的相亲界口碑极差，究其原因是他对待相亲的态度非常不认真。作为家中长子，年过二八的华子还是没有恋人。华妈盘算着手边的关系，走马灯般安排着儿子相亲。方华本身不愿意去，奈何母命难违，便打着为了结婚而谈恋爱的幌子前去相亲。

方华的第一个相亲对象是表姐的同事，姑娘一米八的个头，体形比他整整大了一圈。两个人约会吃完饭后出去遛弯，沿着江边一直走，走着走着姑娘就往方华的身上蹭，差点把他挤到江里去。眼看着要掉河里了，方华索性往她那边一挤，直接扎到了姑娘怀里。姑娘一下把方华搂进怀里说：“我就知道你也有意思……”然后把他整个人抱了起来。方华死命挣扎，方才保住贞洁。

方华第二个相亲对象是母亲同学的女儿。两人见面静坐了一个小时，一共说了不超过十句话。方华问姑娘是做什么职业的，女孩说是医院催孕的。方华好奇，催孕是干什么的？姑娘声情并茂地说："就是生孩子的时候你在孕妇旁边喊，嘿，加油，嘿，出来了，嘿，头发不少，嘿，卡住了……"

方华强忍住不笑，回家后决定，自此以后家里安排的相亲照去，但只是逢场作戏，一概不认真对待，全当增长社会经验。久而久之就在相亲界留下了骂名，后来在家乡父老的圈子里愿意和他相亲的姑娘越来越少。方华反倒为此庆幸，有钱难买自己清静。

经过了很长一段时间的低潮以后，在母后的精心安排下，方华再一次被翻了牌子。

相亲地点安排在他妈单位后面的一个小茶楼里。他早到了一会儿，一个人点了一壶茶呆呆地坐着。没多久，一个高个儿姑娘风尘仆仆地走来，骨子里带着一股飒爽劲儿，让方华看了就想歇菜。等走近了仔细一看，这不高中的那个泼妇吗？记忆一下子倒退了十年，回到了高中报到的那一天。

所有新生都在各班的大名单上找认识的同学和朋友，突然就有一个名字闪现在方华的面前。

高一三班，沙芳华。沙（杀）方华？

方华如临大敌般惶恐起来，开学没几天，他就带着同班的几个哥们儿跑到了三班，想会会这个叫沙芳华的同学。到门口叫了人，出来的是一个娇小可人的眼镜姑娘，瓶底镜片下带着警戒的目光，询问着方华他们的来意。

还没等人家姑娘开口，方华试探着问：“你就是沙芳华？”

小姑娘怯懦地点点头。

方华长舒了一口气，抖擞抖擞精神轻蔑地说：“唉，真是太失望了。哦，我就是方华，你要想什么时候动手杀我，提前告诉我一声。不是说芳华绝代吗，您这造型真是绝了后代。”

一群男生在走廊里跟着起哄，小姑娘憋红了脸委屈地跑回了自己的座位。方华带着自己的兄弟连大摇大摆地满意而归。

哪知道这事根本不算完，第二节课下课后，一个瘦高女孩在五班门口嚣张地喊着：“谁叫方华，给我滚出来！”方华从教室后排磕磕绊绊地走出来，瘦高女孩以同样轻蔑的方式打量了一遍方华，说：“我以为什么人才呢，就你这五官规划也好意思说别人！看你长得那个心虚样，投胎的时候逃票了吧。以后别没事给自己找事，离我们沙沙远点。”

说完话，瘦高女孩带着小姑娘大摇大摆地走了，只剩下目瞪口呆的方华和全班同学的爆笑。

打那以后，他见到沙沙和瘦高女孩都绕着走。显然，丢了面子的方华并不甘心，为了找回点自尊，他信誓旦旦地说：“我和这娘们儿，早晚得有一战，等着吧。”

时光如水，岁月如歌。白驹过隙，小马过河。

方华做噩梦也没想到当初的仇人变成了如今的佳人。姑娘也没有认出方华来，彬彬有礼地打招呼坐下，大方含蓄，不带一点泼气。方华暗自感叹，果然岁月只杀猪啊，想不到当初那等泼妇也能驯化得如此文静。苍天有眼，佛祖不易啊。

姑娘见方华面熟，她时而皱眉，时而恍惚，想要辨认，却不能确认，羞而唐突地问："之前是不是在哪儿见过？"方华一看藏不住了，只好摊牌说："我就是高中那个，投胎逃票的。"

姑娘屏气凝神瞪大了双眼，怒拍桌角："造化，孽缘。怎么是你？"

方华一口水喷了出去，打哈哈掩饰着尴尬说："这么多年过去了，你还真是一点没变啊。"

姑娘一看这也甭装了，两个人直接要了一打啤酒，加了几个菜，开始忆往昔峥嵘岁月，高中哪班的谁追过谁，谁最后和谁结了婚，谁进去了，谁刚出来。几瓶酒下肚，愣是从话不投机的"仇人"，变成了推心置腹的"哥们儿"。

姑娘名叫美琴，小时候，她妈希望把她培养成音乐家，起了这么个好名字。这姑娘真长了一双修长的手指，也学过几年钢琴和唱歌，奈何性子急坐不住板凳，最后也没有坚持下来。因为从小到大就脾气火暴，威名远扬，在嘉河小区提她关美琴，无人不知无人不晓。姑娘热心肠，喜欢管闲事，一直是大姐大作风，脚跨三界，太妹中的一品学霸，当年以几分之差落榜于同济大学，心灰意冷随便念了个二本。毕业后就回了老家，在机关单位谋了个职。

两个人熟悉了以后有事没事经常在一起喝酒闲扯，坐在烧烤摊前，你一口肉串他一口腰子。因为都知道跟对方不可能，互相没兴趣，那就谁也不怕喝多。两个同是天涯沦落人的苦命光棍，依靠对方的存在，敷衍着家里，顺便打发寂寞，这可真是再好不过了。

某天晚上，外面下着蒙蒙细雨，方华望着车窗外出了神。他想着天想着地，想就着景喝点酒，于是就打电话给美琴。电话那头接起来便是哭声，方华从不曾想象过美琴也会哭，他仓促间安抚着她，询问了所在便驱车前往。

风一样地赶到了公安局，方华看见美琴正坐在人来人往的走廊长凳上有节奏地抽泣着。他不敢多问，也不敢多说，只能静静地坐在她旁边，等着她把难过一点点抽回去，再把故事一点点流出来。

美琴有个从小一起长大的闺密，两个人格外亲，有什么事对方都知道，遇见抉择都要互相询问建议，再做决定。当初，闺密看上了一个八五男，八五年生人，身高一米八五，体重八十五公斤。巧合的数字加上呆萌的娃娃脸，八五男看上去就像是一个吉祥物。

闺密不好意思表白，美琴就出马在八五男面前说闺密优点多么多、人品多么好，哪知道八五男全然不懂美琴的意思。最后，美琴憋不住脾气直接把姑娘的本意说了出来，拽着八五男的衣领子说："你可不能薄待了她。"

就这样，强买强卖做成了媒婆的第一笔买卖。几年相处下来，眼看着闺密和八五男都到了谈婚论嫁的地步，哪知道半路杀出个狐媚的小三儿，勾得八五男神魂颠倒两头跑。闺密找美琴哭诉，气得美琴卷发都直了，拍桌子叫号："下回他要是再找那女的，你就告诉我！"

方华找美琴那天，正好八五男和小三儿出去幽会。闺密给美琴打电话，说发现八五男开车出去了，八成是又找小三儿去了。她在车里安了定位，一会儿她们各自杀到，要当场生擒狐狸精和陈世美。

事发地点是一个酒店大堂，陈世美和狐狸精刚交上去身份证办理入住手续。关美琴一把拽住八五男的脖领子，“啪啪”两个嘴巴，接着劈头盖脸一通骂。

小狐狸精一把拽开美琴的手嚷道：“你凭什么打我老公？”

美琴气得都笑了：“还你老公？你问问他是谁老公？今天我就让你长长记性。”

两个女人不由分说地扭打在了一起，八五男想拉又拉不开。大堂里围了一圈人看热闹，保安被围在外围无从下手，前台无奈只能报了警。

明明是痛打负心人、暴揍狐狸精的痛快事，却不承想这驰骋沙场风风火火的女侠，如今却哭得这等伤心，甚至比当事人的女主还要伤心。

离开公安局后，两人在大兴路的酒吧安静地喝掉了十几瓶啤酒。美琴一直喝，时不时哭一会儿，方华只能陪着她一杯一口地干，却不敢问任何缘由。

俗话说冤家路窄，八五男离开公安局后也愤愤不平地想找地方消气，同样来到了这家大兴路最火的茶座酒吧，就坐在离他们几米远的地方，安静地听酒吧歌手唱歌。

美琴看见八五男之后恍惚了一下，然后摇摇晃晃地离开了座位。方华想拦住她，让她别犯傻，没想到她却朝着酒吧舞台的位置走过去，和DJ说了句话，便上台抢了歌手的麦克，用颤抖的声音唱了一首孙燕姿的《天黑黑》。

她边唱边哭，泪水和汗水混到一起，反射着舞台的灯光。一丝丝醉人的呼吸声透过麦克放大到整个酒吧，八五男在角落里呆呆地看着她。

唱到一半的时候酒劲上来了，美琴站在舞台上开始摇晃。八五男起身，方华先他一步上了台，一下子把美琴揽在怀里，抱出酒吧，一路扶她回家，一路听她哭诉。方华才明白原来她不是在为闺密难过，她是为自己。

其实美琴当初也是喜欢八五男的，只是在友情和爱情之间，她为了友情而放弃了爱情。就好像兄弟之间义气的推让一样，她洒脱地把自己的心爱之人推给了闺密，她希望这份爱情可以圆满，她希望自己的退出，可以留给他们完整的幸福。更何况是她撮合的这段“好事”，所以她不能接受这场爱情有任何差错，她挥出的每一拳，打在了他的脸上，也打在自己心上。她不仅是帮朋友打抱不平，更是帮自己心中那个爱着的、构想的好男人打抱不平。

而更让她难过的是，在她坐在警车里等着被带走的间隙里，她看见闺密就躲在酒店围墙的后面，偷偷地瞄着他们，脸上惊恐几分、得意几分。闺密哪知此时的美琴也正注视着她，注视着自己愚蠢的谦让和付出，换来的竟是“双料”的大号背叛。

后来，八五男来找过美琴，向她道歉，说辜负了她的好意，她想怎么打，他都不会还手。美琴拍拍手笑了一会儿说：“是你，辜负了你自己。”

酒吧那场大醉以后，美琴像变了一个人，袅袅婷婷走路，细声细语聊天。甚至还和方华说，想培养气质，要去学绣十字绣。方华脑补了一下蔡康永主持《今日说法》、赵忠祥当家《康熙来了》的画面，摆了摆手问她怎么会有这种念头。

美琴说，醉酒的那天晚上，她做了一个梦，梦里上帝大爷在她身上抽走了一样东西，大爷说那是她的护命甲胄。在此之前，她可以天不怕地不怕，没人伤得了她，但是在此之后，她需要小心翼翼地生活，老老实实工作。美琴问大爷，你啥时候把这宝甲还给我，大爷说等着水到渠成，自然还给你。

美琴刚要张嘴问是哪儿的水哪儿的渠，就自然醒了。她想睡个回笼觉再去问问上帝大爷，又一次回到梦里，前面迷雾一片，她一个人跑啊跑啊，一直跑到醒，没见到大爷，倒是瘦了一圈。

自此以后，她不再飞扬跋扈，就像刚刚，她也是悄声细语地和方华说着上帝大爷的梦。

美琴说她明白，上帝大爷只是要她多爱爱自己，别再那么糊里糊涂地莽撞度日了。

有一次，方华出去应酬，被客户堵在了酒店出不来，喝到最后出去吐，稀里糊涂地给美琴打电话，说了一堆乱七八糟的肺腑。美琴放下手机顺势杀到酒店，想把他扶走，哪知道客户看见方华搬来救兵，还是不肯放人走。美琴只好一杯又一杯地帮着他挡酒，把所有客户都喝倒了以后，擦擦嘴扶起方华往外走。

如果届时上天再下一点小雨，微风也能吹起他们纷乱的发，那么画面可能会有那么一点点相濡以沫的效果。但事实却是方华在美琴扶着他回去的路上逐渐酒醒了，而美琴的酒劲却又上来了，于是他们两个人又更换了位置沿着马路边的花坛一边走，一边吐。

吐完了，两个人坐在花坛边休息。方华突然开口说："以后别打架，也别喝酒，即使是替我挡酒，我不要你为我这样做。"

美琴笑笑说："是你让我来的，你这么说是想和我撇清关系？哦，对，我们之间本来也没什么关系，呵呵。"

方华转过脸，盯着美琴涨红的双腮一字一句肯定地说："我看见你硬挣，我心疼。"

美琴忽然觉得眼睛一热，泪水止不住往下掉。她把手紧紧地攥成一个小拳头，一下下往方华身上打，打一下，眼泪掉一颗，一下，一颗。

方华看着美琴挥着拳傻傻地笑，他忽然发现其实她和其他小女人一样，喜欢被人哄、被人宠。她的那些剽悍与坚强全是为了保护自己和朋友的伪装，你看她帮那么多人挡着风寒，其实扒开她嚣张的气焰往里面一看，全是战战兢兢和虚掩。

他一把把美琴搂在怀里开始唱那首《天黑黑》："下起雨也要勇敢前进，我相信一切都会平息，我们现在一起回家去。"

他们一起唱："下起雨也要勇敢前进，我相信一切都会平息，我们现在一起回家去。"

那一年元旦，方华看见美琴大口大口地吃着桌前的烤串，孜然蹭得满嘴都是，嘴里填满了就用啤酒往下咽，脸微微上扬，心不在焉地咀嚼着。依然信奉着"与其多心，不如少根筋"的做人道理。

她依然是那个能把一大盘菜炒成一小碟的大咧咧姑娘，是那个能在刷马桶正起劲儿的时候打哈欠的粗犷姑娘，是那个开车保险杠掉了也能拖着走几十米的牛脾气姑娘。

她像一座温柔的火山，表面上平静从容，其实内部岩浆汹涌，在每一次犯二之后捂着嘴到处找地缝，无处宣泄时一拳拳打在方华身上。她变了，她活得比以前有质感，更懂得爱自己了；她没变，她依然勤劳勇敢，也吃喝玩乐，懂得适当矜持，也会偶尔奔放。她背着包一直往前走，无论遇见谁，她都一直做自己的好姑娘。

新年的烟花在天上炸开，方华问美琴："你刚才闭眼许的什么愿望？"

美琴笑笑说："我没许愿，我是在道谢。"

方华一头雾水，美琴在他身上重重打了一拳，然后在心里悄悄感恩，她谢谢上帝大爷把那副盔甲还给了她。

方糖姑娘

她不愿意玩，也不愿意试，她只想青春未逝，能用剩下的时光与真心，换一个人看她哭，看她笑，看她洗衣做饭，看她无理取闹。

Z先生向顾赞表白了。

这个顾赞暗恋多年一直未果的Z先生，这个家境殷实、貌比潘安的Z先生，他向顾赞表白了。

我几乎以庆祝的方式惊呼出恭喜二字的时候，顾赞却冷淡地说她拒绝了。

顾赞从小学习就好，自然一路名校，念的高中是在全国都首屈一指的好学校，同学中自然不乏高干子女和富家子弟。顾赞和Z先生就是在学校认识的，他们都是名校里艺术班的学生，Z先生弹得一手好琴，顾赞画得一手好画，两个人无话不谈，亲密无间。

Z先生先天条件优越，感情路上一直都是众星捧月。遇到不顺心的事，顾赞一直扮演着红颜知己的角色，义务解闷，开导聊天。

Z先生觉得顾赞特别好，让他如此依赖，什么事情都为他考虑到位，日常烦琐之事也能想得周到。他觉得再也找不到比顾赞更懂事的姑娘，他不用花那么多心思去打理他们的关系，但他们的关系始终止步于朋友。

顾赞是很好，是所有人理想中的知己好友，需要时出现，不需要时消失，在你的生命中扮演着尴尬又重要的角色。

Z先生习惯了她的好，好到他也忘了还以关怀、报之以爱。

顾赞还在小学的时候爸妈就离婚了，顾赞跟着妈妈过，两个女人相依为命什么苦都吃了。赞妈妈为了不过多影响顾赞的生活拼命赚钱，每个月给顾赞的零花钱都很足。顾赞性格好人缘不错，从小到大和名校里的孩子们打成一片。大家都觉得顾赞人大方、宽让，他们觉得顾赞和他们一样，不需要为明天的生活过分担忧。

高中毕业，Z先生名校留学，顾赞进了美院。两个人各自生活，却也保持联系，藕断丝连的。两个人各自都有过几段感情经历，也都不太圆满。

大学里，顾赞谈过两次恋爱，用她的话评价这两个前任，一个是人渣，一个是人渣中的人渣。

一号人渣俗称野兽派，以玩消失为主要技能，经常杀得顾赞一愣一愣的。二号人渣标号印象派，擅长劈腿召唤小三儿。在意外得到顾赞的原谅以后得以升级，召唤出了小四和小五。有时人的原谅是一种放纵，是一种对伤害的默许。赞姐用尽了浑身解数和敌人们斗智斗勇，终究还是败了。没办法，爱情这游戏她等级太低。不是她无心修炼，而是在她看来，坦诚与执着比心计和手段更能留住人。

她觉得用真诚可以交换真诚，她认为失去信任等同于失去爱情。后来，她开始质疑自己，不再那么轻易把自己交付出去。所有辜负与错过的人，都被她定义为缘浅情薄。

大学毕业后，顾赞为了不让妈妈那么累，远离了“继承者”们一般的朋友，一个人来到他乡拼命地工作。一米六的身高挤在人群里不见了踪影，硬着头皮在汽车行业里摸爬滚打，受过上司调戏，遭过同事的白眼非议，一路坎坷也一路摸索。

她也问自己那个无数年轻人问自己的问题：我到底适合做什么？她开始发现我们那么努力也只是为了活得轻松一点，人这一双手，有的时候力量小得让人想哭，其实错的不是这一双手，而是走错了路。

当初那个想变漂亮、想玩摇滚、想做化妆师、想研究外星人、想走遍全世界、想妈妈幸福、想对一个男生好一辈子的姑娘，如今只想工资能高点，再高点……

顾赞的话越来越少，她不再挣扎，也再不害怕，好像已经做好准备被生活宰割。她已经很长时间都没有哭过了，也没有和谁承认过自己的软弱。

在很多个没有挤上公交车的时刻，很多个和屋子里的蟑螂做斗争的时刻，顾赞问自己，这一切是为了什么。还不如努努力找个好男人嫁了算了。

顾赞可以轻而易举地收拾掉家里的老鼠，但是多脚的虫子是她最怕的。曾经有一次，她被一种叫不上名字的虫子咬伤，过敏了一个月不能上班，整个人都要崩溃了。

不是怕过敏，而是一个月没有工资这事比过敏难受多了。在一个月黑风高的夜晚，顾赞在手持喷剂残忍地杀害了一个青年小强之后，起身时一不小心滑倒，头部着地。躺在地上独自面对着躯壳油亮卧姿风骚的虫尸，疼痛感迅速占领泪腺，她终于痛哭失声。她把因为工作上的不如意和生活奔波长期郁积的委屈难过全部装进眼泪和分贝里，将沉积在身体内多时的污垢全都释放出来，即使她知道窗外车水马龙，城市夜霾深邃，谁也收不到她的求救信号。也许只有奋斗过的女孩才知道，这样的哭泣，是一次华丽的蜕变，她们终将在这样的一次次释放中，走向她们想要的自己。

顾赞也学着妥协过，她曾抱着试一试的态度相了一次亲，在与一个条件较好的“富二代”融洽会晤以后，顾赞决定以后再也不干这种事了。

朋友们围了一桌问她为什么，顾赞表情忧郁中带着一点无奈地说：“不喜欢的，我下不去嘴。”

一圈人哄开了笑，顾赞杯中之酒一饮而下，为她的相亲生涯画上“圆满”的句号。

与不爱的人相拥，她忍不了半分钟。

她知道，没有感情只有需求的凑合，和单身是同一种寂寞。

她活得太真实了，喜欢就是缠绵，讨厌就是不见，她的真实就是她的演技。在生活这场戏里，她也学别人为自己画了一张皮，只不过别人画的还是别人，而她画的还是她自己。

在一次次战败与博弈中，她熬过了稚嫩与蚀骨的懵懂过程，现在的她可以拿出自己的难堪来谈笑风生，也可以心平气和地说说男人、聊聊曾经。爱情这东西，经不起岁月，过不了人性，她在走所有人都该走的那个过程，只是有的人走了出来，而有的人终其一生都迷惘其中。

也有男人带着或真或假的感情问顾赞："我追你好不？"

顾赞一脸诧异地看着他回道："大哥你这是什么逻辑？表白的人该为自己说的话负责。你可以追我，但是千万不要让我知道，否则我一定会拒绝你。不是不给你机会，你还没追就问我行不行，我当然说不行，你在还没有付出之前就衡量回报，你是准备让谁为你的付出埋单吗？你还是买个追妞未遂保险吧，没追上就讹保险公司一笔，唉，挺大老爷们儿，你这是准备碰瓷儿啊。"

这样几个回合下来，想追求的人都觉得顾赞身上有刺儿，敬而远之。有人劝她收敛一下，别吓跑了好男人，顾赞说："如果他们觉得我不好，那只是因为他们没有驯服我，还无法驾驭我的好。"

是啊，她不再轻易对别人好，也不轻易接受别人的好，对爱情的要求尺码也没有因为岁月的流逝而放宽。别人觉得她这是苛刻，岂不知所有的严格与尖酸都来自对一份美满爱情的长久期盼。她不听女人三十之前是块宝、三十之后就得打折处理之类的屁话。她的人生，她自己来定价。

她不愿意玩，也不愿意试，她只想青春未逝，能用剩下的时光与真心，换一个人看她哭，看她笑，看她洗衣做饭，看她无理取闹。

2014年的情人节和元宵节是同一天，Z先生一个电话打过来，叫顾赞一起回高中走走。两个人沿着操场一句有一句没地聊着。后来天空中开始下雪，顾赞觉得能和他就这么走走就蛮好，两个人一不小心就白了头。

Z先生突然说，来我家见见我爸妈吧，他们很想见你，我想我们可以确定一下关系。

顾赞被这突如其来的示好吓了一跳。时间在那一秒静止，雪花砸在头上像是故意起哄，她呼出的哈气散成一张错愕的表情，越飞越大。那一刻，似乎在学校时发生的一切都在同一时间涌向了她。所有人倒退回教室，他们脱下风衣羽绒服，穿上白蓝校服，两个羞涩的学生在禁果树前，相互含羞怂恿。

顾赞觉得再这么走自己就要飘移了。她定了定神，享受了片刻的甜蜜后，微笑着拒绝了他。

她的意料之外与宠辱不惊，他的进退两难与莫名其妙，伴着浪漫的气氛，尴尬地交纵。烟火蓄谋已久，炸开一片片唏嘘与惊讶。

他诧异，他不懂，不理解，也不明白。他觉得女人都喜欢口是心非或故作矜持。

可是他哪里知道，也许在顾赞眼里，这样的表白根本算不上表白，这样的示爱本身就带着一种骄傲的姿态。

你喜欢我这么久，我既然说出来了，你又怎么会不答应？你没有理由不答应。

亲爱的Z先生，你可知道你的优秀你的骄傲顾赞都深刻地了解，所以从一开始她就觉得你足够遥远，远得让她看不清也摸不到。她努力，她奋斗，她想要离你近一点。这么多年过去了，你们的距离却始终没变。任她再努力，也敌不过你自顾自地走。她踮起脚尖够着你，微笑着忍耐，希望有一天你能回头看看这个并不是很瘦，跑起来略带蹒跚的笨女孩。

她一直都是你招之即来挥之即去的好哥们儿，就算你突然回心转意，为什么连见家长这么重要的事都能以通知的方式来告知。又或者，你能表现得多喜欢她一些，多给她一些鼓励与赞美，她就多一些自信，多一些和你在一起的勇气。她也能奋不顾身，只为能与你并列于堂前、交拜于世间。在一份爱情里，她不求爱人前后拥簇，但求爱得从容不迫，爱得不卑不亢。

但是你没有，你们之间依然隔得很远，本来就是两个世界的人，有着不一样的生活方式、不一样的价值观，这样的差异如何能让两人走得长远？如果在一起不合适再分开，那么连做朋友的资格都会失去。

更何况两人绕了一大圈，学生时期稚嫩的喜欢早就变成另外一种味道。顾赞早已不确定自己还是不是喜欢Z先生，或者只是一直都觉得他是自己懵懂时期的一个梦。

所以她为了避免结束，索性避免了一切开始。

这个世界上所有人都爱白富美和高富帅，只不过完美的人根本不存在。我们都是在物质与精神之间、性格与道德两边，退而求其次地选择，对感情做理性的分析，待价而沽。

顾赞长成了Z先生从没有拥有过的那种姑娘。她想要的东西必须靠自己去争取，别人给予的，她捧在手里，却进不了心。她从来不敢大胆享用从天而降的美好，她觉得所有的回报都应在付出之后。她独立得像是从小就离开群体的小兽，倔强又警觉，活泼又疲惫。

她的确累了，但是感情这事她仍然愿意去较真，去理想主义。她就是要等那个人，等那个连散步频率都迁就她的男人。她不再求百分之百优秀的男友，但求互相温暖的两个俗人，一起经风雨，看潮起潮落，依偎着全世界一起蹉跎。

这样的姑娘吃不了闲饭，却消化得了期盼。所以她发现自己比别人，更擅长等待。

春天来了，冰雪开始融化，北方的街道上雾气弥漫，顾赞戴着手套围巾全副武装地骑着自行车去上班，行色匆匆，前路迷茫，她神经大条到没有为自己失去了坐在宝马里哭的机会，而感到任何遗憾。

她依旧笨拙得像一块方糖，在生活这杯苦涩而又清醒的浑噩中缓慢地散开，四处碰壁，在一次又一次以硬碰硬中，失去，成长。

终于，她学会了以乱治乱，学会了以一抵百，学会了在最窘迫的状态下，开出个未来。

前几天，顾赞告诉我，她拿到了自己的第一份季度奖金，还没来得及奖励自己，又开始投资做一些小生意，休息的时候摆摆摊、送送货。睡觉的时间很少，所以眼圈黑得都不用画眼线了。我想象时间在她的眸上点水一般划过，一眨一眨，那双眼睛还是不会骗人，还是装着一份坚定，带着苦乐参半过后的剩余青春，奔赴约定，日夜兼程。

幸福依旧很远，孤单依旧很长。但是在奔向自己的路上，我还是相信她的倔强。

离开白石洲

两个人安静地相处了一会儿，姑娘打破沉默开口说："我知道我的笑话不好笑，那不讲笑话了，给你讲一个故事吧。"

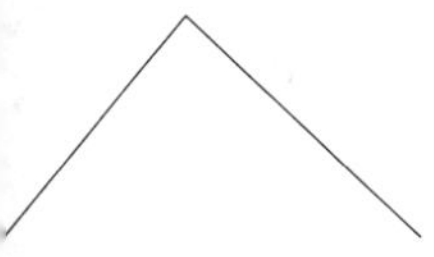

张小东似乎总是和红灯区很有缘。高中毕业那会儿，他去哥们儿家玩。哥们儿家住一楼，后面有个市场，蓝色顶棚，两排相对的门市，花鸟鱼虫，老头老太家庭妇女结伴出游。市场的前边卖菜后面卖假古董，小东看见一把锈迹斑斑的剑，便拿在手中把玩。三米外一个大婶级别的女人冲他喊："小哥进来放松放松啊。"

小东一回头，嚯，这长相。急忙拔剑防身，哥们儿拦住他大笑说："我小学的时候她们就叫我。"说完，小东的手颤抖了那么一下，想要替天行道。

几年后，小东去了上海，住在曹杨路，楼下也是红灯区，姑娘们两块布披在身上，安静从容，显得很有职业素养，目光永远望向远方，任时光流逝。小东猜想，她们应该跟大部分理发店里洗头的小妹一样，有自己的艺名，阿红，阿莉，阿宁。阿红平易近人，阿莉素颜清新。每晚跑步回来，小东都可以看见她们坐在门口，但是眼神却从未交会过。

小东刚到深圳工作时，住在白石洲的农民房里。胡同狭窄，人声鼎沸，老鼠和蟑螂是特产，楼上经常漏水浇到路上的行人，车鸣盖过叫卖声，垃圾铺满道路。房东用蹩脚的普通话交代房子的琐碎，小东听得一知半解，唯一听明白的是隔壁还有一个男租客，但是不怎么回来，他女朋友偶尔来。

周一的早上，全世界就小东一个大闲人，睡觉到九点，出门购物，一边发微信，一边开楼道大门。刚走出门口，一个少妇一把抓住他的手臂，嘴巴成O字形，舌头绕嘴唇猛舔一周。小东面瘫了三秒，大吼一声："放手！"少妇见状后退了几步到门市内，趴在墙上重复这个动作。"我×。"小东下意识地爆了粗口。

晚上回来的时候，小东又遇见了她，坐在楼下的一个湘菜馆门口，旁边还有一个赤膊汉子和一个小孩。小东低头快步走过，避开可能有的视线交集。上楼的时候，小东在心里决定，等工作稳定下来，再熟悉熟悉这个城市，一定找到合适的房子尽快离开这里。一些令人厌烦的小事，促使你逃离一个城市，或者留在这个城市反击。

某天，小东下班回家一进门，发现正对着的厨房里站着一个女孩，穿着睡裙正在炒菜。小东以为自己走错了，定了定神，黄毛，浓妆，不像田螺姑娘。这姑娘一转脸，也惊了一下，两个人对视了几秒。

过了一会儿，姑娘说："你是新租客吗？"小东点头，姑娘"嗯"了一声，继续炒菜。

回房后，小东一个人在房间踱步，感觉怪怪的，又好像没有什么不对。姑娘接了个电话，用家乡话聊了一会儿，听不出是哪儿的方言，抑扬顿挫地听不出悲喜，翻译起来像是学一门已经放下很久的外语。聊天结束时，姑娘尾音拖得很长，语气急躁得好像有些难过。

一阵浓郁的菜香飘进房内，姑娘轻轻敲了敲小东的门。因为绷紧的神经和竖起的耳朵一直监听着外面的动作，所以敲门声一响，小东迅速回答的"请进"没有控制好音量，吓得姑娘等了几秒钟才推开一个巴掌大的门缝。

"菜我做多了一些，你方便的话出来一起吃一点吧。"

小东直摆手："我吃过了，吃得很饱，谢谢你啊。"

姑娘神情带有一丝遗憾，转身回到客厅去，不一会儿就出了门。

其实小东是没有吃饭的，他的肚子不由分说地抗议虚伪的拒绝，于是过了没多久小东便下楼去觅食。路过楼下的湘菜馆时，他看见做饭的姑娘和那个"舔唇"大婶坐在一起，亲切地聊着什么，姑娘的睡衣换成了看上去很廉价的正装，衬衣开了个大低胸。小东匆匆走过，不希望被她们看见。

当晚，整个房子里只有小东一个人，他的室友没有回来，他室友的女朋友也没有回来。他闭上眼，闪现的是那个炒菜的姑娘在和一个老妓女交流经验。俗人如己，小东妄自猜测着姑娘的职业，说不定那大婶就是她的上司。这时，他又联想到了自己和红灯区这剪不断的孽缘。

第二天下班，姑娘又在厨房炒菜，显得比第一天欢快了许多，她说男朋友在楼下打牌，一会儿上来和她一起吃晚饭。

“你要不要也一起？”她热情似火，小东摆摆手，他今天变得比较聪明，一个人早已在外面吃过了。

没过多久，一个清瘦男人甩开门闯了进来。他们两个人在客厅一直说话，从交谈变成争吵。好奇心驱使，小东透过门缝瞄着他们，男人从女友的上衣口袋里抓出一把零钱，转身就走。姑娘随口骂了一句，重重地坐在了椅子上。

这是小东与室友的第一次亲密接触，相比之下他倒是和室友的女友更熟悉。

姑娘转身撞上小东的目光，幽幽地说：“你出来吃一点吧，我自己吃不完，浪费了多可惜。”

小东一点也不饿，可是他看见姑娘心疼的眼神，倒有些难以拒绝。

两个人静静地坐在餐桌前，菜的气味一点点变淡。姑娘拿起筷子又放下，好像拴了镣铐一般沉重，没有食欲。她脸上廉价的淡妆露出疲态，不均匀地分布在欲言又止的愁眉中。

她也觉得有些不对，故意瞪了一下眼睛，打起精神说：“唉，我给你讲个笑话吧。从前有个男人，他有三个蛋，比止常人多了一个。于是，他每次见到别人都会特意去炫耀一番，经常拍着别人的肩膀说，嘿，哥们儿，你知道吗？咱们俩加在一起一共有五个蛋，对方总是会瞪大眼睛说，啊？你有三个？他特别喜欢看别人目瞪口呆的样子。于是有一天，他照常拍了一个男人的肩膀说，兄弟你知道吗？咱们两个加在一起有五个蛋哟。被拍肩的那个男人吓了一跳，惊讶地回复他说，原来你只有一个哦。”

说完这个笑话，小东还没反应过来，她自己拍着桌子狂笑，捂着强咧开的嘴。笑声很假，跌跌撞撞出做作的僵硬。小东想配合她一下，可是说什么也笑不出来，却有些确定了当初的想法，或许她真的和那个大婶一样，一会儿需要穿上工作装出门，去拽不同的路人，猛舔自己的嘴唇。

第二天，第三天，一个月，小东下班经常看见那个男人在楼下的棋牌室里打牌，很少上楼吃饭，姑娘一个人做饭、吃饭。房子的浴室和厨房是连着的，有一次，姑娘做饭的时候，电磁炉突然漏电，擦出火花，吓坏了她。小东叫来电工修理电线，又打扫了厨房和浴室。为了答谢他，姑娘做了许多菜，还买了两瓶冰啤。

小东没有喝酒，菜也只是随便吃了几口。说实话，味道真是差强人意，难怪她男人不爱吃。不过或许在那个“行业”里，她的“活儿”算不错的吧。

他并没有太多食欲，“宴会”再一次陷入了尴尬。姑娘放下杯中酒，伴着脸上的红晕，她又讲了三个蛋蛋的笑话。

小东并没有打断她，而是坚持让她把这个重复的故事讲完。姑娘讲完以后伏在案上过于用力地笑，抬头看见小东还是没有笑，她渐渐收起笑容，捋了捋头发问：“不好笑吗？”

小东勉强笑了笑说：“这个笑话我听过呢。”

姑娘说：“哦，这样，那我再给你讲一个……”

聊天被开门声打断，她的男朋友赤裸着上身焦急地和她说着什么。小东艰难地翻译，听到了高利贷、债务、银行卡的字样。姑娘一直听着他说，一言不发，默默地注视着地上的瓷砖，目光黯淡。男人说到最后，一改往日的凶相，他甚至跪在地上苦苦哀求，仿佛面前的不是他的女人，而是他的神。没人知道他们之间到底是怎样的感情，但是这种近乎廉价的乞求，反而让她的心越来越硬。

没有得到钱的他第一次动了手，他翻遍姑娘每一个口袋，没有找到那张他想要的卡，威吓和逼问都不管用，男人拿了一些零钱又出了门。

姑娘看着凌乱的屋子，显得筋疲力尽，也懒得掩饰在小东面前的尴尬。两个人安静地相处了一会儿，姑娘打破沉默开口说：“我知道我的笑话不好笑，那不讲笑话了，给你讲一个故事吧。”

她深吸了一口气，眼睛眯成一条缝，开始讲。她的老家在西北的一个小山村里，那儿的人都有些重男轻女，姑娘家里比较穷，奶奶就叫她赔钱货。她小时候经常抽风，严重的时候会吐白沫，村里有老中医会掰开她的嘴，塞上一根木棍，再往里灌药。长辈说她是来讨债的，是家里人上辈子作的孽。

在偏远的农村里，厕所都是公共的，用黄土垒起来，围成个不透风的堡垒，帘子拉下来就是门，盖在垦地旁边，方便施肥。二十岁那年秋天，她晚上喝多了水，半夜去厕所，出来的时候撞上村里一个老光棍，他也是来上厕所的。

无论姑娘想怎么绕过去，老光棍都会挡住她，最后他索性直接扑了上来。她吓得大声叫，嘴里喊的是什么都不知道，只知道越大声越好，让人能听见过来帮她一把，或是叫叫她的家里人。可是地里太空旷了，声音丢出去就没了影，她只好省些力气和这个蛮子斗。老光棍或许是一点性经验都没有，即使是脱了她的裤子也老是找不准位置。姑娘力气快要耗尽的时候，男人的头部被石头重重地砸了一下，倒在了她的身上，血顺着她的脖颈浸满她背后的土坑。借着月光，她看见了一个清瘦的小伙子，他上身赤裸，单薄的肋骨下面还有伤疤。她吓得不行，一点也动不了。他扛起她就跑。

后来他们俩谁也没敢回去，也没有人找他们，两个人也不知道那汉子最后怎么样了。只能一路南逃，直到深圳。

小东听得入神，愣出了一个蠢蠢的表情，逗得姑娘一乐，这一次她笑得特别自然。小东有些不好意思，慌忙间找话说，盖住刚才的尴尬。

“你的故事，比你的黄色笑话讲得好。”

“因为笑话就是笑话，故事却不是故事。”

这句回答太有力，小东抚了抚眼睛，掩饰着紧张，想接上她的话。

小东：“你应该去电台当个主持人。”

姑娘："我有自己的职业啊，我是做销售的。"

"哦，卖什么的？"

"卖房子的，地产行业有很多鬼道道的，你买房子记得找我啊。"

"哦，好。"小东不经意地笑了一下，这个半信半疑的笑容出卖了他肯定的答复。

姑娘端正了坐姿，大喘了一口气说："刚出来工作的时候见客户根本不会聊天，随便说点什么都会脸红。我上班练习的第一件事，就是讲黄色笑话。开始说一点带颜色的就会脸红，慢慢地，现在也倒背如流了。有时候，还会讲给男朋友听，他总是被逗得不行。"

姑娘说，其实她男朋友是一个很傻的人，原来对她特别好，经常带她吃好吃的，给她买很多衣服，目不转睛地看着她在镜子前一件件穿给他看。她最困难的日子，也是他陪着度过的。

刚来深圳的时候，他们住在宝安边上的一所小房子里，前不着村后不着店。有一次连续几天下大雨，姑娘半夜抽风，他从床上跳起来，给她披了件衣服背起她就往医院跑，边跑边喊："有车吗？有车吗？"她趴在他背上，老是想起他们逃出来的那一天，她觉得自己好像快要死掉，或者就在那个时刻死掉好了。

市郊外，雨声盖过一切，别说车了，连人都没有。跑一路，喊了一路，一声一声呼喊淹没在稀稀拉拉的雨水里。嗓子喊炸了，气息越来越微弱。姑娘半昏半醒地说："你别喊了。"他没听清，转脸问："你说什么？"

这一转脸，没看前面的路，他脚底一滑，连带着她一起摔了出去。姑娘滚了几圈后，躺在地上，气息已经不足以喊疼了，只是回头模糊地看见他一下扑了过来。他不停地哭喊着问："摔没摔坏？摔没摔坏？哪儿疼？哪儿疼？你说句话啊？"

她听得出来，那焦急的哭喊，外一层包着的焦急，里面暗藏着的泪水和心疼。

医院里，姑娘裹着棉被，躺在病床上输液，他浑身泥泞，头发"啪嗒啪嗒"地往下滴水。

她让他回去洗洗，换身衣服，多穿点再来。他根本不理她，紧盯着药瓶里的气泡，判断着流液的速度，一直用手攥着输液管。

护士跑来说："你攥着输液管干什么？等一下会回血的。"

他说："药是凉的，过过我手气儿，能热一点。"

"你看，他原来对我多好，他说等他再攒一点钱，就带我离开这里，我们回离家近一点的地方，开一个面馆，安安静静没有外人。你说他对我好不好？是不是很好？"

姑娘的声音渐渐变小、变细，越来越淅沥，最后只能掺杂着喘息声流出来。

或许他确实对她好过，那为数不多的日子，却成了她挨过每一关痛苦的鸦片。小东忽然有些难过，好像听见对面的人和他说：从前有个男人，他有三个蛋，他遇见谁都要炫耀一下，其实他也不知道，炫耀的到底是自负，还是自卑。

这种不正常的生活状态，让人怯于面对，仿佛只有表现出对现在的无所谓和不在乎，才可以拿出来作为谈资，来炫耀一番。当行为被人揭发或是误会，自己无力辩解时，自欺欺人的能力便完全丧失，神经恢复敏感，疼痛占领高地。他对她到底好不好是这种状态，那个有三个蛋的男人，亦是这种状态。

深圳的夏天是浮躁的，棋牌室的男人都光着膀子，愤怒地摔下每一张底牌。姑娘还在厨房里择菜，她的男人满脸是血从外面跑回来，摔在了客厅里。

小东过去扶他，他下意识地躲开小东的手，自己爬起来，用家乡话激烈地表达着什么。姑娘脸色惨白，拿起手包扶起他就往外走，来不及交代任何事情。半夜的时候，姑娘自己回来了，目光呆滞，精神萎靡，却又熟练地换上工装，化上浓妆，出门上班，形色恹恹，状如行尸。

没过多久，姑娘也打算搬走了，她一个人整理屋子里的杂物。小东发现他们没有多少行李，多的是在华强北收来的廉价手机壳，或许是他们摆摊时剩下的吧。她一边收拾一边说，事情过去了，他就会回来接我，那时候就好了，那时候就好了。小东不知道这份倔强是为何，但是他并不想打断她的催眠，因为现实不由分说地帮她做了选择。她甚至没有犹豫的机会，只能紧紧地抓住这根稻草，无论它强壮或者柔弱，她都没有办法拒绝，只能陪着它一起生长，或是枯萎。

后来，小东换了工作，薪水翻了一番，也离开了白石洲。几年后，他在世界之窗附近见客户，谈完项目刚好路过白石洲，索性就回去走一走。小东站在肯德基门口，望向站台，他看见公交车一来，“飞蛾们”争先恐后奔向“火海”，彼此推搡，毫不相让，伴着矫揉造作的现代化灯光，摩擦出城市虚伪的高潮。他们对别人的痛苦置若罔闻，却对别人的罪恶义愤填膺，每个人都不停地说话，荒诞地交流，积极地求生。

大街上那些着装正式黑白分明的销售人员，提着疲惫的状态，用绝望的声音喊出“零首付买房”的虚拟希望。带着渴望被救赎，却又不屑于被忽视的态度，散漫地挥着手中的传单，摆出一副无所谓的站街姿态。

他走在楼挨着楼的贫瘠巷子里，有人拿着木棍去够别人家窗台的手机，一只老鼠悠闲地坐在水果摊旁边吃下午茶。小东也有些饿了，他就近找了一家潮汕牛丸店想吃一些东西。坐在他斜对面的孕妇每吃下一口，就和肚子里的宝宝说句话：“儿子啊，这个是菠菜，有营养，这个是鱼蛋，泡过热汤不会太油腻，这个是面条。你不喜欢的就少吃一点，你爸最喜欢这个牛丸，你看看合你的口味吗？”

小东注意到这个姑娘时，惊奇地发现她早已经变了模样，可是说话的语调似乎还是没有变。他不知道应不应该过去打一个招呼，或者是装作没看见。就假装像自己当初猜测的一样，就像她曾经说过的一样，她和爱人在离家很近的地方开了一家餐馆，过着不被人打扰的轻松生活，至今没有再回来过。

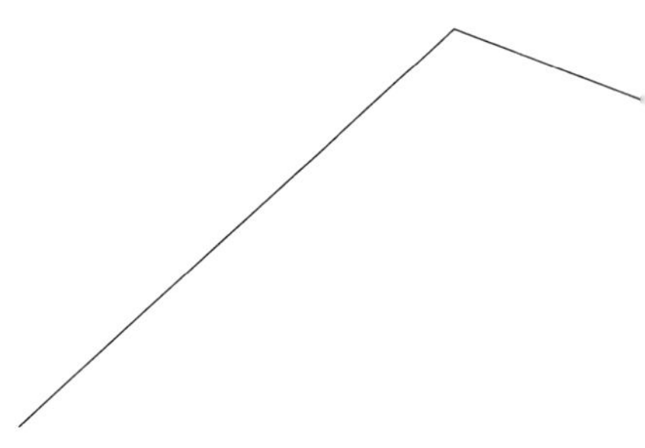

生病以后

背负命运的病人抚慰着彼此疲惫的灵魂，点到即止的安慰，恰到好处地按准力道，封在伤口上。你哭吧，我不会拦着你，也不会告诉你坚强……

医生平静地说：“你可以住在医院里，也可以在附近租个房子，每天到这里来一次，这样方便一些，工作什么的你就别想了。”

我还在用试探性的目光想要确定一下，这次真的有这么严重吗？医生就开始催我去办手续，然后准备叫下一位病人。他的冷漠和随意，让我有些心虚，又不得不认真地接受这样一个信息：

我生病了，需要一到两个月的治疗，需要吃药、打针，发很多的呆，睡很多的觉。

起初不知道要如何把自己与这个世界隔离开来，骗父母骗朋友说是出差一个多月，带着陌生尴尬的表情问护士这里有没有Wi-Fi。护士和医生一样冷漠，只有一个实习生愿意和我多聊几句。我心里七上八下，这世界变化太快了，一两个月以后我都怕我找不到回家的路了。

一开始可以靠睡觉打发时间，病友和他们的亲属都是安静的人，一下子把因为工作而长期累积的缺觉全都补了回来。后来睡到深夜失眠，半夜里整个医院静悄悄的，我瞪着双眼像是在等恐怖电影开场，气氛怪异。于是白天不敢再睡，百无聊赖的时候就下楼走走。

以前很少来医院，来了也不会停留很久。只记得有一次周末感冒时来看病，排队像春运买票一样，都把病攒到了周末再到这里统一维修。整个医院像一个大型的售后点，你来我往人声鼎沸，完全没有印象中该有的肃清，我们都像是衣冠得体的精致笨蛋。

周一上午，早高峰的车都入了库，上班族们都忙着开早例会。我偷空溜到楼下的草坪边上坐着，看两个小男孩练习传球，姿势笨拙，甚是有趣。无聊时，翻看手机里以往的微信、微博、通话和通信录，发现很多经常不联系的人，慢慢地回忆起一些事情。

一个光头小孩趴在窗户上一直盯着我看，距离太远，我辨别不出他的性别。我朝他挥了挥手，他也不害羞，朝我挥了挥手，然后不太自然地挠了挠头。我数了数他所在的楼层，似乎离我不是太远。后来有几次散步，我都能在同一个位置，准时地遇见他。隔着玻璃，他把一张小脸贴在透明的光晕里，俯视着我。

我们第一次邂逅是在楼道里，他的父母用毛毯将他包裹在里面，急促地下楼赶去治疗。我从卷饼一般的囊中看见他四处张望的脸，视线最后定格在我身上。

像是要索取什么，像是有话要说，他的目光沉沉地落在我身上。我第一次看清他的脸，眉目清秀，表情淡漠。我对他笑笑，他缩到毯子里去，像一只敏感的蜗牛，直到父母抱着他急促地消失在楼道口。

我们第二次相遇还是在楼道里，他似乎是好一些了，能在父亲的保护下四处转转。看见我时，他先是一怔，然后走近我，好奇地摸着我手腕上的玛瑙。

这时，我才认出她是个女孩，出于女性对饰品天生的好奇，她一直摩擦着“石头”的表面，带有一丝好奇和谨慎。她的父亲要制止，我示意无碍，继续“病友”之间的交流。

我问：“你喜欢？”

她也问：“它会亮吗？”

我又问：“你叫什么？”

她又问：“这个是石头吗？”

我问：“你要吃糖吗？”

她不屑地说：“那是小孩子才喜欢的东西。”

逗得我哈哈直笑，取下玛瑙给她玩弄。聊着聊着彼此渐渐熟络起来，孩子的状态很好，不像是生病的样子。她爸爸一直表情淡漠，因为感受到我的善意，于是我们找了一个安静的阳台坐下来，看着她玩。

听她爸爸说，她犯病的那一天，家里人七手八脚把她抱进医院，当时病房里一共躺着两个孩子。除了她，还有一个和她同样症状、同样年纪的男童。抢救过后，医生拖着疲惫的声音和家属说，晚上十点之前，谁能醒过来，谁就能活。两家人坐在床前祈祷守候，时间流逝，分秒揪心。最后她的一声咳嗽，打通了自家人的呼吸，却好像断了隔壁邻居的命脉。两家人开始一起哭，男孩最终还是没有醒来。诊室檐下，悲喜交加。

俗世瞬息万变，世事难料羁绊。我们都不知道自己何时离开，往往来不及和这个世界好好道别就匆忙上路。

小姑娘刚醒来时，身体状态不是很好，有时头痛会乱抓自己的头发，弄得整个脑袋像是年久失修的足球场，毛糙不平。家里人索性就给她剃了个光头。

她除了喜欢摸我的鬓须，还喜欢研究我的胸毛。她问我："你为什么全身都是毛？"我说："人类是猴子变的，我还没进化完全。"她坐在我腿上，拿着手上的粉红色发卡夹我的胸毛，我疼得苦笑。

我问："这是你原来的发卡吗？"小姑娘点点头，我说："等头发长出来你还要戴，对吗？"

她有些难过地说："唉，还要很久呢。"我被她叹气时非常认真的忧伤表情戳到了内心，就顺着她的小脑袋慢慢揉，我说："你知道吗？被我这样的毛人摸过的脑袋，头发就会很快长出来。"她听到以后瞪圆了眼睛顶着脑袋往我怀里扎，说："那你多帮我摸摸，天天都帮我摸，好不好？"

从那以后，小姑娘每天都来找我揉头，有时候就趴在我怀里睡着了，直到父亲带她走。慢慢地听她父亲说了一些关于她的事，比如她从小就身体不好，住在医院里的时间几乎和在家里是相等的；

比如她有时很长一段时间都不会说话，爸妈甚至有些担心她是不是得了自闭症。这段时间，她喜欢和我说话，她爸妈就经常带她下来找我。我清晰地记得她爸爸和我说：“你不要以为小孩子什么都不懂，其实他们什么都了解，只是不知道如何用语言去表达。”

有一次，她故意胡闹，吵着要听故事。为了能让她安静下来，我就给她现场编了一个，名字就叫《医院旁边的城堡》。我说那个城堡里住了很多怪兽，它们当中有的长翅膀，有的长犄角，都长得很奇怪，却觉得别人都比自己奇怪。几个长得比较像的怪物凑在一起组个团，孤立落单儿的怪兽。小怪兽问老怪兽，它长大以后可不可以长出翅膀。老怪兽摸着自己的犄角说：“不可能，我长什么你就会长什么。”小怪兽摸摸自己的后背说：“可是我不喜欢犄角，我喜欢的是翅膀啊。”

小姑娘听到这儿，摸了摸自己的光头，问后来呢？

我说后来小怪兽既没有长出翅膀，也没有长出犄角。它什么都没有长出来，它不再像一只怪兽，它开始像一个正常的动物，没有奇怪的特征，也没有令人惊讶的天赋。但是它每天都做一个梦，梦里它夹着老怪兽的犄角飞到高空，飞到城堡外面，它们欢快地看着风景、望着世界。

小姑娘问：“那都看见什么了？”

“它看见流动的森林，每一天都在迁徙，无须停歇。迁徙的这群怪兽没有目的地，多数累死在了途中，可是活着的还在往前走。它们当中有的像熊猫，有的像秃鹫，还有的像野狗。群体里没有首领，任何一个在途中企图引领道路的小兽，最终都会选择跟着群体走。有离开过的，它从未再回来，大家都说它死了。其实小怪兽一直觉得，在它决定离开群体的那一刻，它就已经开始得到自己的幸福了……”

讲到这儿，小姑娘瞪大了眼睛看着我笑，她好像听懂了，也好像没听懂，不过这对她似乎一点也不重要。也许她就是想听着别人对她说话，可以听到除了治疗、叹气、器械碰撞以外的其他声音。

我能到医院外面去，她出不去。有时候，我就在外面给她带一些好玩的东西，泡泡胶啊气泡枪啊什么的。她笑起来经常破音，带着肆意炫耀的夸张表现，扮演着一个本该快乐的孩子。

有一天，我心血来潮，换上平时的衣服走去医院附近的理发店里，想打理打理头发和胡须。理发师问我，想要理什么样的发型。这时，我脑子里老是浮现那些最后造型和自己的初衷南辕北辙的蹩脚理发桥段，所以也不知道要怎么回答理发师。他又问了一遍，试探我有没有走神。我忽然想起什么事情，呆呆地问他：“你觉得我剃光头会好看吗？”

理发师被问住了，他洗剪吹一般炫酷的五官纠结在一起，说：“不一定能好看吧？”

听他这么说我就放心了，我说：“那你剪吧，就要光头，贴着头皮那种。”

就好像真的少了一层束缚，我几乎是以跳跃般欢快的步伐奔回医院。我穿过街道，路过人群，在和煦的晨光中用力地奔跑，风轻轻地挠过我的脑壳。行人盯着我头顶的青涩，新鲜而冷漠。我像是精神病一样跳进医院，奔过草坪，在楼下寻找那扇一直有目光的窗户。

呼吸喘匀了也没发现她在窗边，我象征性地喊了几声，又等了一小会儿，还是没有人出现。我有些失落，悻悻地一个人上楼。我又一次电影桥段般在楼梯拐角处遇见了小光头。她瞪大了眼睛盯着我的光头，嘴张成一个椭圆形，我得意地胡乱摸着自己的光头，表情故意带有一些讨好的憨厚。

她突然放声大哭，举着双手过来摸我的头，我吓得蹲下身小心翼翼地帮她擦眼泪。她不停地问我："你痛不痛，你痛不痛？"我说："我不痛，我不痛，是我自己要这么剃的，头上没有伤口，我的脑型还很圆，你摸你摸。"

她还是止不住地哭，我一时间有些不好意思，本来是想哄她开心，到头来却闹得她哭得这样难过。我轻轻地按压着她小脸上的眼泪说："乖，不哭好不好，不哭好不好。"她突然抱住我的脖颈，附在我耳边说："打针的时候会有一些痛，但是你要装作不痛，这样爸爸妈妈就不会吼你了，就不会觉得你不乖了。"

说完这句话她在我额头上亲了一下，然后让她爸爸把她抱上楼。我一个人蹲在楼道的拐角处，目瞪口呆地发不出任何声音。

那一夜我整晚失眠，她是从什么时候开始的呢？开始识别世界的冷漠和亲人的脸色，攥着小拳头像个成年人一样扮演着他人。在父母失去了耐心之后，在体验了现实的冷漠之后，开始收敛天真、认清苦难，不断跟进事态的发展，随之调节自己的状态。

我忽然想起她爸爸和我说的那句：“你不要以为小孩子什么都不懂，其实他们什么都了解，只是不知道如何用语言去表达。”

我开始心疼她，有事没事就去找她玩，有时候好吃的到嘴里没完全嚼碎，就想给她也尝尝。我们俩在一起的时间在原来的基础上又变多了。不是她找我，就是我找她。

有一天，我俩到处乱窜，我想找一个高点的阳台，带着她一起吹泡泡。刚吃完八宝粥的她弄得一脸全是粥渣，我就带着她找洗手间。无意之间路过一个病房，看见护士们七手八脚地按着一个女孩子，看样子女孩还很年轻。她叫喊着，挣扎着，好像疼痛要将她撕裂一样。我们目瞪口呆地看着眼前的一切，我甚至忘了是否应该捂住小光头的眼睛。这时，一个和她年龄相仿的男生冲进病房，将那个女孩的头死死按住，恶狠狠地盯着她绝望的双眼。她突然停止了哭喊，也不再乱动。护士趁机给她打药，过程结束后，一声声凄厉而衰弱的哭声徘徊在整个病房。男生没有给女孩任何安抚，而是将她在病床上的位置摆正，盖好被子，就独自一人出了病房。

我牵着小光头沿着我们要去的方向一直走，在拐角的卫生间里看见了那个男生。他嘴上叼着一根颤抖着的烟卷，手不停地摸索着裤子的几个口袋，不安地寻找着明火。

我抱起小光头，想进去洗洗脸，路过男生身边的时候，小光头突然拽住我。她的那只小手从我胸前伸出来，轻轻地放在那个男人身上，像有一股莫名的力量按住了他悲泣的灵魂。他怔怔地望着小光头的脸蛋儿，整个人平静了下来。时间在那一刻静止，他们之间好像有了交流，男人抓起孩子的小手吻了吻，开始无声地流泪。小光头一直很有耐心地帮他擦，一直擦，一直擦。

背负命运的病人抚慰着彼此疲惫的灵魂，点到即止的安慰，恰到好处地按准力道，封在伤口上。你哭吧，我不会拦着你，也不会告诉你应该坚强，因为道理我们都懂，伤口可以自愈，但是难过的时候能够面对着一个人哭出来，是苦难中应该有的幸运。

当现实将我们的憧憬一口口吞噬，当苦难将我们的温柔和耐心全部磨掉，我们是否还愿意提着千疮百孔的伤口，去温柔地擦掉爱人脸上的愁？

后来，我们俩和那男生渐渐熟络起来。他经常叫我俩上去陪女孩聊天，小光头把我讲给她听的故事，再讲给那个女孩子听，一天天过去，女孩的气色也好了很多。

突然有一天，那男生对我说：“她过不了今年了，我想给她过最后一个生日。你们俩也来吧，人多热闹些，这段日子真谢谢你们。”

我第一次看见别人这样过生日，她闭着眼许下带着泪水的愿望。我们今天的祝福，这样地相聚，只是为了更好地送她走，送她走。到最后，我也不知道他是她的恋人，还是亲人，但是我记得她忍着病痛不肯出声怕他担心时的坚强，我还记得他在门口捂着嘴寂静地号啕。我知道，我这辈子都忘不了。

就好像看一场电影，一块银幕两边都是人，彼此都以为对方是观众，其实我们都是演员。为了亲近的人，咬牙挺着演过一道道难关。这是多么温柔的戏份，大家彼此疼爱，心照不宣；这是多么残忍的部分，每个人都是如此疲惫劳累，反抗无效，努力无效，只能静静地等候、面对和接受。

小光头气色越来越好，那女孩状态越来越差。我们上去的时候，女孩多数是在睡觉，或者那根本不是睡。只看见男孩在一旁安静地揉搓她的手，静静地等清晨到午后，黄昏到黎明，直到白头。

他说，有时看她那么痛苦，真想她早点解脱，可是无论如何，自己都舍不得。

她说，希望他放弃，但也最怕他放弃，她没有勇气死，也没有勇气活着。

站在玻璃窗外面，躺在白色床单上，身体不是你的，时间也不是你的，只有意识是你的。所以如何体验真切的痛，辨识痛与痛之间的区别，成了唯一可以独立确认的事情。像是做麻醉手术，你明知道他们在你的身上切来切去，却没有任何感觉。但是你明白这些割伤，会在过程结束以后，慢慢地，疼回来，一丝也不少。

他们没有名字，但他们却深深地，刻在你的记忆里，扮演着最敏感的一部分。你小心翼翼地封存好这一份疼痛——这一份生命恩赐给你的疼痛。它敲打着你所有的恐惧和无畏，清晰地提醒着珍惜眼前的人和事，防范离别的突然、命运的干预以及像土地一样流失的时间。

这疼痛，既慷慨，又温柔；既残忍，又透彻。最好的时光，是再也回不去的时光。

出院的时候，我整理好背囊和床铺，打算一个人悄悄走。走出病房时，刚好看见小光头在门口。她没有惊讶，也没有说话，而是走过来把那个粉红色的发卡放到我手中。我蹲下来平视她，她顺势摸着我头上刚冒尖的发茬。我呼吸急促，还有些颤抖，不敢眨眼也不敢看她。她的表现却异常淡定，似乎早就见惯了分别，也早见惯了别人在她面前哭。她学着我抚摸她的样子，一下下顺着我颞骨的弧线轻轻揉搓。

一滴泪落下，震碎了尘埃中的爱恨离愁。我看着她淡淡的笑容，不知道如何再回到城市中去。

Letter Time:
老友记

亲爱的夜萍:

见字如面。

现在想想我们从认识到现在，已经五载。在网络发达的年代，我们仍保持过一段通信的美好时光，想来也真是不易。

去年家里搬迁，你给我的信和我的中学毕业证双双私奔，就好像青春真的随着那些改不了的白纸黑字跑了，留下咱们在原地缓不过来神。久不通信，再提笔，想想互斟文字的那个时候，像是蒙太奇一样在脑海里过片儿。

那时，我还是一个只会写酸文的穷学生，为了能在复旦大学听一节中文课，想方设法地蹭进教室。快放寒假时，学生进进出出都很忙，我一个人在邯郸校区里随便找一个长凳坐下，吃一份便宜的便当，使劲回忆老师讲的东西，整理自己的笔记。

没有拥有过，就会格外珍惜，所以有时我更不想拥有，这样挺好。

那时，你也在上海，可我们并没有见面。虽然相识已久，可我知道那时你很忙。你是一个特别棒的广告文案，我们曾约好一起去看上海书展，再去香港书展，要把能看的书展都看一遍。现在想想，那时心中的轻而易举，如今看来真是举步维艰。

我们都那么喜欢书，喜欢听讲座，喜欢写、分享好看的电影和文字。那时，我的博客里只有你，你的博客里也只有我。我们写下自己的所有隐私，放心地交给对方检阅铭记。

你曾问过我以后会去哪个城市，我说如果做艺术行业就去北京，做编辑就去上海，做设计就去深圳，这三样我都那么爱。其实现在想想，我选择了最保险、最理智的一条路——我走了我父母觉得我应该走的那条路，我现在是个设计师，时忙时闲，高低不就。

我做工作还蛮快，偶尔能提前一点时间把项目做完，就偷偷溜到公司的图书室去看书，一看就忘了时间，偶尔会撞到自己的上司。后来，他找我谈话，说让我把看书写字的心思分一点给设计，这样我能把工作做得更好。

其实你懂我，我不喜欢太商业的东西，受不了太多的钩心斗角和暗箭难防，所以我拿阅读和写字给我的快乐，去支撑现实和理想之间的落差悲伤。

这么说有些不公，也有些残忍，可是我好像特别擅长这么做。

比如我曾陷入一段不堪的感情，常寝食难安，独自掩面。那时，你每天都开导我，我写了好多好多字。你一篇篇看，后来我觉得矫情都删了，你急得发疯，后悔自己没复制粘贴存下来。每天你都和我说：“会好的，你会更好的。”

之后的一段时间，你好像很忙，消失了许久。你再回来时，我仍一蹶不振，不见有任何起色。你在博客里建了一个相册，传了好多好多我家乡的照片。

照片的描述字字灼我心脾。

“这是你的高中，你说这是你真正开始写字的地方，你还说在这里谈过恋爱。”

“这里是你的操场，你说曾代表学校在这里比赛过。”

“这里是你常来的公园，对吗？早上没什么人啊。”

……

我翻一张，缓一会儿，再翻一张。

你说我来上海时，没告诉你，所以你来也不打算告诉我。

你说很多时候，你就想找一份工作不走了，偶尔制造一些与我的擦肩而过。

有一次，你告诉我用另外一个QQ加我，那个号的QQ空间里陡然多了一些我不曾见过的照片。我一张张看，一张张笑，自叹女人百变，还未能真正地认识你。我们用那个QQ聊了好久你才告诉我，和我聊天的那个不是你，是你的双胞胎姐姐，你把我介绍给了你的家人，希望他们了解我。

你用这样的方式告诉我，这世上会有人用这样的方式，来爱我。

我吃了你给我的药，马上就好了。我拿你给我的爱，驱散了阴霾。

地图上你画出一条线，说才几厘米，我就在你身边呢。

我说你真傻。

你说人生会有许多遗憾，也许我们也会是彼此的遗憾，但是我这些遗憾会成就今后的幸福。我总要为你的幸福做点什么吧。

你是个非常棒的文案，我知道，我说不过你。

你曾养过一只花斑母猫，你叫它Strong。

我问为什么不叫Lucky之类的。

你说幸运不会一直在身边，但坚强却一直会，一直会。

是，坚强确实一直在你身边。我总能想象你一个人，拖着一大包行李走在城市里的样子。万家灯火从你的眉间划过，你头也不抬地一直走，眼里含着无限温柔。我知道那是你的期盼，你坚信只要努力，就会有万中之一盏属于你，等你拎包入住。

果然，上天不曾亏待你。

我最近两年特别忙，尤其有了稳定的工作后，我们甚至不怎么联系，可是我看见岁月在你的相册里循序渐进。

你结婚了，照片上你的丈夫看样子就很老实，很疼你。应该是个中规中矩的工程师或IT男。

后来，你开始上传挺着肚子上班买菜的照片，我甚至能想象你挺直腰板忍着妊娠反应和客户讨论项目的样子，那是我见过最美的孕妇。

生完宝宝，你回老家坐月子，闲不下来又弄起了淘宝，我帮忙宣传做参谋，可是店面装修太差，没什么生意。我叮嘱你坐月子还是要好好休息，你急得团团转，说孩子还是得喝好一点的奶粉。

说真的，有时我真想问问你，为什么我不曾听见你有过一句抱怨，为什么我不曾看见你有任何一刻是消极的？你对生命的每个阶段要完成的事，都不曾有过一刻的迟缓，你那么坚强，又那么勇敢。

你知道要向这个世界解释你的纯粹，可能要耗尽一生的时间，可你似乎一点也不在意，依然努力跟现实对着干。我知道你已经无所谓了，因为你并不期盼它们能够真正理解。

你让我羞愧，也给我力量。

我知道纵然这世界万般可悲，人心险恶异常，你也会按照自己的方式活出一个样儿。你把生活里的勉为其难演得温柔婉转，你把我所有的犹豫不决都变成目不转睛的决绝坚定。

我要怎么谢你，谢谢你教会我人生太短，不能一辈子都在闪转腾挪，想要的东西要径直走过去拿，不能怕。一怕受伤不敢付出，错过了对的人。二怕理想太远、现实太苦，不小心走错了方向，悔不当初。即使有一天我们都变成了俗不可耐的中年人，也要记得我们曾那么执着地生活过。

昨日得知你患病卧床，明天便要手术，疗养一周才能恢复。

我难过之余也庆幸不是什么大病，发微信给你鼓励。

你依然乐观，笑着说就当放个假休息一下。

我说："萍妈，我们爱你。"

你说："我也爱你，还有她。"

我问："她是谁？"

你说："你爱的那个她，我也会和你一起爱，好好爱。"

我明白，你并不是我的遗憾，你是我的幸福。

世间的感情有许多种形态，然而你我的感情却是超出了爱情与友情的另外一种形体。也许是相处久了，你我居然做到了不再打扰，却互予力量。

告诉宝宝，墨叔爱他，好爱好爱。

祝手术顺利，早日康复。

墨

睡语：辨认

亲爱的贝蒂
你修长的手指划过我的鬓须
我有多久没有被人这样端详
纤纤洒洒　挑落了我的掩饰和虚妄
我们何时发生了变化
从纠缠不清　到混为一体
彼此匍匐　片刻不离
你真诚地舔舐　让我渐渐分得清
性交是性交　做爱是做爱
这是两件不同的事
暴躁的激素被你抚平
在细碎的雨夜里
欢愉得到值得感恩的眼泪事情

亲爱的贝蒂
你也发现了吧
我们的身体　为了跟随这个世界

发生了诸多妥协的变化
它们千奇百怪　我们憨态可掬
人们在各自的频道里
喘息着生活
有人站着睡觉
也有人躺着工作

爱人之间
有信手拈来的了解
有值得信赖的谎言
那一张张照片背后　是我们拙劣的演技
理想　变成挡在逃避之前的　虚伪命题
前路心存侥幸　当下欲盖弥彰
在生死未卜的迷雾面前
你我还能携手揽腕
并卧在一张床上

你看　这是我们的转机
决定我们人生的　是看似冲动的选择
而不是生存的能力
它们在这里　他们就这样生活
它们在那里　他们就那样相爱

他人的生活　无法成为我们的真理

亲爱的贝蒂
我想怎样珍惜一个人
并不像病态那样
拥抱和亲吻都要窒息
我并不热衷激烈地相爱
如果能用细水长流的方式
我会把疼爱拉长
灌进你生命的一朝一夕
有上班　或是晚安　这样的短暂分别
宽容地接纳分歧　妥善处理
日子不会太无趣
鸟鸣中起床　慵懒地呼吸
踩着绵软的空气　我们一起梳洗
入睡前　褪下律师　经理或者监督的标签
只想和你赤裸着相对沉默　观察彼此　到慢慢失去意识
呼吸　梦境　交融在一起

我们荣辱与共
我们体肤相依

亲爱的贝蒂

我把温柔打散　揉进指缝里

按进你的每一寸肌肤　缓慢而不失张力

时光易坠　不堪揣摩

当我们花白已过　视线模糊

我还能用双手去辨认你

在被时间或现世　打磨千万遍的躯体里

在迷路的地图中　找寻我们的半个世纪

探寻的路上会遇到你的山峰　脖颈和肋骨

顺着我留下的气味和纹路　热泪盈眶地奔赴

而那神经一般蔓延的河流

那布满故事的错杂褶皱

那藏在每一道痕迹里的清晨　黄昏

那个在尽头处等候我的美丽女人

那个风华正茂的

老态龙钟的

美丽女人

那是我的贝蒂

是我　亲爱的贝蒂

是我的　亲爱的贝蒂

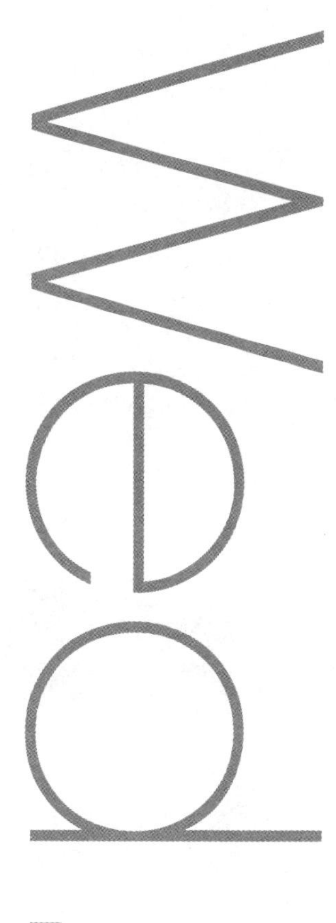

最好的我们，
故事最后才相遇

我还是愿意做你的伴郎

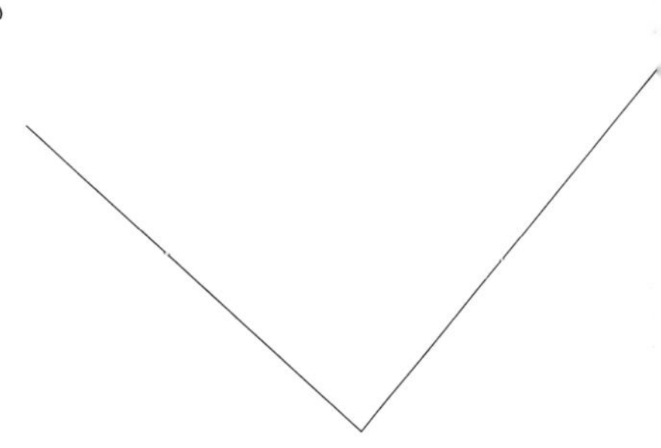

爱本身没有对错，而我们却会因为爱着而去犯错，直到我们绕着人生跑了一小圈才明白，这种不计得失，但求你好的真情有多可贵。

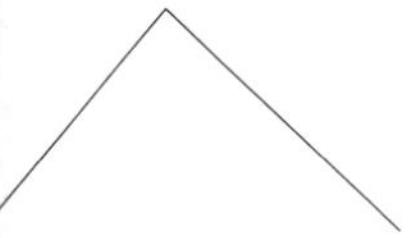

张海想要认真找一个女朋友的想法，是从班级里玩“非诚勿扰”之后开始的。

大学时有一天，同学们集体在软件教室加班赶作业，快收工的时候闲着无聊，班长说：“咱系其他班级的男生一直对咱班的单身美女虎视眈眈，有事没事总想和咱班搞个联谊什么的。我心想，鲜花不能插在牛粪上，肥水也不能流了外人田，干脆咱班内部消化得了。”

于是，班长组织全班同学把电脑分成两排，十二台显示器全开，十二位单身佳丽莅列两厢，各自站在带有自己照片桌面的显示器前。光棍们一个个梳头漂面，准备向众美女提案。

张海表面上装清高，但是回头看了看那十二个花枝妞儿中，倒是有一个自己的“心动女生”，于是全身开始犯痒。尽管如此，还是装出一副不屑的屌样，坐在座位上安静地等着主持人班长叫号。

第一位上场的，是班内的24K纯金屌丝。屌到了什么程度呢，这么说吧，单身三年，各个牌子的手纸都用了一遍，写过一篇非常专业的关于纸巾薄厚与手感关系的论文，堪称业界良心，传遍三界，被众宅男尊为“王纸”。

当然结果不出大家所料，“王纸”没能活过第一轮。台上的女嘉宾们在他做完自我介绍以后礼貌地笑了笑，纷纷关掉了显示器，十二盏灯全灭。

张海在台下哈哈大笑，心想活该你个屌丝，回家搂着硬盘过吧。

第二位上场的，是班内有名的忧伤男。他总是一副有心事的蛋疼样子，好像每隔五分钟就有人踹他的裤裆，因此被大家戏称为“男忧”。当然，男忧的结果也不是很好，第二轮才艺展示的时候被女嘉宾集体灭掉。这哥们儿还是满面忧郁的阳痿嘴脸问：“你们为什么这样对我？”

台下一位女嘉宾犀利地答道：“痛经就在家好好休息，瞎凑什么热闹？”

张海整个人都快笑抽了，心想有这帮倒霉催的垫底儿，自己的高大形象应该已经建立起来了。他人前戏做足，我来助推高潮，接下来就等着上台，在众屌丝羡慕嫉妒恨的目光中领走心动女生了。

张海越想越乐，不小心笑出声了。

这时，班长回头朝张海使了个眼色，张海浑身一个激灵，抖擞抖擞精神，气宇轩昂地走上台。班长刚说完“第三位上场的男嘉宾是我们班的张海同学”这句话，就有一位女嘉宾把灯灭了，随后像多米诺骨牌一样所有女嘉宾都把灯灭了。

张海当时就傻了，什么情况，停电了吗？

尽管如此，还是有女嘉宾因为过于激动，竟然要抄起椅子把显示器砸掉，以绝后患，但是最终被机智勇敢的生活委员拦了下来。

班长说：“我主持这么久了，头一次见到刚出场话都没说就‘可惜不是你’了，阿海啊，还是你狠啊。”

张海一时语塞，不知道说点什么。他的尴尬在女神们的高冷与屌丝们的嘲讽之间来回推搡。

最后，班长打圆场说：“快把iPad递给我，阿海你看看，要不你选个心动男嘉宾？”

张海差点把桌子掀了，哆嗦着说：“诸位美女，我敬你们是条汉子，都说实话，我真的有这么差吗？”

一阵沉默后，张海内定的心动女生顶着压力开口说：“其实吧，论长相人品你都不差，但是，我们想要个正常的男朋友，正常点的就行。你懂吗？”

张海汗毛全都竖起来了，刻意保持着理智咬牙切齿地问：“恕我冒昧，我哪儿看上去不正常啊？”

旁边的女生说：“唉，小海，你别凑热闹了，我们都知道你的事。下来吧，和小豪好好的。”

张海当时就蒙了，嚷嚷着：“我找对象关他岳子豪什么事啊？”

此时台下议论纷纷：“他们俩前几天不是还好好的吗？”

“小豪今天怎么没来啊？”

“听说是请假了。”

“阿海啊，你们俩吵架了吗？”

张海气得青筋都爆出来了，嚷嚷着：“平时开玩笑我没当回事，你们还真当我俩咋回事啊？”

岳子豪和张海的宿舍挨着，两人出来进去，好得像一个人似的，甚至好出了一些其他的味道。比如阿海翘掉的课，小豪会通通替他多喊一句“到”；比如在计算机教室吹着空调上课时阿海睡着了，小豪会把自己的外套脱下来披到阿海身上；比如每次在食堂遇见小豪帮阿海带饭，都能清楚地听见他告诉师傅炒菜要多放点辣椒，因为阿海爱吃辣。

阿海的衣食住行与爱好习惯，全都被小豪记在心里，寸步不离地照顾着他的生活。久而久之，大家就都想歪了。哪知道阿海这人非常木讷，小豪对他非比寻常的好，他完全意识不到，还拿小豪当哥们儿相处，这也是他这么长时间以来还打着光棍的最主要原因。

记得有一天上午没有课，阿海在宿舍刷着《魔兽世界》的副本，盯着屏幕眼睛都不眨一下，时不时指挥着网络那头的队友。快到中午的时候，小豪拎着一份盒饭跑到阿海宿舍来，提醒他下午有课，先把饭吃了。

阿海哪有那个闲工夫，他目不转睛地盯着游戏里的人物，满头大汗、表情扭曲地操作着，根本听不见别人说什么。小豪重复了几次，阿海还是没反应。

让整个宿舍的人惊呆的一幕出现了。无奈的小豪只好把盒饭拿出来，将菜倒在米饭上，搅拌均匀后，一口一口递到阿海嘴边去。阿海一边嚼着菜、一边喷着饭叫骂笨拙的队友和狡猾的敌人，而小豪就在一旁，耐心地将盒里的饭一口一口喂完。

宿舍的男人们默默看完眼前发生的一切，互相拥抱着说："唉，还是搞基好啊，真爱，绝对是真爱。"

就这样，小豪用一盒拌饭，生生掰弯了整个宿舍的男人。那一勺一勺喂在嘴里的是饭，咽下去的是情，留在心里的却是爱。

两个人的事传得越来越开，阿海只能尽量避免与小豪有过多的接触。奈何低头不见抬头见，学校一共就那么大，两个人总是"基缘巧合"地撞在一起。

为了摆脱这种窘迫的状况，阿海决定，得找个妞，而且必须是极品，从此打消传言，为自己正名，走上正常人生路。

在苦苦寻觅了数周以后，阿海把目标锁定在一位广告系大美妞的身上。他找到顾问团问了一圈建议，大家均表示阿海没戏。气急败坏的阿海隔天梳了个大背头，堵在广告系公共教室门口等人家放学要电话号码。

本以为是场女神挥一挥衣袖，不带走一根屌丝的喜剧，哪知道女孩不仅留了电话，还主动提出尽快联系。顾问团集体重拾信心，纷纷打起广告系美女的主意。

事实上，并不是女神的审美有问题，而是那段时间女神恰好和男友吵架，打算拿阿海这把枪充充样子，哪知道枪自己当真了，子弹上膛，昭告天下。一时间引起了小轰动，阿海被评为本学年度最励志奖。

备胎哪有转正的时候，男主终于出现了。在得知有人乘虚而入的时候，气势汹汹地召集了一伙弟兄跑到宿舍楼门口堵阿海。这一仗打得那叫一个惨烈，一个人被六七个人围着打，好虎也架不住群狼，何况阿海还不是虎，对方却是狼。

就在男主带着兄弟一边打人一边振振有词时，一壶热水从后面泼了过来，围殴阿海的人尖叫着散开。小豪拿着拖布杆疯一般地冲了过来，挥舞着叫喊，憋红了脸，和平时的他判若两人，挥出的每一棍力道都极大，目标直奔对方头颅。男主突然意识到，对方这不是打架，这是拼命。

奈何小豪实战经验太差，纵然勇者无畏，但也双拳难敌四手，最终两个人倒在了血泊之中。为了防止阿海被第二轮围殴，小豪索性就直接趴在了阿海身上，任周围的人如何殴打。男主临走的时候得意扬扬地说：“早听说你俩的事了，都好好处，别到处撩闲别人老婆。”

校医室内，小豪和阿海坐得很远，仿佛刚刚他们没有一起并肩作战。胡乱包扎了一下伤口以后，阿海头也不回地往出走。小豪揉着瘀青也跟着往外走，想帮阿海重新系一下绷带，阿海却突然回头大喊：“别碰我！”小豪的手停在了半空。

“岳子豪，你为什么老是跟着我？你是不是有病？”

“那群人不知道在哪儿，你要是再遇见，自己一个人，会吃亏。”

“我吃亏那是我的事，你在难道就不吃亏了？不还是两个人一起挨打？别跟着我，别跟着。”

阿海头也不回地往外走，只剩下小豪一个人留在原地。

从那以后，他们互不相认，形同路人，各自守着各自的生活圈子，尽量避开所有交集。

大学毕业的那天，饭桌前，全班人喝得东倒西歪。坐在一张桌子两边的阿海和小豪互相躲避着彼此的目光，直到阿海一个人醉倒在椅子上时，小豪醉眼蒙眬地注视着他，好像在看一个触不可及的童话。

临走时，人们有意落下喝醉的阿海，让小豪背着他。走回学校的那一路，夏虫齐鸣，夜色璀璨，仿佛他们才放学。小豪一路小心翼翼，呼吸轻巧，他努力把姿势放低不让背上的人滑落下来，走得缓慢，没有颠簸，好像怕吵醒背上沉睡的世界。

突然，阿海在小豪耳边呢喃道：“谢谢你，这四年，谢谢你。我知道你对我好，下辈子，我们还做兄弟。”

小豪若无其事地继续往前走，豆大的眼泪“啪嗒啪嗒”掉在地上，留下一路动情的痕迹，让人心酸，也让人着迷。

第二天，阿海睡过了头，眼看着火车还有四十分钟就要开了，他一个人连滚带爬地出了宿舍，行李背包滚落了一地。这时，正好撞见买早餐回来的班长和小豪。

二话不说，三个人扛起行李就往校门口跑，拦了出租车踩足油门奔了出去。到了火车站根本不够时间检票，班长喊了一嗓子走特殊通道，小豪朝班长竖了一下大拇指奔着特殊通道方向就跑过去了，给了钱，三个人直奔站台。在火车即将收起扶梯前，班长和小豪终于把阿海送到了火车上。

站在火车外面的班长和小豪，看着站在火车里面门口的阿海，三个人哈哈大笑起来。

“妈的，差点没赶上。”

笑着笑着，大家都收了声。车站有不少离别的学子，他们挥手、拥抱，把气氛渲染得悲伤到不行。

阿海看着小豪，张了几次嘴，话到嘴边又咽了回去，只能挥挥手。小豪捂着嘴，强忍着眼泪抽搐着。班长低下头，躲闪着两个人相撞的目光。

列车员开始准备进车厢，小豪再也等不及了。他小心翼翼地带着哭腔问阿海：“我能抱你一下吗？”

阿海站在车里张开双臂，将小豪紧紧地抱在怀里，旁若无人地开始叮嘱着未来。

车走了，小豪望着火车奔去的方向驻足了好久。

几年以后，阿海在大学的微信群里发了一张结婚照，照片上他和新娘站在舞台中央接吻，司仪在旁边鼓掌，伴娘和伴郎位列两厢。夫妇俩的表情投入而甜蜜。大家都开始脑补大学时的日子，望着照片入了神。直到好事的班长把照片放大截图，大家才发现，阿海旁边的伴郎，正是小豪。

照片上的他哭着，也笑着，脸上挂着泪，眼睛还眯成了一条缝。看得出来，那是一种强烈抑制着情绪、喜极而泣的表情，眼睛里满是晶莹的泪水，含着欣慰，带着真情，噙着祝福。

他早已经不需要向任何人证明他们的关系了，因为大家根本不在意，无论他们之间到底怎样，认识他们的所有人都只会祝福他们，祝福他们这一生都能找到自己的归宿和幸福驻地。

这世间的爱有很多种，相濡以沫是一种，策马红尘又是一种，而每一种爱都有自己的形式存在。爱本身没有对错，而我们却会因为爱着而去犯错，直到我们绕着人生跑了一小圈才明白，这种不计得失，但求你好的真情有多可贵。

无论时间在我们身上留下什么，无论过去的遗憾多么让人惆怅，当红尘滚滚将你我碾压，当人生苦海前路迷茫，我还是愿意注视着你幸福的模样，我还是愿意做你的伴郎。

不太会说话

感谢那些年的遗憾与错过，感谢那些年的孤独与难过，经过种种磨难的他们，耗尽最后一份力气冒险的他们，最好的他们，故事最后才相遇。

卓静一觉醒来的时候，已经快到家了，她看着身边开车的志恒，心里特别踏实。志恒开车很稳，也从来不喜欢多说话，即使是接送卓静下班，也像是例行公事一样，时间到了就在门口等她，送她到家后自己开车离开，路上多一句话都不会说。一般都是卓静自言自语说一些工作上的事，或者是讲讲听到的段子，志恒听着卓静说，偶尔跟着她一起笑。

他们在斑马线前停下，等着红绿灯交替。刚睡醒的卓静松了松身上的安全带，开始回忆他们刚认识时的情景。

那天零点刚过，志恒在工作岗位上迎来了自己三十五岁的生日，空旷的机场偶有轰鸣，北风呼啸而过，他拿着工具箱快速地走过通道。作为一名飞机技师，他早就习惯了这样没有规律的生活，工作时间不固定，任务调动频繁，再加上自己寡言少语、不善言谈，这些都导致了他与外界接触的匮乏，至今还是孤单一人。透过机场玻璃的映射，伴着月光，他对自己说，生日快乐。

走出通道以后，迎面撞上了单位领导带着电视台的摄制组来录节目。领导拍着志恒的肩膀说："正好你刚忙完，就采访你吧。"说完转身就走了，或者说是逃走了。

摄影师镜头架起来，记者拿起麦克准备试镜，节目的编导卓静走过来向志恒交代了一些事情。

采访开始，记者问志恒："每天要检查多少工作？"

志恒答："挺多的。"

"挺多是多少？"

"一百二十多项吧。"

"是不是特别辛苦？"

"还好。"

"能简单介绍一下你的工作吗？"

"定检，记录，维护。"

卓静对志恒问答环节的表现显然不是很满意，问他："能不能拍一些你工作时的样子。"志恒说："我今天工作结束了，要拍明天来吧。"说完转身就准备走。

卓静拦住志恒问："几点，什么时候？"

志恒无奈，约了时间互留了联系方式，便一人去更衣室换上常服下班。

熬了一个晚上，拍摄也并不顺利，卓静愤愤地带着自己的栏目小组往外走。走出机场车开到一半，在路上抛了锚，同行的三人你看看我、我看看你，捅咕了将近半个小时还是没有任何进展，索性准备叫拖车了。

凌晨的夜漆黑一片，车辆飞速驶过他们，公路上的灯幻灭勾人。卓静坐在地上，目光呆滞地看着摄像同事敲打着发动机毫无办法。

现在在电视台做节目不容易，需要自己录自己剪，然后再拿给领导审，过了才播，不过就咔嚓掉，收视率低的节目也会被撤下来。卓静显然不想让自己手下的组员没饭吃，尽管自己已经是一个三十二岁的“老姑娘”了，并且个人问题仍没有解决。为了不让大家失望，她没日没夜地干，把时间榨干把事情做得面面俱到，想来也真不易。

视线内忽然闯进来一个人，志恒拿着扳手将摄像师挤到一边，不由分说地自己开始修理。过了一会儿，他拧好螺丝示意车内，摄像师打火，发动机又轰鸣了起来。卓静从地上跳了起来慌慌张张地去感谢志恒，一不小心碰掉了支着前车盖的棍子，硬生生地把志恒还没来得及抽出来的手夹在了里面。

志恒闷哼了一声，迅速将手抽出来。卓静急忙凑过去，憋红了脸，不知道要说谢谢，还是对不起。

志恒捂着夹得通红的手，余光看了一眼卓静，忽然笑了一下，转身上车就走了，一句话没有留下。卓静呆呆地看着远去的车辆，心心念念这个惜字如金的人，他为何不需要道歉，也不需要感谢呢。

第二天，他们再一次来到机场时，采访的对象换成一个较为年轻的小伙子。他精力充沛，却也废话连篇，一个问题叨叨了几十分钟，吐槽工作累、赚得少、时间不固定，充分展示出自己的敬业精神。过于积极的配合似乎让卓静开始有一些想念那个话不多，但是安安静静修理东西的闷骚师傅，还有他受伤的手。而他受伤后的那一笑，一直印在卓静的脑海中，挥之不去。

采访结束以后，卓静打通了志恒的电话，问是不是因为手受伤的事而没来上班，她想要表达歉意，或者是帮忙修车的感谢。两个人约在了护城河边的一个小饭馆内，整个吃饭的过程两个人交谈平淡，却让卓静感觉格外舒服。她这才明白为什么那么多女孩会喜欢大叔或是老男人。志恒聊天的语气、举止全是岁月沉淀的味道，烘烤一般令人感觉暖洋洋的舒适，让人有惊喜，却又不至于慌张，可以安安静静地坐在他面前，有从容不迫的幻想。

他们从傍晚一直聊到深夜，走出饭馆时夜空出现了大片的烟火，两个人应景地看了一会儿，彩色的光照在他们脸上，好像又回到了学生般年轻的时光。

熟悉以后，两个人的联系渐渐频繁起来。忽然有一天，卓静下班看见志恒的车停在门口，他摇下车窗，吞吞吐吐地说了泡妞里最蹩脚的那个理由：“我刚好路过。”

从此以后，他每天都在卓静单位门口扮演着“刚好路过”的角色。

哪怕卓静外出拍摄，只要志恒有时间，他都会第一时间驱车赶到。但驾驶的过程中，他却从来不说话，经常是卓静在说，志恒安安静静地听着；有时候从她上车到下车两个人都不曾有过一句交流，他只是认认真真地开车，板着一张脸。

那一年国庆，卓静回老家，志恒留下来加班。每当旅游旺季来临，定检任务就会格外多。这时，志恒总是特别羡慕别人能和伴侣到一个地方去旅行，因为他未曾体验过。

假期结束的时候，志恒照常开车去接卓静。深夜里，卓静走出车站，到了约定地点，透过车窗，悄悄地看着里面熟睡的志恒。她忽然想起第一次见他时，那么高冷的一个人，那么不会表达的一个人，他会沉默地帮你修好车，安安静静地接你下班。如今他又不知道早来了多久，一个人在这儿睡下。如果这时他是醒着的，或是卓静没有发现他早就到了，也许他依旧不会告诉卓静自己来这儿等了很久。他只是会默默地做，从不多说。

让人感到意外的是，这一天，志恒突然开口说话了，他问卓静："有时间，我们也一起去个地方旅行看看吧。"

卓静吓了一跳，但还是故作镇定地问："去哪儿啊，远吗？"志恒没回答，在心底暗暗盘算着。车窗外人潮涌动，两颗躁动的心各自怀揣着小动作，彼此交相辉映着。

后来，卓静出差到丽江，工作没几天就病倒了，高烧持续不退。志恒请好假就飞了过来，两个人住在客栈的一个套间里，卓静睡卧室，志恒睡沙发。他每天照顾她的饮食起居，两个人像过日子一般疗养起来，闲暇时到湖边散散步、吹吹风。

有一天散步回来时下起了雨，他们被困在了一个小酒馆的屋檐下。老天爷的盛情难却，两人便走进屋内小酌了一下。哪知酒意盎然，多喝了几杯，两个人醉意微醺，她一直在说话，他仍旧板着一张脸，一直安静地听她说。

卓静忽然有一些生气，为什么他一直陪在她身边却又什么都不表示，明明大家都心知肚明，却还是不挑开这一层关系，这是暧昧？不，都这把年纪了还玩什么暧昧，卓静有些悲观，或许他只是无聊？那为什么又为了我飞这么远？

女人就是内心戏太足，她的情绪有一些起伏，借着酒劲开口就问："为什么你总是什么都不说？开车不说话，吃饭不说话，即使飞了几千公里到这儿，你还是多一句都舍不得说。"

她盼着听到最想听的那一句，他咬紧牙关却一直不说的那一句。雨水淅淅沥沥，两个人安静地对视着。

志恒缓慢地开口说："我发现我喜欢你。"

顿了一会儿又挤出一句："喜欢很长时间了。"

门外的雨忽然停了，好像这场雨已经完成了自己的使命，安安静静地离开了。玻璃上的水珠透着酒吧醉人的霓虹，好像开在窗上的花朵，水珠滚啊滚，滚到了卓静的脸上。她忽然觉得嗓子眼一堵，心往肚子里沉，她以前不知道听多少人对她说过同样的话，只是不知道为什么这次的这么不同，这么让人心动。

就这样，他们的关系迅速确定了下来，因为年纪都不小了，所以没过多久两人就把婚事提上了日程。结婚之前，志恒还是心心念念着他们的旅行，于是，两个人把度蜜月的计划提前，一起去了内蒙古看草原。

一个导游举着小旗子指挥着大家跟住他不要乱走，警告着企图脱团的游客草原里有许多沼泽，陷进去可是要人命的。游客里有老奶奶，也有几岁的小朋友，哄闹嘈杂乱作一团。

志恒和卓静同他们坐一辆大巴，到了草原后便慌忙逃离团队。两个人租下一辆车，开始了二人世界的第一次流浪。

一望无垠的草原总是给人一种向往探索的感觉。旅行的第三天，他们开车走了很远，后来开进了一片林子迷了路，怎么都出不来。直到听见了远处汽车的轰鸣声，他们才随着声音的方向摸索着开出林子，可是没走多远，车子就陷进了深坑。

开始的时候，车一直在下沉，直到卡在一个地方便不动了。志恒打开车门，看着已经陷进去一半的轮胎吓了一跳。他不知道这里是不是沼泽区，后悔没听导游的话。更要命的是这个地方手机根本没有信号，两个人呼喊了几声，空旷的原野收不到任何回应。卓静也显得有一些害怕，不安地看着志恒。

等了许久也看不见过往的路人，天色逐渐暗了下来。周围安静得不像话，卓静非常希望志恒能说一些什么，虽然她明白，按照惯例，他依旧什么也不会说。

这时，志恒忽然直了直身子，抱紧卓静说："我们回家，一会儿你就踩着我的脚印走，一步不离地跟着我。"

卓静还来不及做出任何反应，志恒便先她一步下了车，两只脚重重地踩在泥坑里，伫立了一会儿，没有下沉。志恒转身笑着看卓静，然后伸出一只手，目光坚定地说：“来，跟着我。”

夕阳的余晖洒在志恒肩上，幽寂的野外仿佛在一瞬间亮了起来。卓静忽然觉得一点也不怕了，她紧紧地牵着志恒的手，踩着他踩过的地方。两个人一步一步、小心翼翼地蹚出了泥沼，就好像恋人嬉闹着走过小溪一样。

后来听卓静说，她永远也忘不掉那一个傍晚，她看志恒的背影仿佛闪着光芒，那双手像一双翅膀，带着她走出深潭，走出绝望的黑暗。

从此以后，无论是一起出门的时候，还是从电影院里起身的时候，或是要冲入人潮人海的时候，她总会看见志恒宽厚的背影挡在前面，从身前向后伸出一只团着的大手。她温柔地将手放进他的手心里，随便他带她去哪儿，她还是喜欢在他背后悄悄地踩着他的脚印往前走。

即使是见了卓静的父母，志恒也没有表现出女婿该有的殷勤，也没有说一些类似于“一定会让卓静幸福”的场面话。但是卓静知道，他不是不爱她，他只是不太会说话。

婚礼的那一天，策划师带着新郎和新娘在舞台前一遍遍走流程，其中有一个环节是新郎新娘交换婚词，互相说一些感动的对白，营造一些感人的气氛。可是志恒老是忘词，说起情话来也老是磕巴。策划师和司仪一个劲儿地替他着急，卓静却只是在一旁笑，劝着大伙别难为他了。

直到婚礼正式开始，亲戚嘉宾们各自入了席，志恒还是没有进入状态。在进行到对白这个环节的时候，他也不负众望地忘了词。

全场亲友一直注视着这对新人。志恒汗如雨下，憋红了一张脸，却总是想不起来要说什么，司仪急得不停向台下要掌声，缓解场面的尴尬。

志恒抬起头，看见卓静正微笑着看着他，面前的妻子披着婚纱，美得像是一个童话。看样子，她并没有责怪他的笨拙与驽钝，这让志恒轻松了不少。

他稳了稳呼吸，缓慢地拿起话筒说："老婆，你知道我这个人，不太会说话，我是不是又让你丢人了？"

卓静忽然双眼通红，泪止不住落下。

志恒继续说："我记不住什么对白，但是我记得我们昨晚在微信里说的那些话。你说你庆幸嫁给了我，庆幸是这个年纪，遇到了同样'年迈'的我。这些话我会一直记着，老婆我爱你，谢谢你，谢谢你。"

台下顿时掌声雷动，司仪一时激动得不知道说什么，策划师捂着嘴巴和身边的工作人员小声嘀咕："他这是不会说话？这是我听过最动人的情话了吧。"

亲友们不断起哄，两位新人泣极相拥。这一路我们走得好不容易，这一路我们忍受了多少寂寞和排挤，有皱纹和媒婆的嘲讽，有已离去之人的欺骗和回忆，就在要放弃还没放弃的时候，我还是遇见了你。

虽然已经过了为一份感情死缠烂打的年纪，也不会再因为爱一个人而用那么大的力，回头想想，也未尝不是好事。我们终于可以慢慢品尝对方的好，慢慢咀嚼岁月给的味道。我们终于再也经不起折腾，可以温柔地对待爱情和彼此了。

感谢那些年的遗憾与错过，感谢那些年的孤独与难过，经过种种磨难的他们，耗尽最后一份力气冒险的他们，最好的他们，故事最后才相遇。

后来，朋友们聚会的时候，大伙拽着志恒问："什么时候添个娃，给我们大家逗逗玩啊。"

志恒扬起手推搡着："不着急，不着急。"

有人跟着起哄："这么大岁数了还不着急呢啊？"

志恒眼睛眯成一条缝，笑着说："不急，剩下的日子，我们俩慢慢过。"

卓静听了眉头紧锁，思绪暗潮汹涌，从什么时候开始的啊，他可真是越来越会说话了。

男人歌

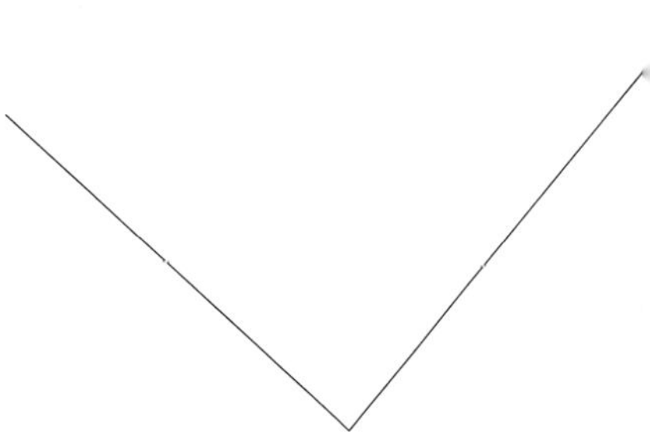

有时候觉得老婆是最难对付的boss，人是多么复杂的动物啊，在岁月的洗礼下把自己锻造得刀枪不入，却总是留了一个弱点等最爱的人来窥探。

阿涛要结婚了，一下子就在微信群里张罗开了。原来一直觉得他和恋人不冷不热的，哪知道早就把婚期提上日程了。何荣说：“太突然了，之前你都不打声招呼啊，这在我看来都可以算闪婚了。”

阿涛说：“闪你大爷啊，处了一年多了，两家都觉得挺合适的，还不结婚干什么？等着当老流氓啊？”

何荣搭话：“要不你以为你不是流氓啊？”

阿涛说：“唉，早就过了和女朋友看个电影也要发个照片秀一圈的年纪了。”

我哈哈一笑，这句话让五个男人的微信群沉默了好久。

我、阿涛、何荣、大头和丁大勇是高中一起打球的朋友，虽然不在一个班，但是经常在一起组团打比赛。那时候人多球场少，所以能占到一个球场不容易。经常是我翘课早早跑去球场占地，他们再陆陆续续地溜出来找我，连着玩上几个小时，汗流浃背也不觉得累。

那时候，阿涛喜欢一个比我们高一年级的小太妹，她头发有好几种颜色，脚踝处有一个拙劣的文身，时不时露出来，故意标示着自己的叛逆和与众不同。那是阿涛的初恋，他爱得非常投入，我们在一起的时候，他也经常提起她。一个烈日炎炎的午后，我们在球场席地而坐喘着粗气。后来小太妹来了，手里拎着许多瓶矿泉水站在球场门口看着阿涛笑，带着点害羞，又夹杂着点傲娇。在兄弟们的起哄中，阿涛牛气哄哄地走过去，将袋子里的水一瓶瓶丢给我们。

喝完水，小太妹走了，阿涛说："等我俩结婚，到时候你们都得来啊"。迎着大太阳，阿涛一脸认真，说得跟真事似的。

后来小太妹学姐和校外的小混混好上了。他们分手的时候，小混混们还把阿涛打了一顿。阿涛脑袋上破了个窟窿，躺在医院里嗷嗷叫。弟兄们商量着去报仇，被阿涛硬生生拽住说，光脚的不怕穿鞋的，宁惹官府不惹野狗。

何荣说："这能忍吗？夺妻之恨啊！"阿涛说："夺都夺了，再搭上我几个兄弟，犯不上。拉倒吧，这不还有你们几个陪着我呢吗？"

阿涛出院后，我们坐在校门口吃西瓜，比谁的西瓜籽吐得远。正好赶上小太妹从外面回来，在我们五个面前，她尴尬地一路小跑过去。大头问阿涛："这事真就这么算啦？"

阿涛说："当然算了，唉，我知道的，这中学谈恋爱没几个靠谱的，但是中学交下的兄弟是一辈子的。你看，恋爱前后有啥不一样，不还是你们几个陪我吃西瓜嘛。”我抬头一直看着阿涛，他强装出来一股不那么轻松的轻松劲儿，让当时的我心情一点也不轻松。

突然有一天，小太妹来找阿涛，说她怀孕了，那个小混混知道以后就消失了。她没办法，不知道和谁说，如果被她爸知道会被打死。阿涛拍着胸脯说：“你别着急，我帮你。”拽着我们哥儿几个借了一圈钱，凑够了五百块带着太妹去医院做人流。手术后，小太妹特别虚弱，两个人坐在医院外面的花坛边上，阿涛说即使在那一刻，他还是有想娶她的冲动。

后来，太妹的家里知道了这件事情，闹到学校来，阿涛莫名其妙背了黑锅，被开除学籍。他当着我们的面拿着书包潇洒地走出学校，走向黑着脸来接他的父亲，然后头也不回地挥着手喊道：“打球记得叫我。”

很多年以后，阿涛带着自己的未婚妻去置办家具的时候，他发现小太妹成了一家商场里的导购。他有意向她询问衣柜的价格时，她跷着二郎腿，认真地吃着一碗热气腾腾的酸辣粉，头也不抬地说出了价格。阿涛看到她腹部裂开的黑色腰包，又注意到她脚踝边的文身已经奇迹般消失。她满头大汗地忙于吞咽，被某样东西驯服的这个女人，让阿涛一下子有些释怀。

阿涛说：“你喜欢一个人的时候，所有漫无目的的付出有时不是为了感动她，而是为了感动自己。对一个人好是会上瘾的，你会不断地麻痹自己，付出一定会有回报。即使没有，也赢得了感情世界里的一片喝彩，被很多人评价是好男人或者好女人，但又怎样呢？那些赞扬，都是我们的墓志铭。人言可畏，他们说爱情这东西不一定要看结果。或许我是个现实主义者吧。以前我注重过程，而现在我更注重理性。没有结果的感情迟早会被埋葬，在记忆的汪洋大海中沉寂触底，当人生退潮，不堪的过去浮现在沙滩上时，藏在贝壳之间的那些垃圾，我甚至都不忍心再去多看一眼。”

手机突然一响，微信提示把我从回忆中拉了回来。大头在群里说：“你给个日子吧，到时候兄弟四人给你做伴郎团，让你风风光光地嫁出去。”

大头是我们五个男人里最稳重、最持家的。小时候，大头虽然家庭条件好，但是从来不摆臭架子，和我们风里来雨里去，一起吃路边摊，一起骑自行车，一起睡宿舍的硬板床。

大头家里世代经商，家里有一个大工厂，多年来，他爸爸一直苦心经营。听别人说，每天早上，他爸爸会一个人拿上大扫把，从工厂的这头，扫到另外一头，不知道的都以为是清洁工人。大头从小受爸爸言传身教，见了长辈就鞠躬，见了朋友就问好，德行人品都没得说。后来，大头大学毕业接过了父亲手里的扫把，开始扫工厂。

要说大头这么好的条件，找个好姑娘不难，可看来看去，就是找不到一个合他心意的。朋友亲戚帮着介绍，接触的女孩子也不少了，有明星级别的美女，有常青藤的学霸，也有富甲、官宦的二代，可就是不合他心意。

兄弟们坐一圈逗他，谈一个吧，再不谈就弯了。大头说，对不上，谈不了。我们问啥对不上，嘴形还是身材尺寸？大头说感觉对不上。何荣说大哥都这个岁数了你现在还看重感觉呢？大头哈哈一笑，低头不语。

有一次，我和大头逛超市买东西，他熟练地挑选着蔬菜和日用品。有的大妈挑不好东西，他还能给点建议。两个大老爷们儿推着一辆购物车，引来不少人侧目。我问："大头，你家不是有保姆吗？你平时还自己干这个？"大头说："我早就搬出来自己住了，其实啊，这挑东西，和挑姑娘一样，你经历得越多，就越知道自己要什么样的。有时候，姑娘坐在我对面随便聊几句，就知道是不是一路人了。"我说："你呀，太主观了，见一次面就要定义人家的品性，太以自我为中心了，你这是病，得治。"

大头拿起一个西红柿闻着说："咱们在一起这么多年，你不了解我啊，我哪儿是那种人。我觉得吧，谈恋爱就是得对上眼，你看见这个人，就想和她多聊两句。即使她暴露了一些你比较反感的性格与特点，你也愿意因为自己对她的喜欢而弱化她的所有缺点。

"即使这份喜欢会在以后的生活中逐渐变淡，你也会发现因为相处的时间久了，那些喜欢会转变成一种依赖。即使对方什么都不说，只是坐在你身边，你就觉得很踏实的那种依赖。她的手掌像柔软的毛毯，她的眼神像无限关怀，到那时，无所谓谁对谁更好，谁更爱谁多一点。"

大头的老婆是在朋友聚会上认识的。KTV里那姑娘唱了一首孙燕姿的《开始懂了》，没有一句在调上，唱得还特别投入。大头一边听一边乐，这个相貌平平的小姑娘一下子就吸引了大头。后来，两人渐渐地熟络起来。

有一天，雨下得特别大。刚一下班，大头就急急忙忙地跑出工厂，想去接她下班，哪知道一出厂区就看见她躲在院门的屋檐下。她握着一把大伞说："今天公司没什么事，我怕你忘带伞就先跑过来了。"

大头怔在原地，雨还一直下，他的所有温柔开始沦陷。多年以后，大头说就是在那个雨天，他心里认准了，就是她了。

你看，其实事情远没有我们想得那么复杂，拥有越多的人，他们要的就越简单。

何荣刚看见大头的媳妇时嬉皮笑脸地问："哎哟，你可终于找到感觉啦，省得我们哥儿几个老防着你。"

大头说："滚犊子，你光棍儿好几年，还好意思说你防着我？你脱下裤子我看看，直的还是弯的？"

何荣骂道："去你大爷的，老子扒姑娘裤子的时候，你过门槛还卡着蛋呢。"

何荣原来嘴没那么损，是个真正的老实人。大学时，他谈了个女朋友，毕了业带着女朋友到大城市打拼，事业干了几年也没什么起色，生活里的一些磕磕碰碰也渐渐透支了他们的感情。

就这样，他们在一个雨天里分手了，女友摔门走了。何荣咬牙切齿地在家里用脑袋撞墙，他恨他自己，工作没能做出一点成绩，没能有一个蒸蒸日上的模样。后来，何荣用准备娶老婆攒下的钱再加上父母的赞助，去英国留了两年学。毕业后回国，摇身一变成了外企高管，每天出入各种高档场所，游走在各种女人之间，不玩过界，不谈感情。

有一次，他开车等红灯，正好遇见前女友在他车前过斑马线。变绿灯了，他一个油门追过去，一直慢吞吞地跟着她，直到她进了小区，他望着背影傻看了很久。

那段日子里，何荣就在前女友生活圈子的周围东张西望，紧张兮兮，没事就去她家附近转悠，偶尔能看她一两眼，有时候差点被发现。这样的日子持续了很长时间，直到他离开那个城市回了家乡。

朋友问他原来为了逃避失恋才出的国吗，何荣说是。那现在还是为了逃避而回家？何荣说不是。

很长时间以后，何荣说，其实啊，那股难受劲儿早过去了，刚开始见到前女友的时候，特别想把她从别人身边夺回来，可是后来就不这么想了。大家瞪着何荣问为啥。

何荣说："以前想得到一样东西时就会拼命地去争、去抢，潜意识里也麻痹自己男人就该这么做。现在不一样了，再碰上喜欢的姑娘，就把自己拥有的一切都在姑娘面前摊牌，开什么车，有多少存款，爸妈都是干什么的，有什么缺点和毛病，未来的职业规划，工作干好了能成什么样，干不好什么样……该说的都说了，剩下的让人家姑娘自己盘算。"

我说："需要这么老实吗？一点遐想空间都不给别人留啊？"

何荣说："这是一个悲观主义者的想法。出来混我们从来没有怕过失败，只是怕让心爱的人失望，怕让父母失望。这种失望会渐渐地变成自我怀疑的包袱，将我们压垮。面对一份认真的感情，我也必须坦诚。男人的确要有一颗风餐露宿的奋斗心，但也要给姑娘交一个实底儿。我有挣龙虾的本领，那我绝对不让你吃窝头；倘若我只有隔三岔五改善伙食的能力，也绝对不向你保证未来你能有多少美食。怕没做到爱人会失望，怕承诺像资本家画笔下的饼一样，可笑又无耻。我失去过，但是我理解她，我只是恨我自己，恨我当初的那些意气用事和慵懒。

"所以啊，倘若有一天，我对心爱的姑娘坦白从宽了，她心里踏实，能坚定地做出自己的选择。她要是还愿意跟着我混，我才会觉得，我是真正地拥有她，我也能有颗踏实心，再去为她一个人争高质量的生活，为她一个人抢高质量的美食。我们也没有什么特别，好好把自己的路走好，才能央求更多的美景与更好的陪伴。"

何荣说得头头是道，把兄弟们都听愣了。

有一次，大勇说他妹太单纯太善良，怕她以后走入社会会吃亏，逮住何荣问："怎么涨情商？怎么涨阅历？怎么变得内心强大？"

何荣听着烦，扔出一句话：被人狠狠甩一次，什么都解决了。

大勇说："那是我亲妹，我可舍不得，你这叫哪门子主意?"

何荣说："性格分析全是扯淡，成功学都是传销，想要积累经验，总要遭几回罪。人都贱，巴掌不打在自己脸上，都不长记性。"

大勇顿了顿，觉得有道理，低声感叹：“唉，那我就是舍不得我妹遭那份儿罪。”

大勇从小就喜欢玩游戏，而且玩什么都是高手：我们还在红白机的时候，人家就开始玩大型电玩了；我们迷上了电玩，人家进了网吧；我们刚开始玩红色警报，人家又去做网游了，我们玩什么都比人家慢半拍。

后来有一次，大勇在网吧里团战，爸妈都上班去了，留下妹妹一个人看家。不知道为啥厨房就着火了。大勇得着信拼了命往回跑，到家发现火势控制住了，无非就烧坏点家具和电器，妹妹正可怜兮兮地擦着小花脸坐在路边哭。大勇一边扇自己嘴巴，一边哄妹妹。打那以后，大勇再也不玩游戏了，装备账号全部送人。走到哪儿都带着妹妹，他妹妹像一条小尾巴，忸忸怩怩地趴在哥哥背上，哼哼唧唧要糖吃。

妹妹后来长大了，在中学谈了个男朋友，那男生也喜欢玩游戏。有一次，妹妹整夜没回宿舍，学校打家里电话来问，把大勇急够呛，第二天才知道是那小子带着他妹妹去网吧包夜了。大勇当时就怒了，叫上几个玩游戏的朋友打开账号，上线后一呼百应，在游戏里狠狠地虐了一回那小男朋友。战斗结束了还留下一句话，再敢带我妹在网吧包夜我还揍你，以后对她好一点。对手听得一头雾水，这都哪儿跟哪儿啊？

再后来，大勇找了个老婆，是个宅女。大勇一看宅女好啊，在家待着不出去玩，图个省心。哪知道他这老婆还是个游戏迷，而且是个在区里都数得上号的DOTA玩家，QQ签名四个大字“塔在人在”，霸气侧漏。

有一次，大勇想和老婆亲热亲热，他老婆盯着屏幕头都不转一下敷衍他说：“乖，打完这局再好好亲热。”大勇听完当时就阳痿了，自己一个人洗洗睡了。

听完这段，我们哈哈大笑，大勇吸上一口烟，老练地说：“出来混，迟早是要还的。”

他说：“我玩过各种各样的游戏，通了无数次关，打过各种各样的怪。这些boss都有一个相同的属性，硬着来绝对没戏，找到它的弱点，死踩它的命门。有时候觉得老婆是最难对付的boss。人是多么复杂的动物啊，在岁月的洗礼下把自己锻造得刀枪不入，却总是留了一个弱点等最爱的人来窥探。一起升级，相互依附，彼此成全。所以一对爱人刷着生活的副本时，要像一个团队，有能治疗的大夫，有能挡刀枪的战士，也得有能挣钱理财的管家。各自分工，搭配前行。”

阿涛婚礼前几天，我们去酒店踩完场地，一伙子人聚在阿涛家。女人们凑在一起聊八卦，男人们挤在厨房里聊房价。大头一边择着韭菜一边说：“我记得原来咱们几个意淫过，说等着以后哥儿几个成家了，就没事带着女人们聚一聚。那时候想的是咱们坐一圈儿打麻将，女人们下厨房准备饭，这多美啊，你们说现在怎么反过来了？”

阿涛说："反了就反了吧，时代不同了，条件不允许。就拿我媳妇说吧，上次煮方便面没放调料，煮完了才想起来，把调料往面上一撒和我说这是干拌面。我说阿姨你闹呢啊？你好歹算个幼师，就这么糊弄我们小朋友？那调料包里的蔬菜还都是硬的呢。唉，你说能咋办，面还得吃。像咱们这样的贱骨头，真心享不了福，被人伺候一天就觉得全身别扭，活该劳碌命。"

何荣平时不下厨房，这会儿也就能洗洗菜，一边洗一边说："等以后咱都老了就好了，儿女们做饭，咱们就等着吃，有的是时间坐在一起打麻将闲扯淡。"

大头说："唉，那还远着呢，这日子可有盼头了。"阿涛说："远什么啊远？当初打球的时候，还觉得今天远呢。"男人们互相看了看，目光中是满满基情。

那一刻，我特别感动，好像看见了几个老头颤颤巍巍地围坐在树荫下，吹着年轻时的牛逼。一脸褶子里夹着的全是对彼此的不屑，吹完了再一起慢慢悠悠地走回家去。不是故意要感伤，只是时间它太快了，还没来得及好好年轻，磁带里的歌才唱到一半，我们就已经涨红了眼睛。

婚礼那天，我依旧很准时，哪知道一到场地，他们早就穿好衣服在那儿等着了，从来不知道他们什么时候变得这么守时。我摸着新郎肚子上隆起的弧度问："几个月了？"阿涛说："唉，过去是八个块，现在精诚团结变成一个球了，以前吹牛逼说是偶像派的，现在就走走务实路线吧。"

五个曾经以为自己很帅的男人居然腼腆地一起笑了起来。

当然，一个男人最宝贵的不是脸蛋身材，更不是存款职位，而是他有一颗持恒的责任心，对亲人的信任与理解，对家庭的照顾与担当，对工作的认真与追求，还有对自我的不断完善。

皱纹会爬上我们的脸，滋生出神经一样的密纹，形成一道道凹陷，爱人的双手已不能完全抚摸你脸上的每一寸肌肤。而摸不到的那些沟渠，正是不可言说的经历与苦难。在男人的世界里，岁月刻下的坚韧与沉静，是他们最好的化妆品。

阿涛站到我们四个中间，五个穿得人模狗样也显得不正经的男人，第一次那么正经地一起拍照。摄影师指挥着我们各自的造型和位置，我余光望过去，感觉好像在这一天，我们要把他交付给一个时代，又好像我们回到了学生时的样子，男孩还擦着脸上的汗，衣服只有白蓝相间的校服颜色。他们骑着自行车在我前面，风一吹，衣服鼓起驼背一样的大包袱。我们迎着风一直笑，不知去往何方，但内心无比坚定。烈日下，我们喝着水，阿涛说，我结婚的时候你们要是都来，那该多好啊。

摄影师“咔嚓”按下快门，闪光灯照亮房间，那一瞬间好像中学夏天所有的阳光，又全都回来了。

黄昏的婚礼

“我们将一同欢笑，一同哭泣。你爱的人，也会成为我爱的人。你的神，也会成为我的神。你要去的地方，我必跟随。你要永久沉睡，我必然睡在你的身旁。”

莉莉独自坐在教堂里，村子里炊烟四起，人们忙着生火做饭。只有她在满怀心事地闭着眼祷告，疲惫时她伏案而憩，蠕动着颤抖。

牧师在教堂的烛光中走过来，安静地坐在莉莉身旁，小心翼翼地询问缘由。

莉莉说：“我经历过许多次感情，终于遇到了我现在的未婚夫。我们很相爱，他是我遇见过的最好的男人，所以我想嫁给他。我和未婚夫还有一个多月就要结婚了，可是亲戚的质疑和朋友间的闲言碎语让我懊恼不已。最近，我们还会因为一些琐事而吵架，婚礼的诸多细节也无法确定。我开始觉得有些累，甚至有些怀疑。或许是婚前恐惧吧，我总是难以把心情平复得很好，越来越害怕婚礼的到来。”

两个人都沉默了一会儿，教堂里又恢复了往日的静谧。神父慈祥地说："亲爱的孩子，为了表示对你们的祝福，我打算送给你一个故事。"

从前，上帝身边有一个天使，她生来貌美，神赋天籁。每当她开口唱歌时，全世界的鸟儿都会停在枝头上聆听，连乌云都会醉得四处飘散，彩虹也因为沐浴了她的歌声而显得更加鲜艳。

但上帝是公平的，造物主赐予了她无与伦比的歌喉，却也让她做了一份苦差事。她的真正司职是愿望天使，在上帝的委派下，到人间去守护那些苦难和善良的人，并允许守护主拔掉自己翅膀上的三根羽毛来许愿，她的一根羽毛就是一个愿望。

几百年过去了，羽毛掉了又长，有的地方因为频繁的撕扯，已经光秃不堪。每当她看见那些体态优美、翅膀完好的天使从自己身边优雅地飞过时，她总会自卑地低下头，静静抚摸自己的残翅。

传说世上只有很少的愿望天使得到过上帝的指点，转化成为美丽的天使。所以，她总是蹦蹦跳跳地唱歌给上帝听，哄上帝开心，希望上帝能指引她得到完整天使的完整的美。

但上帝并没有给她特别的指点，而是反复让她作为愿望天使奔赴人间，找到世间善良的人实现他们的愿望，或者是欲望。

上帝不断派送任务，她疲于奔命。几百年过去了，她的翅膀不再像是翅膀，更像是两只烤翅，硬生生地架在背上。她不敢再回天堂，害怕被其他天使当作异类。

在帮助别人的时候，她渐渐体会到了人们在有机会实现愿望时，所体现出来的贪婪与自私，他们不再像原来那样单纯或者容易满足。

她开始困惑，可是又不能停下脚步，游走于各种各样复杂的人性之间，在不同的表情和要求面前，麻木地游走，很长时间都没有再唱过一首歌。

有一次，她梦见了自己第一次冲向人间的样子，当时奋不顾身的感觉和自我形态的完整，让她一直沉浸在梦中。醒来后，她独自坐在云端啜泣。她不再相信那些古老的传说，功德圆满的愿望天使不过是骗人的童话。

又过了好多年，她不知道又满足了多少人的愿望，甚至有的守护主不相信她是愿望天使，还反复强调："一个一直脱毛的天使，这听起来真的蛮好笑。"

对这样的调侃，她早已经习以为常，不再为新长出来的羽根欣喜若狂，也不再为脱落的羽毛而黯然神伤。

那是一个雨天，她像平常一样找到了自己新的守护主。这个主人尤其地笨，有地图也经常迷路，出门会忘记拿伞，做饭时也老是忘记时间。他的生活简直一团糟，但他似乎也有一点点可爱，他会因为一些细小的事情高兴，对陌生人也充满善意，会笨拙而努力地坚持工作、爱护生灵。

有一次，他过马路时又忘记看车，而一辆突如其来的满载的大卡车已经没有办法停下，向他冲了过来。情急之时，她现身救了他。

傍晚，两个人在家里的饭桌前面面相觑。她展开了双翼，他惊恐地倒吸着空气，整个身子往后仰，眼睛就快掉在桌子上。

在表明了来意后，她习惯性报幕一般说：“你可以在我的身上拔掉三根羽毛，这三根羽毛可以帮助你实现三个愿望。但是，这些愿望必须以不伤害他人、不有损现世、不玷污灵魂为前提。”

这时，他由惊恐转为欣喜，开始想入非非，脑海中编织各种各样的场景，嘴角上扬，那样子简直傻极了。

她对他的表现嗤之以鼻，转头静静地抚摸着自己的残翅。她惊奇地发现翅尖的地方长出了三根漂亮的羽根，这些幼根的色泽、线条的轮廓都比以往的极品要漂亮好多倍。它们像是要故意预示着什么，生机勃勃地昂着头，眺望着。

可她知道，即使再好，她也会在不远的将来永远失去它们，她的眼神里多了几分黯淡。

他兴高采烈地和她讨论着自己到底要许三个什么愿望，是要花不尽的财富好呢，还是要一身绝顶的本领。

他手足无措，她淡如烟火。

他看出了她的哀愁，停下了自己的浮想，小心翼翼地向她询问因果。

她看着闪光的新生羽根，心想也许是他的淳朴，让这些嫩苗显得更加丰美。她想索性就告诉他实现愿望的代价就是她将失去三根成熟闪亮的羽毛，而自己的残缺，正是因为满足了许多人的愿望。到如今，世人们享受着她带来的好，而她因为背负了这样的使命，所以才必须背负这样的翅膀，努力穿过每一座下雨的城市。

说到这儿，他似乎显得比她还要难过，之前的喜悦一扫而空。

两个人一起开始沉默，静得像一场秋落。

她显得有些不耐烦，觉得他笨到连自己的愿望都不确定，就先开口问他到底有什么愿望。

他缓慢地抬起头，说：“我还没想好。”

她不屑地说：“那你想吧，反正时间是不会在我们天使的身上流逝的。你的整个生命在我们看来，就像一根羽毛的诞生和脱落罢了。”

他深吸了一口气，目光中充满坚定，却一字不说，只顾盯着她的翅膀。

从那以后，他每天为她梳洗翅膀，打理羽毛。她觉得他的所作所为简直可笑极了，她把他当作一个笑话，每天看他忙来忙去，满头大汗。她只想他能快点想到自己的愿望，这样她好赶紧离开这个傻帽。

有一次，他像是发现新大陆一般问她：“要不要在这些地方涂一些生发膏？”她第一次被这样的问题逗笑了。

日子一天天过去，天使发现羽毛的数量虽然没怎么增长，但是已经渐渐恢复了光泽。这让天使的心情变得异常好，她索性愉悦地唱了一首歌。

美妙的旋律在屋顶盘旋，跳跃的音符漫山遍野，歌声里有岁月深埋的宁静，也有无法启迪的未来，晨光一般照耀着山川湖海，前世今生。这歌声像一场不想逃出的宿命，紧紧将他捆住，丢向俘虏的黑洞。他心知命途多舛，却忘我地陶醉在繁星之中。

她唱完以后，他久久地愣在原地，尴尬之下突然脱口说：“如果有一天我们走散了，我也会顺着你的歌声一直追你。如果我没有追上来，你也要一直努力往前飞，不要等我，一定要替我多看看那些风景，看看那些美好的人。”

她忽然觉得有些感动，可是她拼命抑制着这些东西，内心却欢快无比。

自此以后，每一次他为她整理羽毛，她都报之以歌。他的手随着歌声的旋律摇摆，她的羽毛也随着风晃来晃去，尤为欢乐。

岁月荏苒，这一天，他走到了生命的尽头。躺在床上，他颤颤巍巍地伸出手想要再摸一摸他花了一生时间去整理的那些羽毛。

虽然翅膀并未恢复太多，但她早已不再嘲笑他的愚笨，有的只是感恩和不舍，像要送走一个老朋友，每一句话里都带着无法言语的难过。

她说：“快告诉我你的愿望吧。”

他抚摸着天使的翅膀说：“你要不提我都忘了，三个都还没用过呢，对吧？”

她笑了笑：“是啊，再不说就没机会了。”

他气息微弱，努力平复呼吸，让她伏在自己嘴边，轻轻说：

“我希望能遇见美好的人，她惊天动地般出现，将我的孤独燃烧殆尽，却照亮我生活的所有瞬间。

“我希望能爱一个特别的人，她虽不完美，却异于常人。我自知生来驽钝平庸，但求她不离不弃，守我一世的平淡。

“我希望百年之后，故事已成腐朽，我们还能在天堂相见。那时，我最好别老是躺着，能陪她做一些我们常做的事，那些人世间百般无聊，却又不厌其烦重复的俗事。”

她突然发现他一点也不傻，相反，他是如此睿智和聪慧。她把自己的翅膀收拢合并到他面前说：“挑选你最喜欢的羽毛吧，它们也同样是你的孩子。”

他摆了摆手说：“不了。”天使诧异地问：“你不打算实现这些你向往已久的美好愿望吗？”

他热泪盈眶，激动地说：“我的愿望都已经实现了啊。我的一生，一直都被你美好的歌声包裹着。我已经得到我需要的了，谢谢你。”

她如雷击般顿住，惊诧的脸上写满了不解与感动，久久发不出任何声音，只能慢慢地看着他失去意识，到呼吸停止。

千百年来，她的眼泪第一次落下，为一个平凡的有些落魄的凡人。眼泪顺着他的脸颊流过他的全身，他的灵魂得到洗礼，她知道他们一定会在天堂相遇。

这时，她奋不顾身地飞向天空。展开翅膀冲上云霄的那一刹那，她才注意到她的翅膀不知道什么时候已经恢复了起初丰盛的原貌，甚至比原来的更舒展、更耀眼。

在一个不起眼的云端，一个笨拙的灵魂迷了路。她看着他迷茫的窘迫，破涕为笑。她想为这个孤独的灵魂唱一首歌，却发现上帝已经将她天籁般的嗓音收回。不过没关系，她找到了比那更重要的东西。

从此以后，她再也没有失去过自己的羽毛，他也再没有失去过自己的天使。

故事到这儿就结束了。

亲爱的莉莉，你一定觉得故事始终是故事，永远都是理想化的。

可是，折磨理想的是现实，而成就理想的也正是现实。不是吗？

就好像折磨我们自己的，通常都是我们最爱的人，是我们赋予了他们伤害自己的权力。同样，故事中之前每一个拿走天使羽毛的人，都是她错过的人，都是享受过她的好，并且也伤害了她的人。她早已在感情中麻木、迟钝，甚至不再期待感情。而就是有一个我们永远也意想不到的人，用他的方式，唤醒我们内心的勇气，他享受你的好，更懂得珍惜你的好。

她的残缺，是她爱的能力的残缺；他的愚钝，是他对爱的诚恳。

我们皆是凡人，我们的爱人也势必缺点无数、俗不可忍。所以，我们享受过他们的好，也同样要接受他们的残缺，不是吗？

但是，正因为他们的真实与笨拙，我们才得以信任他的诚恳。无论之前曾有多少人让你失望，让你失去过羽毛，他都会用自己的方式，为你夺回本来就属于你的光辉，成就你的双羽。

我知道每一对恋人都是用攀爬一般的努力才走进教堂，我也知道现实以后会更务实，理想以后会更理智。

只是我希望你们明白，爱情和婚礼都只是你们两个人的。世界再广袤，真理再权威，也体会不了你们之间所发生的种种过往。那些酸甜苦辣的细枝末叶，如何成就了你们今天的默契与信任，旁人如何懂，你又何须在乎旁人如何说。夫妇各自倾怀，世俗随它去吧。

在这个充满怀疑的世界，两个人更需要彼此的信任作为生活的信仰。

如果说有一件事情是重要的，那就是你们最好在婚礼之前商量好到底谁做家务谁管钱。而且我希望你快点想，因为你的未婚夫已经在教堂门口傻看你很久了，而我也必须快点下班了，如果回去得晚，我老婆是从来不听解释的。

她回头望着自己满头大汗的未婚夫，木呆呆地笑了。他好像找了很多地方才想到来这里，来这个他们即将举行婚礼的地方。或许男人都很木讷，要在许多个不经意的瞬间，去做很多看似笨拙却又诚意满满的事，来给敏感的女士们许多细致的感动。

那一瞬间，她忽然想起牧师那一段亘古不变的腔调与台词：

“你，愿意娶她为妻吗？与她组成家庭，爱她，保护她，照顾她，无论健康或是疾病，无论富有或是贫穷，你都和她不离不弃，生死相依。”

她近乎蹦跳一般走向自己的未婚夫，在夕阳的光晕里，他们拥抱亲吻。

“我们将一同欢笑，一同哭泣。你爱的人，也会成为我爱的人。你的神，也会成为我的神。你要去的地方，我必跟随。你要永久沉睡，我必然睡在你的身旁。”

她知道，这些台词会在他们今后的生活中，反复被宣读，逐一被实现。

你爱的人，也会成为我爱的人。你的神，也会成为我的神。

你要去的地方，我必跟随。你要永久沉睡，我必然睡在你的身旁。

Letter Time:
愤怒的　复杂的　沉默的

我友陆成:

见字如面。

接到你的婚礼邀约，我一时神情恍惚。

再三确认你的伴郎名单里没有我以后，我明白，对于我比你帅这件事，你一直都耿耿于怀。

但是说实话，我还是很嫉妒你。我们曾喜欢过同一个姑娘，一起躲在校服里讨论她的身材与比例。她是喜欢你的，我看得出来，眼神里充满渴望地去看一个人，瞳仁就像一个黑洞，装得下各种可能。

初中时，我们一起练跑步，我是长跑，你是短跑。你速度特别快，带起风飘出汗水，湿了许多姑娘的夏天。你太强了，其他的对手和你根本不在一个水平线上。每次比赛，你都喜欢搞一些惊喜，有时在终点回头看对手，有时闭着眼张开双手飞过终点线。印象最深刻的一次是你嘴上叼着一枝玫瑰，率先跑完4×100接力的最后一棒后，直接跑进观众区把玫瑰送给我们都喜欢的那个女生。

你像是决斗凯旋的狮子，昂首挺胸走向族群，带着骄傲的喘息和残留的丝丝凶狠，轻而易举地俘虏了所有视线和一些懵懂少女的心。

就像你我的练习项目一样，比较之下，青春期里的女孩显然喜欢“过程短、见效快”的激情浪漫故事设定。而我和我的长跑与慢热，永远都是你出尽风头后的餐后甜点，及时作为你的陪衬，多谱写一些有关你的传奇。

即使这样，我们也不可避免地成了最好的朋友，我们一起打游戏、踢足球，在网吧包夜，揪着两张饼吃一份麻辣烫。

在“搞基”这词还不存在的年代里，我们每天都“搅”在一起。

你天资聪颖，考试这事对于你来说像是游戏。你的成绩总是忽高忽低，仿佛特意顽皮摆弄着那张功利的成绩单。老师们时而对你疼爱有加，时而对你恨之入骨。你仍然保持着自己的一贯作风，心情好就考得好一点，心情差就把卷子揉成一团。学霸们对你咬牙切齿，学渣们对你顶礼膜拜。所以在中考前那么紧张的时期，你总有大把的时间去玩、去挥霍。

我喜欢在晚自习的时候一个人坐在教室后排写日记，你对这样的习惯嗤之以鼻，但却从未劝阻。有时候，你会跑到我们班的后门来找我翘课。有一天晚上，你穿着一件很潮的黑色夹克，在晚自习间休时过来找我，混在清一水儿的校服人群里，你黑得格外扎眼。那天，我留下来安静地写了一晚上字，没有陪你出去撒泼。

第二天就从你同学那里得知，你进了医院。

关于你骨折的传闻很多，有的说你翘课时被发现，老师追着你跑，你着急翻墙，落地的时候没站稳，摔断了骨头；有的说你在台球室和别人打架，被对方敲碎了膝盖。

我去你家看你时，刚好遇见你的一个亲戚也来探望你，那唉声叹气的审判仿佛定夺了你今后的人生。你母亲满面愁容地对我说，医生叮嘱，以后尽量不要做剧烈运动，不能再做运动员。于是，你每天只是睡觉，不怎么喝水也不怎么吃饭。

我没能像电影里那样撬开你的牙关，灌进去一些食物或淡水，而是掀开被子把你抱上轮椅，推着一直走。从你家走到咱们经常去的球场、网吧，走啊走。北方特有的气候，风吹过去都带着干燥，阳光很热，我们时快时慢，走得大汗淋漓，像我们曾经训练时一样。

你突然说："我想喝点大白梨。"

那是种一块钱一瓶的色素饮料，我们以前训练完都要带着奔赴战场的豪情畅饮一番。我听着水滑过你的喉咙发出甘洌的声音，心也放下了。

你知道那些跑道再也不属于你了，你把被带走的骄傲和一部分痛苦连同眼泪一起吞下。那时我真佩服你，哪怕你喊一声疼也好，道一声难过也罢。

没过几天，你就回来上课了，带着一副拐杖，不怎么出教室。学校里每天都上演着新的闹剧，教导主任的发型一天一变，校长的裤子总有一个洞。人们似乎都还没察觉到你的踪迹，你就躲在班级教室的最后一排暗自疗伤，早上第一个来，放学最后一个走。

直到有一天，我在走廊的尽头看你一个人拄着拐杖去上厕所。路过你身旁的人全都侧目，议论纷纷，你低着头一直走。

我大跨步追上了你，扶着你进了厕所走向小便池。到了坑边你突然停住，让我出去。我看你倔强的样子忽然很想笑，我说："我又不偷看，都是大老爷们儿怕什么？”

你粗暴地吼着要我出去。我甩开手夺门而去，走了没多远，怕你出事又折返回来。透过门缝，我清晰地看见你一只手扶着墙，一只手拿着“枪”，颤抖着排出你的无奈和恐惧。

听着你强忍却又忍不住的低沉闷泣，我心中满是辛酸。

上天给了你惹人妒忌的天赋，在你锋芒毕露有理由张扬的年华，却又以这样的方式教训了你。现在试着回想，如果一开始我们不那么勇猛，是不是荆棘刮到身上的口子能少一些，掉进坑的姿势能更加得当，保护及时的话，我们是否还能有机会再重来一趟。

你痊愈以后，话就变少了，吃饭很慢，骑自行车也很慢。不再和我一起踢球，而是热衷于让我陪你遛狗。好在我们之间的默契还在，面对面吃个饭，打个台球，不说话都不会无聊。

尔后，我们一起上高中，一起毕业。高考后，我去了艺术学院。你的成绩不是很理想，没能去上自己想去的大学，于是就近选了一所学院，学了金融专业。我们在一个城市的两端上大学，有时一个月一见，有时一学期不见。生气时互相咒骂，高兴时还是互相咒骂。你的笑声渐渐变大，越来越清爽，与我刚认识你的时候，越来越像。

后来参加工作，我只身来到深圳，你带着大学的女友去了北京。尔后的日子，我们忙于和生活周旋，夜以继日，年复一年。

消耗的时代里，分别如劳燕，做爱如种马。像你我这般兄弟情谊，在当下的生存环境中，已经少之又少了。女人们都很羡慕男人之间这般的友谊，也许她们并不知道，兄弟之间暗潮汹涌的较劲，有时候就是从一个姑娘开始的。

我们就是这样，在不同的世界里赛跑了这么多年，谁都不服输，谁都不低头。即使是奋斗的路上，我们也互不相让，比赛着前进。

我知道你有过一阵事业的小巅峰，升职涨薪，意气风发。那时，我猜也许不需要多久，你就可以在某座高档写字楼里有一间自己的办公室，然后像电视里演的成功人士一样站在落地窗前，骄傲地俯视整个城市。

我当然不及你千分之一，不过为了追赶你，我也尝试过各种各样的努力。我试着总结自己做过的客户，像一个年度傻×大盘点。而我就被这群傻×，像傻×一样玩得团团转。现实在上，打桩机般一下下将我们坐弯，屈服淫威。

你不再因为谁的一句话而纠结一个晚上，而是把精力省下来，想想第二天的工作规划。我也学会了在许多场合隐瞒自己的情绪，不再因为一个观点而和别人争论得面红耳赤。

原来这一路我们披荆斩棘地挥刀，多数情况竟是自残，过去的我们终于还是死在了自己手上。

记得去年年初的某个凌晨，我睡眼蒙眬中接起你的电话。你不说话，几声叹息很长，我听得出你的疲惫，尽管你说不出来，但是我了解，我真的都了解。

辞职创业失败，心情低谷，吵架不断，分崩离析。恋人离你而去，坐上了一个陌生男人的车，你在车后面一边喊一边追，好像从初中毕业你就从来没有这么拼命地奔跑过了。你发现自己真的是跑不动了，什么也追不上了，车里面的人，也不会因为在后视镜里看见你的奋不顾身而再回头了。

生活再一次把给你的东西又夺了回去，我知道你已经吸取了教训学会小心翼翼地对待感情与前程，可是你也得明白，我们所了解的那部分真实的世界，势必要用失去与疼痛来交换。

你整个人都颓了下去，像一张纸，风一吹就四处摇摆、凌乱不堪。你开始充满防备地选择生活，小心翼翼地询问，话到嘴边留下大半句，仔细地嗅着身边的味道并充满警惕。甚至和我打电话，都露出一点商业性的礼貌与口吻。

我有时也在想，如果你从小和我一样，偶尔对爱欲求不得，期盼也常常无望，也许就不会像现在这样，受一点伤就抽筋蚀骨，稍有不顺就颓废迷茫。我们本来就一无所有，除了父母恩赐的温饱与皮囊，其他的有哪些算是我们真正拥有的呢?

也或许我们早就不该期待太多，付出就是付出，不一定都能换回什么，起码在日后回忆或感慨这段日子的时候，我们不曾后悔过。即便失去很多，自嘲一下命苦也心安理得，总结总结自己，原谅原谅别人，日子就会顺畅很多。

后来你折返回了家，家里托关系让你进了一家银行，每天西装革履、技艺熟练地打理着平凡人们粉红色的理想。

你从浪潮之巅退下来对我说，去吧，想看什么就看看什么，我就在咱家这一亩三分地里守着。守着我们的网吧和球场，守着自行车和麻辣烫，守着每一个我们流过汗和泪的地方。

你说在外面实在混不下去就回来，我罩着你。一下子，你就变成了我的回忆我的故乡，我对你说过的话一直都深信不疑。

我有过特别困难的时期，事业下坡，手忙脚乱焦头烂额。在我最低谷的时候，我常常想起你给我留下的“退路”。

我记得你和我开过一个玩笑，说我们中学趴女厕所窗户被抓住那个小子现在当了警察。我们的生活里不停地冒出这样的冷笑话，这也让我忽然想起你回家以后面对的一些事情。

像我们这些在一线城市挣扎的平凡白领，可以心安理得地嘲笑房价，理直气壮地打趣自己的贫穷。而你在家乡却不一样，每天一睁眼，就开始了那种计算白菜米面的价格人生，亲戚朋友时常会来你家问你什么时候结婚，买房了吗？你会眼看着爸妈一天天老去，也许还会在路上撞见初恋女友烫了个爆炸头出来遛狗。而那时，你也正好睡眼惺忪地穿着睡衣去打酱油。

那些吵着要浪迹天涯的孩子，如今都已经热衷于送自己的孩子上学，他们终归是要与世俗讲和的。

故事这么发展确实有点狗血，所以有时候，我觉得在外面可能更像是一种逃避，而选择回去，却需要更大的勇气。

你看，其实选择怎样的生活，都是有危险的。你我少不更事时听说过的平稳生活，是根本不存在的。我们还是像十几岁时那样时刻警惕、不松懈，然后奔跑着衰老，如果失去还是在所难免，那就把拥有的好好珍惜。不丧失勇气，也不过分期望。我想我们的时间，都应该花在一边追问自己，再一边解答自己的路上。

记得《中国合伙人》里成冬青在最后与美国人谈判时说：“对我来说，这件事还有一个更重要的原因。我有一个朋友，他远比我优秀，远比我更应该成功，他来到美国，我看见我们这一代人中游得最棒的在这里沉下去了。波诺先生，这里从来就不是一个公平的战场，我要用我的方式帮他赢回尊严。”

他说这段话的时候，我第一时间就想起了你，想起了曾那么优秀、不可一世的你。我想如果可以，我会替你多看一些风景，在还没那么疲惫的时候，多走一段路看看，这样还能常常想起我们当初跑步的心情。

可是想归想活归活，我们都要在各自的生活里先救赎自己，再求帮助彼此挣脱。

早先听你说过你的未婚妻，我现在才开始仔细端详她是怎样的一个女人。你说她是你的小学同学，小时候你经常偷人家扎头发的皮筋做弹弓。哪知道这么多年以后，她去你的银行取钱，你终于有机会，把当年的这笔烂账还上。

唉，比较之下，上天还是厚待你的。事到如今，我们爱过的女孩都已经老了，我们爱着的女人都结婚了，你仍然能有这样的缘分，成全你的安稳。

我知道这次你又动了真感情，而且果不其然地玩大了，这套婚姻的枷锁就是对你最好的惩罚。

你曾和我说过你特别怕结婚生子，怕你自己还没弄明白这个世界是怎么回事的时候，突然多出一个孩子管你叫“爸”。你特别担心没什么东西教给他，误了祖国的好苗子。

其实，我一直是不相信孩子是父母生命的延续这种屁话，可是当我看见朋友刚满月的儿子，却激动得热泪盈眶。那婴儿眉宇间透露的，分明是我刚认识他时的样子。有时候你不得不屈服，也不得不承认，生命这东西真的太美好，也正是因为有了这些情感的延续与传递，在与时间长久地斗争当中，它虽败犹荣。

现在想想，你得到的那些令人羡慕的东西，都是别人费尽心机得到的，所以你似乎一直学不会这世界里的尔虞我诈和心计是非。你对待每一次感情与经历的态度都那么认真、那么踏实，不敷衍、不玩弄，全力以赴地去珍惜、去维护。即使在经历了那么多的疼痛和失去以后，也保持着诚挚而饱满的爱意，或许这就是你迷人的地方吧，总会让神灵对你也有所眷顾。

写到这儿，我想起你写给我的请柬的开头，不禁笑出了声。

你问我：“我结婚了，你来吗？”

我当然来啊，不来怎么对得起我们的青春。但是我知道你为什么这么问，这几年我们都被生活拉着脱不开身，偶尔联系，交谈简短。有时和你相聚面对面坐着，隔着一桌的饭菜啤酒，像是隔了好多个宇宙。各自不同的选择和阅历，最终让我们变成了不能相认的人。

可是我从未觉得与你生疏，你我之间的交往，早就跨越了那些礼貌或虚伪的寒暄。我人生中最傻气最懵懂的那几年，你一直都在我身边，我所有的秘密与糗事你一直守口如瓶。对于你这样的朋友，想要从根本上铲除，本世纪看来是不可能了。

我们聊天时的沉默，并不是与你词穷，我只是有些感叹，回忆它太美好，走得也太匆忙，我还没来得及好好看一看，看看我们校服的纹理，看看回家路上的那些大杨树，还没来得及好好告别，它就一溜烟消失在茫茫人海中。

不过，我仍然是期待你的，期待你给我更多的感动和惊喜，期待你去活出你自己的味道与幸福。期待听你说，在经历了一些起伏之后，如何看待这世界。从我们开始的义愤填膺，到五味杂陈，直至最终的尘埃落定，我们振臂愤怒过，我们苦涩复杂过，而如今我们是这样地沉默。

尽管如此，我还是一如既往地艳羡你，年少时终不能像你一样活得那么炽烈。此时敲下这些字，脑海里浮现的却还是那一晚课间休息时，你来找我的样子。

你骄傲地穿过人群，黑色的夹克闪着光，在等我走出教室的间隙里，一言不发地靠着墙。

那一天，我在日记本上写道：

它颤抖着穿过深渊的夜

你也不必日夜提防

风有风的迷惘

命运的子弹早已上膛

我说恐惧的孩子啊

你也不必日夜害怕

请把铠甲和诺言　逐一褪下

我们一起赤身裸体　手持利器

愤怒的　复杂的　沉默的

去×这个世界吧

婚礼我一定来，我穿自己最喜欢的那套西装，为了不抢你的风头，我不系领带。

祝　新婚快乐　百年好合

此致

拍肩

你永远的兄弟　墨

睡语：

婚词

有时真怕记得了我怕记不得的
怕忘记了本来想忘记也忘不掉的

其实记忆非常地随性
它才不管你喜不喜欢那些疤痕与曾经

怎么有那么多分别一言难尽
怎么有那么多平淡不值一提

我们浪费了多少时间去猜忌　怀疑和争吵
我们到底还剩多少时间散步　亲吻和拥抱

我见过的相互交织的生命　都是彼此经过　少有完成
我听过感人肺腑的故事　都是满目疮痍　才算完整
怎么一句歌词就让人苟延残喘
怎么再动人的表白也无动于衷
你记得他发的每一条信息

却早已不记得爱人的模样
故事最后　除了自己　你给了所有人原谅

感谢现实偶尔残忍　感谢理想有缘无分

怎么年华尚在却感叹此去经年
怎么昔日的诺言恰如江湖行骗

海真的会枯　石也真的会烂
相爱的人真的不远
在岁月流逝前
从头开始都不算晚
想辞掉仕途与前程
守着平淡好好和你过
想披星戴月穿越四季
带你去看家乡的那条河
你我知道自己要的并不多
一蔬一饭　二人常伴　三尺安眠
怎么四目相对时　彼此就知道了
那是不是你　是不是我
怎么日子还没过　见了你　就像见了今后的生活

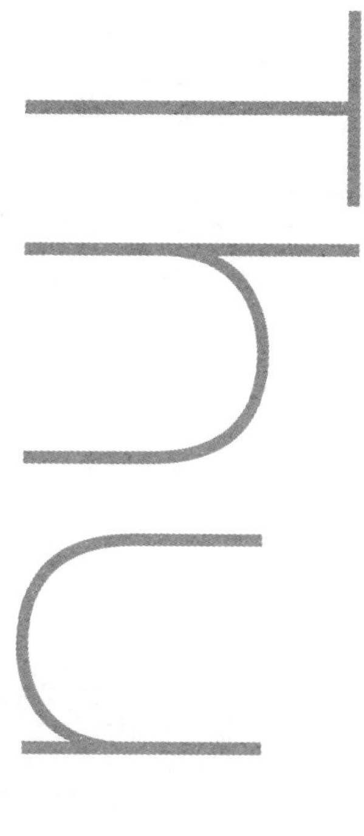

这是我欠你的离别

骑士与王国

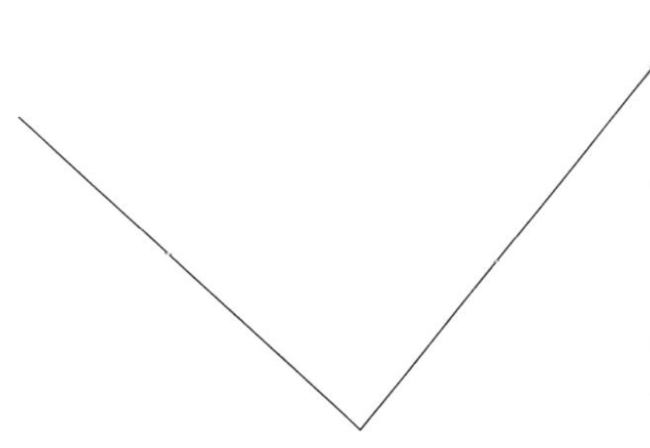

夜里他还是喜欢牵着驴，在尘土飞扬的巷子里巡逻。他游侠一般闲庭信步，斗笠遮住重眉，驴子一拐一拐，整个小区回荡着他的歌，他“真的很想再活五百年”。

少年的时候，奶奶家的后院有一间破瓦房，里面住着一个拾荒的汉子，每天脏兮兮地到处跑，在路上捡旧报纸，翻垃圾箱，捡到剩下一半的饮料就自己喝光，将空瓶子丢进自己的麻布袋。有时候堵在胡同口看来往行人大喊大叫，有时候半夜了在自家破房子门口唱歌。总之看上去不太正常。

我不知道他叫什么，附近的小孩都叫他赵傻子。邻居们都躲着他，说他疯疯癫癫的，既没有父母，也没有亲人，只有一间破草房，除了他自己，谁都没有进去过。

特别有趣的是每次赵傻子出去捡废品，都要牵着一头驴，将废品袋挂在驴身上。驴看着好像腿有问题，走路一拐一拐的，但是不影响它的速度。

早年听奶奶说，这赵傻子的驴可不简单，虽然腿不太利索，但是能拉重物，一头顶别人两头使唤。但有一点不好，喜欢咬人。畜生原来是头健全的畜生，就是因为咬了主人，腿才被打坏了。

腿坏了以后，主人想把它卖给饭馆的厨子做菜。哪知道赵傻子去饭馆后院捡废品，一走一过，就被这驴咬住了裤脚。赵傻子转身一看，驴哭了，再一抬头，看着窗户上写着“驴肉火烧”四个大字，就明白怎么回事了。他心一软就跟驴的主人谈起了价儿。因为是瘸驴，厨子故意给主人压低了价，哪知道赵傻子倒是比厨子给得多，主人索性就把这驴卖给了赵傻子。

就这样，赵傻子每天牵着一头驴，挨家挨户像收保护费一样地收废品。虽然赵傻子人有点怪，心却特别善，邻居老头老太买东西不方便，经常是叫赵傻子帮忙，去市场买上百斤大米或者几桶豆油，让他牵着驴拉回来。买粮的钱，他从来没自己偷藏过，多了的分文不少送回来，少了店里的老板会记着账，下次补回来。有时候，大爷大妈们做多了饭菜，会给他送过去，自家攒下的废品有时候也直接给了他。

我奶奶就受过他的帮助。有一次家里做了好吃的，奶奶就让我给他送过去一点。我那时小，自然是有些害怕的，不是怕赵傻子，而是怕那头咬人的驴。

战战兢兢地走到他家门口，我也不敢敲门，扒着门缝窥探情况。哪知道赵傻子突然在我背后吼了一嗓子，我吓了一跳，他笑个不停，连背后那只驴也露出了前牙叫起来。

你也敢笑话我？一下子，我就不害怕了，把手里的东西递给他说："我奶让我给你的，没吃饭的话趁热吃吧。"我转身要走的时候，赵傻子拽住我说："来都来了，进来坐坐吧，给你看点好东西。"

本来不是特别想进去，可是那么窄的胡同，他的驴横过来挡住了去路。我总不能从驴底下爬过去吧，骑上去我就更不敢了，也只能客随主便了。

尽管进门之前我自行脑补了一下他的院内环境是何等惨烈，但真正走进去的时候，我还是惊到了。捡回来的易拉罐和瓶子都安静地躺在一个小水缸里，废旧报纸全都折好摞在角落，旁边是一小沓塑料布，攒够一定分量也能卖个好价钱。旁边有一块两平方米的地，种了一些黄瓜和大葱。

他把驴带进旁边的草料棚子拴好，招呼我进屋坐一会儿。我不断地打量着他温馨的小院，对他的看法着实改观了不少。

走进屋子以后，一只灰色的麻雀从床边飞到了房梁上。而房梁旁边挂着一只炸了毛的鹦鹉，几只小猫趴在一只大黄狗的身上安静地睡着。窗台边上有两个鱼缸，上面盖着不同样式的花木板，带着孔，缸里是各种颜色的金鱼。一个缸里是小鱼苗，另外一个缸里是大鱼。一只乌龟趴在木板上，目光呆滞，懒得转身看我一眼。

我用近乎崇拜的目光看着赵傻子，或者说这时候我觉得这个称呼一点也不适合他。大脑一片空白的我，还是问了一句可能多数人都会问的废话：

"这些都是你养的？"

“麻雀是捡的，它还是个雏儿的时候一阵风把它从树上吹了下来，摔得不轻。我捡了回来养，好了以后也送不回去了，老麻雀是不要沾了人气的孩子的。那鹦鹉是胡同口的孩子不知道从哪儿抓的，几个小兔崽子把鹦鹉绑起来学着厨子烤鸡，要活活烧了它。火都点了，被我硬拦了下来，有一只膀子已经烧坏了。那狗有一边眼睛是瞎的，嗅觉也有毛病，在我家门口蹲了好几天，我就带进来了。”

解释完以后，赵傻子抬起头，眼神涣散，沉默了一小会儿说：“它们都和我一样，都有问题，哈哈。”

“你没有问题啊。”这句话，我是发自内心说的。

“我脑子不好，缺根弦。哈哈哈——”

我透过五彩斑斓的鱼缸，望着院子里的一小块绿地，还有那只正在吃草料的驴。麻雀在梁上不安地飞来飞去，狗的尾巴懒散地轰着苍蝇。我坚定地说：“扯淡，脑子缺根弦的人才不会干这些事。这里简直就是你的王国啊。”

说到王国，赵傻子一下子来了精神。他从炕上跳下来，跑到电视机前拿出几张破碟片，放在VCD里说：“你不提我都忘了，前几天捡废品捡到了一套碟子，真好看啊，我都看了好几遍了，你也看看。”

是陈道明演的《康熙王朝》，我说：“这片子电视台早就播了，我看过了。”

赵傻子的神情有些失落：“哦，是嘛。我家电视全都是雪花，也没有什么信号。VCD还是前院人家不要的，都换什么组合影院了。”

他盯着那个人物有些重影的破彩电，跟着唱主题曲：“我真的很想再活五百年……”

平静得不能再平静的一天，一群人开着车在奶奶家的胡同里绕来绕去，堵住了好几个地方，还频频按喇叭，很是招人烦。街道办大妈小跑着到奶奶门口喊着：“拆迁的事落实了，工程队都要来了，听说有几家人都看见户型了。”

政府搬到岭城西边来了，这儿的房子值钱了呢。一下子东西两院就闹开了，盘算着自己家里的东西哪些是能和开发商谈价儿的。奶奶说院子里种的果树能值个万八千块，本来破旧不堪的小仓库棚子也要翻修一下，也能值个果树的钱。

南院的三爷爷坐在门口抽着卷烟说：“你家院子再大，想要坐地换一个两居室那也是不可能的事，都得再添不少钱。我没钱，那就把我的房子拆了不让我住？再说，那楼房又高，我这么大岁数腿脚也不灵便，不稀罕那洋房木床，我就住我的热炕头，谁也别管我。”

年轻的、不差钱的也撺掇着老一辈跟着闹，好让开发商让一步，自己在中间捡个便宜。

开发商挨家挨户走，谈价格，评估成本。谈好了条件的，该收拾东西收拾东西，该搬家的搬家。没谈好的，储水积物，准备做钉子户，打持久战。

可开发商偏偏没有敲赵傻子家的门，不知道是不是怕被驴咬。街道办大妈拽着赵傻子问：“你这破房子有没有‘房照’啊？”赵傻子问：“啥照？”街道办大妈拿着自己家的证件问：“就这个东西，你有没有？”

赵傻子挠头，眉毛拧到了一块儿，一看就知道他和这些带红印的本本都不是很熟。

谁也不知道他从什么时候开始住的这房子，谁也不知道他是从哪儿继承来的，只知道印象中他就是这破房子的主人，没人问他，也没人在意，因为房子太破了，墙上还有洞。或许只有少数人才知道里面的奥妙吧。

停水的第一天，三爷爷骑着三轮车被驶来的面包车撞翻了。水桶翻身，把汗水和希望都倒了出来，肇事者喷出狡黠的尾气，发动机近乎挑衅般轰鸣着跑走。三爷爷从地上爬到水桶旁，哭喊着叫骂。街坊邻居没人出来，都在院子里探着头，假装没瞧见，要看免费的热闹。拄拐杖的太姥姥想过去，自己还走不稳。

赵傻子把水桶拎起来系在麻绳上，架在驴的两边，扶起三爷爷往胡同里走。

隔天，赵傻子就开始挨家挨户地送水。每送一桶，邻居就给赵傻子几块钱。好像比捡废品容易一些，驴子能干，也还扛得住，就一桶一桶地往胡同里送水。

停电以后，还留在胡同的人没什么娱乐，晚上闲着没事全都堵在院子门口聊天、吃水果。赵傻子还是坐在门口唱歌，他唱“真的很想再活五百年”。

大伙起哄鼓掌说再来一个，赵傻子勒紧了裤腰带，学着腾格尔的样子哼道：“一生有一种大海的气魄，岁月一页页无情翻过，把乾坤留在我心中的一刻，就已经注定我不甘寂寞……”

他声如洪钟，神采奕奕，倒是真唱出了一方枭雄的神气。

又隔了一两天，有几家人已经谈好条件，开始往外搬。家具一件件往出走，主人指挥着搬家公司的人，声音大得有一些掩不住的高兴。有几家也快坚持不住了，觉得对方开的条件不是太好，但也不是太坏。

有几家谈崩了，开发商在胡同口对着一个中年男人喊：“耽误一天工期你知道我要损失多少钱？”中年男人摆出一副“不理你，你也拿我没办法”的样子。开发商将烟头狠狠地砸在地上，火星四溅，滚烫的愤怒在地上翻滚了一会儿便消失了，好像钻到了地里，酝酿着什么。

那天的月亮干净得像刚洗完澡，蛐蛐都懒得多叫一声，跟着瓦房一起沉默，迷失在安逸的睡梦中。

突然巷口一阵骚动，破开玻璃的“咔嚓”声划破宁静的夜空，惹得整个胡同的狗都狂吠起来。一群邻居从没见过的汉子撞开中年男人的门，鸡飞狗跳的声音扰得四邻全都披着衣服趴在墙头上要看个究竟。那群人打啊砸啊，就是不和你多说话。三爷爷提着老式的大手电照着那群陌生人喊：“你们哪儿的啊？闯进我闺女家是要干啥？”

那群汉子根本懒得理三爷爷，该砸还是砸，该骂还是骂。双方扭打在了一起，中年男人被踹翻在地，脸上全是血。黑暗中，孩子的哭声在胡同里跌跌撞撞地挨家挨户敲门，却得不到一点回应。即使每一双眼睛都注视着这里，每一只耳朵都朝着这个方向，大家却都在装睡，仿佛整个民房区像一座农场，只有一栋房子里有人活动。

这时，一个凄厉的叫声划破长空。院子里的人们一转身，赵傻子拿着挑水的长棍站在门口，他的驴嘴里还嚼着东西，一个闹事者捂着肩膀躺在地上，在场的所有人都惊呆了。

赵傻子把木棍一横，厉声喝道："圣祖在上，何方毛贼胆敢在此造次？"

手电筒滚落在地上，借着月光，双方混打在了一起，人言兽语，鸡飞驴叫，整个院子乱作一团。

有人喊："那驴会咬人。"汉子们小心翼翼躲着与赵傻子正面交锋。赵傻子一边打一边喊："都过来抓贼啊，抓贼啊。"

赵傻子的呼叫和三爷爷的一声声哀号，触动了墙边看热闹的人。一个人。第一个翻墙入院参战的，是隔壁老张的小儿子，他手里拿着烧火用的木棍，摸着黑冲了进来。紧接着是老王家的爷儿俩拿着锅碗瓢盆堵住了门口，叫喊着跃跃欲试。渐渐地，来帮忙的邻居越来越多，局势一下子就扭转了过来，一场声势浩大的拆迁保卫战开始了。

隔壁张婶助威喊道："赵傻子加油，精神病打死人可不犯法。"赵傻子显然被这么摇滚的加油声刺激到了，他几乎到了一种癫狂的状态。暗战之中，他挑起木棍左右击打、上蹿下跳，仿佛英雄恰逢乱世，如鱼得水般发挥着自己的“疯癫”。

人民的力量是伟大的，最终闹事的一小撮暴徒被我人民群众逐一击溃，只得狼狈逃窜。邻居们敲着锅碗瓢盆在胡同口炫耀着胜利，嘲讽着敌人。原来大家不是冷血，不是不愤怒，他们只是没有人愿意第一个站出来。

那一天，关于赵傻子那头驴的“传说”，又丰富了许多。有人说亲眼看见那头驴咬掉了一个闹事人的手指，也有人说那驴踩碎了一个坏家伙的蛋。总之，这头驴成了英雄，赵傻子也变得比往常更风光。他牵着驴走在胡同里，谁遇见了都要上去摸两把驴，喂它一点吃的，没有人再怕被它咬了。

这次事件以后，开发商怕事情闹大，就派了专人再来谈条件。最终和除了赵傻子以外的所有人家达成了共识，邻居们按着工头给的日期，顺顺利利地搬走了，我奶奶家也是在那个时候搬走的。每个人都得到了属于自己的利益，没有人对这儿有留恋，就连三爷爷也只是在门口叹了一口气，说：“四十年了啊，住了四十年。”然后转身就走了。

最后整个巷子都空了，赵傻子牵着驴，在胡同里边走边唱，没人出来起哄，也没有人叫号，或是要他帮忙打水，再替他喂驴了。他唱一会儿停下来四处望望，发现没人，就继续走、继续唱，直到胡同的尽头，声音越来越小，最后他振作起来大吼了一声“我真的很想再活五百年”。声音传出去散在了空中，收不到回应。

后来，房子一间间开始倒下，赵傻子开始囤积大家留下来的破烂儿，堆满了自己的小院。有一天，开发商的铲车在推到赵傻子家旁边房子的时候，不小心刮到了他家的房檐，房顶上瞬间就露出了一个洞。可能是年久失修的缘故，围墙也跟着晃了两晃。赵傻子从屋里冲出来喊着："你们赔我的房梁，赔我的房梁。"

开发商理都没理他，继续干自己的活。赵傻子横在了路中间，拿着棍子开始砸铲车的玻璃。现场的工人又和他扭打在一起，人群里有人小声说："那天晚上就是他，还带着一头驴。对，就是院里那头。"

驴子好像被塌下来的房子吓到了，在院子里四处乱窜，奔出了院子，人们都四处躲闪，没人敢拦。赵傻子跟着驴跑了出去，一直在后面追着。转过胡同口，眼前的驴子就消失了，凭空地不见了，空荡荡的巷子里只有一声声凄惨的驴叫。赵傻子摸索着声音寻找，在一个没有井盖的下水道里，看见了自己的驴。

他叫救命，哭着喊来人啊。方圆几里，没有人听得见他的呼救声。他趴在井口对着洞里哭，呜呜的回声出来，随着飞灰流沙，飘满了没有人的巷口。他就一直跪在井口看着自己的驴，直到沙尘将他的轮廓盖住，风声将哭声掩埋。

后来赵傻子就不见了，谁也不知道他去了哪儿。有人说驴死了以后他伤心过度，也跟着病死了，也有人说他背着布袋，拿着一缸金鱼远走了，总之，他再也没出现过。每个人都唉声叹气地说可惜，开始为他编织若有似无的回忆，上演缅怀的伤感情节。往事随风而去，没有人真正在意他到底去了哪里。

岭城西边的新房子终于建好了，大家喜气洋洋地搬回去，带着新鲜劲儿四处串门。三爷爷和太姥姥还是坐在小区门口，等儿子女儿下班。这里不会停电，也不会再停水，人们好像也记不得以前的事情了。

到了晚上，小区里灯火通明，一片欣欣向荣，有人跳广场舞，还有人唱歌。几种音乐夹杂在一起后，我总能出现一些幻听，好像赵傻子仍旧住在小区里，他没死，也没有走。夜里他还是喜欢牵着驴，在尘土飞扬的巷子里巡逻。他游侠一般闲庭信步，斗笠遮住重眉，驴子一拐一拐，整个小区回荡着他的歌，他“真的很想再活五百年”。我听他唱、看着他说，他一直不停地绕着小区走，守着他的房，还有他的国。

门前的核桃

小时候，我经常看见李爷脏兮兮地坐在家里的院子门口，端着一碗冷面秃噜秃噜地吃着。李奶抱着小核桃在一旁，看着李爷的吃相傻乐。

李爷和李奶在我姑妈家的路口处经营一家面馆，早先时候也弄过朝鲜冷面，但不同于其他面馆的是，他们家的朝鲜冷面是没有狗肉的，原因是他们家养了一条叫作核桃的小狼狗。

李爷原来也想弄一些食用狗肉。有一次，小贩不知道从哪儿弄来了一条母狗，是东北特有的那种“德牧”狼狗。它样子特别虚弱，李爷看出来这狗有身孕，就没忍心动手，放在家里养着。谁知母狗生完小狗崽没多久就死了，留下一窝嗷嗷待哺的小狗。李爷每天打点牛奶挨个喂，照顾不过来了就把小狗一个个送人了，只留下了一只棕色的，就是核桃。

小核桃一生下来，满身杂毛，扁扁的小脑袋上全是褶，所以李奶给它起了个讨巧的名字——核桃。

俗话说核桃补脑，小狼狗似乎是沾了名字的“光”，从小就透着一股机灵劲儿。它会看人脸色，谁高兴谁生气，一个眉高眼低，它就顺人心意。当所有的小狗吃饱了窝在一起睡觉的时候，只有小核桃跑过去蹭李奶的腿，寸步不离地撒着娇，让李奶抱，所以这一窝狗崽子只留下了小核桃。

邻居们见了小核桃都说：“老李啊，你可捡了一条好狗啊，看家护院能是把好手。”李爷看着追尾巴绕圈的小核桃，说：“不图这个，家里多个活物热闹。”

面馆开在胡同口，李爷、李奶和我姑妈家住在一个平房大院里。有一段时间，爸妈没时间管我，我就住在姑妈家。没事的时候，我就在院子里和李家的闺女小悦姐一起玩，偶尔逗逗小核桃。有时我俩一起喂喂它，有时想带它出去溜达溜达，可是小狼狗怎么逗都不出门远走，给骨头给香肠就是不离开院子门口，好像怕走出了家门，就再也找不到回来的路了，样子㞞极了。

早年的时候听姑妈说，李奶年轻时长得特别好看，眼睛虽然小，但是笑起来像桃花一样甜，杏核嘴，眉毛像是山腰的月亮。李爷年轻时身体好，火气也旺，还到处惹是生非。李奶心善，脾气也好，逆来顺受习惯了，就由着李爷在外面瞎混。有时候，李爷和别人打架一脸血跑回来，有时候醉得一塌糊涂，自己家门都不认得，李奶总是耐着心一边训斥着李爷，一边帮他收拾烂摊子。

小时候，我经常看见李爷脏兮兮地坐在家里的院子门口，端着一碗冷面秃噜秃噜地吃着。李奶抱着小核桃在一旁，看着李爷的吃相傻乐。

有次李爷事闹大了，被警察叔叔抓进了局子。李奶叫姑妈帮忙看着面馆和女儿，然后一边抹眼泪，一边背着面馆里收钱的匣子去局子里赎人。核桃那时候还小，一路小短腿儿跟着李奶去了局子。交了罚款领了人，李爷、李奶和小核桃一前一后走回面馆。

到了面馆，李爷像做错了事的小孩，站哪儿都觉得别扭，浑身不自在。李奶留了姑妈和我一起吃饭。饭桌上，李奶和李爷、李家千金小悦姐、我和姑妈，五个人你看看我我看看你，像是联合国常任理事国在开圆桌会议，正襟危坐谁也不先开口。

小核桃在旁边也不敢吃食，最后它好像饿得不耐烦了，开始汪汪叫。李奶“扑哧”一下乐了，叹了一口气，说：“本来今天是我生日，寻思咱家今天也开开小灶，改善改善伙食，招呼邻居热闹一下。现在钱都交了上去，今天就吃点冷面和腊肠，算过个生日吧。”

李爷手足无措，他啥也没说，突然一个激灵冲进厨房。回来时拿着一个剥好的鸡蛋，小心翼翼地放进李奶碗里。那鸡蛋透着讨好的润白，在冷面汤里调皮地翻滚。

李奶哼了一声，咬了一口鸡蛋，气氛一下子就缓和了。大家都动了筷子，小核桃也开心地啃起了骨头。

打那以后，李爷也开始收敛。有时候，他一个人扛着冷面和白菜满头大汗地在院子里拾掇，弄好了再风风火火地送到胡同口的面馆去，偶尔拿着一些腊肠分给我和小悦姐，还有核桃。我们坐在院子里，看小悦姐的小人书。偶尔小核桃趴在我俩脚边摇尾巴，更多时候它喜欢安静地趴在院子门口的石榴树下，等李爷李奶回家。

本来日子就该这么凡俗且平稳地过下去，可是那年仲夏的一个午后，突如其来的变故把所有的平淡与幸福全都打乱了。

李奶在面馆算账时突发心梗，整个人栽倒在了柜台前，手边的药没来得及放到嘴里。李爷赶到后抓一把地上的药喂到李奶嘴里，可李奶怎么都咽不下去。李爷一把扛起人，拦了车就往医院跑。

终归是慢了一步，姑妈带着我和小悦姐赶到医院的时候，李奶已经走了。医生给李奶盖上白布，李爷瘫坐在床边的地上，哭着说：“你们先别盖，她刚才看了我一眼，真的，是真的……”

李奶走后很长一段日子，核桃什么都不吃，就趴在院子里呆呆地望着门口。有时它在屋里一听到院门有动静，就飞奔出来看个究竟，好像是在等李奶回家。更多时候，它还是像从前一样，趴坐在石榴树下，看着一个方向，盼着等的人回家。

那阵子，李爷也没什么心思做生意，终日酗酒，行色恹恹，面馆就关了一阵子。姑妈每天让我去叫小悦姐来家里吃饭，有时候我想带核桃一起来，可是怎么叫它都不来。它不是趴在李奶的照片底下，就是趴在院门口，有时候一趴一个晚上。小悦姐那时候已经很大了，每天都躲在家里哭。

邻居们轮班劝李爷，日子不能再混着过啊，不能让走了的人不安心走、留下的人不安心留啊。李爷从了大家的劝，收拾收拾家里，面馆重新开张。

日子鸡飞狗跳，数年光景转瞬，小悦姐长成了比李爷高的大姑娘了，青春期逆反，经常和李爷对着干，回家也特别晚。在一个夏天的傍晚，邻居们在院子里坐一圈围着吃西瓜。小悦姐被李爷推搡着出了屋子，在院里大喊："我妈在的时候，你打麻将喝酒，现在我妈没了你才想起来管我！"李爷气急了，打了女儿一耳光，核桃在旁边一直汪汪叫，咬着李爷的裤腿。

小悦姐跑出门拦了辆车就走了，核桃追出去一边咆哮一边跟着车跑。小悦姐从后视镜里看见了核桃，她探出头朝后面喊："核桃快回家，回家陪着我爸。核桃快回家，核桃……"

这个时候的核桃已经是一条名副其实的老狗了，它不能再像年轻时那样，几个小时一直追着我们嬉戏打闹了。它似乎也听懂了小悦姐的话，一步步慢下来，远远地望着主人离开的方向，虚弱地叫了几声，就像断了气的呻吟。马路上尘土弥漫，一条老狗灰溜溜地走回家。

从那以后，小悦姐很少和李爷说话，工作了就自己租房子，不怎么回家。直到小悦姐结婚那天出门的时候，当着那么多亲戚的面，小悦姐对李爷说："爸，我要离开这个家了。"

本来笑呵呵的李爷，听完这一句话怔了一下，揉搓着双手颤抖地说："嗯，是好事啊，好事啊。"小悦姐忽然眉头一紧，抱着老头开始哭。李爷仰起头，眼泪顺着眼角"啪嗒啪嗒"往下掉。

亲戚们上了车，李爷在车窗里盯着院门口的核桃，它的眼皮已经开始下垂，耷拉着的目光里含着不舍和坚定，直直地注视着车里的主人。它还是没有走出院门，只是在树下站好自己的岗，像是要送出门的人，也像是等着要回家的人。

汽车启动，绝尘而去，留下一座院子、一棵树和一只老核桃。

小悦姐嫁去隔壁城市以后，李爷把面馆交给侄子打理，自己经常一个人坐在院子里，喝茶听书，跟核桃一起晒太阳。

那一年秋天，小悦姐突然打电话给李爷，哭着说丈夫做生意雇了辆卡车进货，结果司机为了躲闪别的车，开到了沟里。司机当场死亡，丈夫现在在医院抢救，不知道该怎么办。

李爷连夜赶往隔壁城市。他到医院的时候，悦姐抱着嗷嗷待哺的孩子，一下瘫在了父亲怀里。在重症病房门口，她把积攒的恐惧与焦虑全都哭了出来。老头气还没喘匀，一直拍着女儿的头说："没事啊，没事啊。"

后来人抢救过来了，零件也没少，但是需要疗养一段日子。女婿行动不便，于是李爷就把女儿女婿又接到了大院里来住。

刚来没几天，一群陌生人气势汹汹地闯进了院子，嚷嚷着要李家给个说法。看得出这些人不是善茬，都面目可憎，时不时还发出一些恐吓。这时候，核桃从里屋跑了出来，堵在屋子门口，咧着嘴一直汪汪叫，凶狠的样子像是一条看见兔子的猎犬，不让任何人靠近房门一步。我第一次见核桃这样的姿态，故意放低身躯，四肢弯曲，做出随时准备扑出去的样子。它看上去老得一点也不虚弱，硬绷起的肌肉倒是有几分凶猛。

我站在姑妈家门口警戒地望着这群人，仔细听了一会儿才知道，是那死去司机的家属，"人是给你们家打工才出事的，想来这里讨个说法"。

家属里为首的是一位老爷爷，颤颤巍巍地哆嗦着，是那司机的父亲。

这时，李爷开了门从屋里走出来，小悦姐抱着孩子躲在核桃后面。李爷步步带风，走到司机父亲面前，一拱手说："按辈分我得叫您一声大哥。您看，今天这事谁都不愿意发生，您儿子给我们家打工这没错，但我女婿现在也躺在屋里气还喘不匀呢。车是您儿子开的，事是一起出的，您带着这么一大帮子人来闯进我家这小院，是不是不太合适？该给的我们给，咱换个地方聊吧。别扰了我这些邻居。"

为首的老头看了一眼李爷，招呼着一群人往外走。核桃要跟着李爷出门，李爷大手一挥说："看好门。"

核桃心领神会地站在院门口，寸步不离，就好像当年等李爷李奶回家时一样，不同的是这一次它目不转睛地看着李爷和那群人，全身上下带着一股杀气，不怒自威地端坐在门口，仿佛只要它察觉到对方一点危险的气息，就会马上迎面扑上去。

后来，李爷把冷面馆兑给了别人，给了司机家属一部分赔偿金，剩下的全给了女儿。李爷说自己的钱够花了，多了也没啥用。老头每天照顾女婿的饮食起居，女婿状态好的时候，他们爷儿俩会在院子里聊聊天、喝喝酒。眼看着女婿一天比一天好起来，恢复得差不多了的时候，小两口带着孩子要回去。走的前一天，李爷做了一桌子菜，把我和姑妈也叫了去。

那天李爷格外高兴，席间他站起来举着杯说："来，走一杯，这坎儿算是过去了。”我看他们一饮而下，没出息地埋头吃菜。

小悦姐想叫李爷和他们一起走，李爷不肯，小悦姐就软磨硬泡，好说歹说。

李爷揉了揉眼，嘴边的白胡茬儿还沾着酒沫。他沉思了一会儿，缓缓地开口说：“老伴儿老伴儿，老了才是伴儿。有几个晚上，我梦见我走了，去那边陪她了。一见面，她就问我，咱姑娘过得咋样啊？我也不知道咋回她，想撒个谎说过得挺好。你妈努努嘴，说又骗我，一转身走了，我一下子就醒了。有时候，我也想早点过去那边看看她。

“她在的时候我没让她过上消停日子，跟我操了不少心，我现在咋后悔都没有用了。你爸没那么大能耐，你妈走了，身边没个知冷知热的人说说心里话，那段日子对你不好，是我不对。这么说也不是为了你能原谅我。但是爸是真想把你照顾好了，等有一天我去了那边，见你妈也有个交代。你过得好，我才有脸见你妈。守着这个院儿，就像守着你妈、你的娘家。这样我心里踏实。”

小悦姐这时早已哭成泪人，我看见核桃放下嘴边的鸡肝，走到李爷的脚边静静地趴着，不再像它幼时那样哼哼着要食吃，而只是贴着李爷的小腿肚子，让李爷感受到自己的存在。就好像在说，还有我呢，还有我在这儿陪你呢。

可能是上了年纪的缘故，小悦姐走后，李爷的日子又开始过得糊涂起来。有一次屋里着火了，老爷子身上带着火苗蹿出来的。他左手抱着李奶的照片，右手拍打着老核桃，像哄小孩一样边拍边嘟囔说："没事啊，别怕啊，没事啊，别怕。"不知道是说给核桃听，还是说给李奶听。

邻居们你一桶我一盆地泼水，火是没着大，但是屋子是没法住了。大伙搭把手帮李爷收拾房子，老核桃坐在院门前的树荫里，就像"年轻"时等待李奶回家时那样。它的眼睛只是盯着一个方向，全无当初的伶俐与警戒，目光涣散，略有期待地看着小悦姐离开的那个方向。看上去让人有些温暖，又有些伤感。

春天刚来的时候，老核桃居然离家出走了，那个从来不会离家半步的核桃居然不见了。李爷骑着三轮车，翻遍了附近的街道。他一声声喊着："核桃，核桃……"他像个小贩一样游街，最终只找到了核桃脖子上那一小串山核桃串起来的狗链儿。

从此以后，李爷把核桃脖颈上的那串小核桃链戴在了手上。这串小核桃，像一根长线，将一家人的岁月与时代牢牢地串在了一起。

很多年以后的一个暑假，我蹲在姑妈家的院子里吃西瓜。李爷躺在藤制的摇椅上，直愣愣地看着门口。外面温度有些高，风吹过去一阵灰，飘起的东西构幻出许多缥缈的样子，又迅速散去。李爷好像想起了什么，手中的扇子停了下来，一个人看出了神，轻轻地叫了一声"核桃"。他似乎觉得还会有东西从门后蹿出来，摇着尾巴趴在他脚边。但是那一声呼唤，跑出去，就变成了缥缈的风声，脆弱而单薄。

李爷愣了好一会儿神，手中的扇子越扇越慢，渐渐地睡着了。

没过多久，一个小丫头牵着一只小黄狗歪歪扭扭地走进院子，用充满好奇的目光打量着房屋，最后将目光锁定在李爷身上。她一小步一小步地挪过去，轻轻地摇了摇椅子。

李爷吓得一个激灵，一转身看见那孩子桃花一样的小眼睛，杏核嘴，眉毛像是山腰的月亮。

李爷颤颤巍巍地伸出手想要摸，却不敢摸。孩子主动把红扑扑的小脸探过去放到李爷的手里，瞪大了眼睛瞧着李爷。李爷把脑袋往后仰，调了调焦距凝神望着那张小脸，小黄狗在旁边使劲地摇尾巴，呜呜地哼着寻找存在感。

烈日下许多光晕和紫外线绕在李爷的椅子周围，夏虫突然不敢叫了，烤焦的青石板安静下来，升腾出暖烘烘的温柔味道。

只听那孩子轻轻叫道："姥爷，回屋睡吧。"

李爷掀起衣衫擦了擦头上的汗，拍了拍脚边的小黄毛狗，兀自一人熟稔着反复说："像啊，可真像啊，可真像啊。"

爷儿俩抱起小狗起身进屋，门关上那一刻，我好像听见了岁月温柔的一刀。

那年的我们

路上转过身忽然想起那一年，自己还觉得命运就握在手里，那一年理想和肉体一样年轻，那一年我们并不知道理想和青春一样，都有自己的寿命。

在北京学画的日子，是我目前为止的人生中最清苦，却也是最有意思的一段日子。相比日后大学的散漫与堕落，那时的我们真是异常勤奋。

我的画室一天要上四节课，每节课三个多小时，每天都要画到半夜才算完。而最后一节课之前的一个间休，我们总是搞一些奇怪的娱乐活动来缓解疲惫。

比如男女生经常围坐一圈，玩真心话大冒险。有一次，大脸妹和男生们一起吃雪糕。快吃完的时候，大脸妹问：“你说要是我用力照你们裆部弹一下，棒棒和蛋蛋哪个更疼一些？”

男生们你看看我、我看看你。大方抢答先说：“棒棒疼。”张仕平说：“不对，是蛋蛋疼。”最后，夏斌特别理智地回答说：“要看你怎么弹。”

大脸妹叼着冰棍，用带着长指甲的手指“啪”的一声弹了我一个特别清脆的脑瓜嘣说：“就这么弹。”

在场的男生都打了一个冷战，伸手去摸自己的裤裆。

张仕平、大方和夏斌是我们画室有名的复读三人组。三个人一心就想考中央美术学院，别的学校录取了他们，他们也不去。那时的央美，在我们心目中是一个殿堂般的存在。我参考那一年，已经是他们第三次参加高考了。他们都算是我的半个同学，也算画室的半个助教，因为他们经验多，画得也好，而且我们的家都在长春，所以有事没事我就和他们凑在一起。

画室开在一个小区内，虽然比较隐蔽，但我们知道方圆几里，仍然隐藏着许许多多我们所不知道的小画室。我清晰地记得那时候晚间休息时，我们会一溜烟窜到顶楼去扯淡，抽烟的抽烟，撩闲的撩闲。后来无聊的时候，大方喜欢朝着天空吼两嗓。

结果第二天画室被人投诉，说是扰民。警察来了就把老师带走了，大家就撒开欢了玩，没人正经画画。后来，老师回来以后哭丧着脸说：“长这么大第一次进局子，各位大侠放我一马吧，你们都是交了学费的，我要是进去了这钱也退不了啊。”

老师真是不容易，可还是没人听话啊。那时候，只要是不想在画室里待着了，就串通大伙到天台去唱歌，等着看老师被带走。

那时网吧特别流行一个游戏，叫跑跑卡丁车。我和大方、夏斌，我们仨经常一起比赛。

大方老是输，永远是最后一名，我俩经常对他的游戏技术嗤之以鼻。

可是那天晚上的大方状态特别好，玩了几轮，每次到终点的时候都甩出我们很远。后来那货越来越得意，笑得越来越大声，扰得整个网吧都闹腾。

俗话说乐极生悲，大方的笑声突然在某一刻戛然而止了。突如其来的安静让我和夏斌都觉得有点别扭，于是我们不约而同地转脸看大方。这时的他张着一张大嘴，正眼泪汪汪地看着我俩，“啊啊啊”一直叫，不说话。夏斌走过去伸手一摸，转脸对我说，坏了，这货下巴脱臼了。

凌晨的望京西不太好打车，我们一路小跑找医院或者诊所。我和夏斌一边跑一边忍不住笑，而大方只能一只手托着下巴张着嘴“啊啊啊啊”地跑，吃了一肚子的午夜雄风。

好不容易找到一个还有医生值班的小医院，大夫一边给大方接下巴一边问：“孩子啊，和别人打架了吧？这下手也太狠了，脱这么彻底。”我和夏斌在旁边使劲憋着笑。

大方这人的确天生放荡，画画也是豪放派，塑造能力也是极强。从他的素描中就能看出来，笔触粗糙，但是人物特点鲜活清晰。哪知道这粗人，心思却比任何人都细腻，柔情起来却也真是要人心疼。

大方原来有一个女朋友，是他复读第一年时，在北京火车站画速写时认识的。两个人同时在候车室内注意到了拿着速写本和大卫炭笔的对方，不约而同地笑了笑。彼此熟悉了才了解到，原来都住在花家地，而且离得还很近。两个人在候车室画了一夜后，第二天早上结伴去看升旗。

看升旗是一门技术活，去早了不行，去晚了也不行。两个人挤在人群里怕散了，于是手牵着手，靠着大方宽厚的肩膀，愣是挤出了一条路。看着仪仗队整齐的步伐和冉冉升起的红旗，两个人的手就再也没有分开过。

那一年高考，女孩考上了北京的一所大学，而大方还是中央美术学院。女孩再来北京时，大方去接她，又把她送到了学校，两个人看上去和以前也没有什么不同。后来女孩开学了，大方也开始画画了。两个人联系越来越少。

有一次，我、大方还有夏斌，结伴去动物园附近买东西，有说有笑地走着，突然大方就怔住了，转身就跑。我和夏斌莫名地也跟着跑，直到一个胡同拐角的时候，大方躲到了墙后面。我和夏斌停住喘匀了就问："你犯事儿了啊？跑什么跑？撞鬼了啊？"

这时，大方慢慢地探出头，往街道的那一边看去。我随着他的目光望去，正好撞见他的女友和几个女孩一起有说有笑地走着。

夏斌眉毛拧到一块儿说："你看见她，你跑什么啊？"

大方蹭了蹭身上的油画料说："你看我现在这样，咋见她？让她同学看见，多替她丢人。"

随后大方又补了一句："要是迎面遇见了，因为尴尬而装不认识，那样更难受，还不如我先跑。"

听完后，我眼眶有些温热，大方一直盯着他女朋友离开的方向。我们一直躲着，谁也不出声，谁也不说话。

后来，女孩校里校外上课，大方也忙着画画，两个人的时间怎么都凑不到一块儿去。久而久之关系也就淡了，或许他们对于这样的维持早就心知肚明，只是没有一个人愿意去捅破，眼看着渐行渐远的彼此在对方的生活中，一点点消失。

那年高考以后，我考上了一所普通的学校。而大方、仕平和夏斌一如往常地轻松通过了央美的专业考试，但是因为他们文化课太烂，再一次与央美失之交臂，他们仍然选择复读。

第四次高考和第三次一样，大方和夏斌的文化课成绩甚至比第二次和第三次更低了。

成绩公布以后，三个人绝望了好一阵子。后来听夏斌说那是他人生中最低谷的一段日子，他每天都不敢回家，怕面对父母，怕看见他们失望的眼神，怕面对亲戚的询问，没钱了也不敢朝家里要，只能在长春的一些画室做做兼职赚点零用钱。无数个夜晚，他坐在画板前想着也许自己这辈子也就这样了，心中的圣殿，永远也只能是海市蜃楼，以后自己只能以盲流的身份，去挤央美的公共讲座了。

三个人颓废了一阵子以后，突然有一天，仕平叫大方去火车站候车室。大方不知道为什么约在那儿，也没多想，兴冲冲地就去了。到了以后，仕平递给大方一罐啤酒，两个人坐在候车室里静静地喝着，等对方先开口找话题。

几罐下去以后，仕平问大方："方子，你还记得咱们第一次来火车站画速写吗？"

大方微有醉意，双眼通红，记忆一下子回到刚上高中的时候。他们第一次来火车站写生，所有人都在拼命展示着自己是艺术生的那种奇怪的虚荣心理，没人好好画画，第二天早上大家根本拿不出几张像样的成品，只有仕平、大方和夏斌拿出了好多好多速写。三个人早早就暴露出了自己异于常人的绘画天赋，那时的他们在画室里受老师疼爱、受同学膜拜，简直风光极了。而如今同一届的高中同学大学都快念完了，他们这三人却还是无处安身。

想到这儿，大方悲从中来。

这时，仕平从怀里掏出了一个录取通知书，上面赫然写着四川美术学院几个大字，大方吓了一跳。随后，仕平又从座位底下掏出一箱行李和车票说："后天是最后一天报到日，如果不去，档案就会发回原籍，还有一个小时火车就开了。我爸妈逼我去，我不知道该怎么办，拿不定主意了。"

隔了一会儿，仕平又说："我不太想去，可是，我真的不想再考了，真的不想了。"

说到这儿，仕平揪着自己的头发，捶着胸开始哭。

大方的脑子轰地一下就炸开了，他心里明白，这一场战争多年打下来，三个人都没认过㞞，但是人总有崩溃的时候。这录取通知书就好像压死骆驼的最后一根稻草，给人希望，却也灼人肝肠。

大方平复了一下情绪，对仕平说："平子啊，你还记不记得那年春节，我们住在望京的地下室都没回家，除夕我们窝在一起涮火锅。地下室就好像一个昏暗的小世界，你每次出去上厕所都会迷路。后来，夏斌特意给你找了一条绳子，你每次出去上厕所都在脚边系上这条绳子才能找到回来的路。现在这条绳子，还系在你的行李箱上。”

仕平回头看了看行李上的麻绳，泪珠滚着往下落。

大方说：“我们吃过的这些苦，你都忘了吗？你能说放弃就放弃吗？你要是真的迷茫了，就再看看这条绳子，它能把你拴着再走回去。”

说到这儿，大方开始止不住地喝酒，一罐完了又一罐……

火车要开的前十分钟，仕平的母亲和舅舅风风火火地赶到了候车室，远远地看见仕平以后，平妈大声地喊：“小兔崽子你还不上车，你是真要气死我啊？你是不是故意不想去报到？”

这时，大方一把拽起仕平说：“平子你快跑，今天这火车咱不能上，你妈我帮你拦着。”

于是，大方冲过去拦住平妈和平舅说：“叔叔阿姨，你们别生气，仕平他还没想好，你们再容他想想。”

这时，大方一回头，看见仕平还在原地站着，根本没有跑。他也一直怔怔地看着他们，看着妈妈和舅舅冲过大方的防线，跑过来扭送他上车。

大方目送着仕平走过检票口，他清晰地看见仕平脸上还挂着泪，但是脚步却没有任何迟疑。

那一刻，大方忽然明白，最难过的并不是现实胁迫你放弃，而是你在心里，早已经放弃了自己。

第五次高考，大方和夏斌破釜沉舟，结果双双被中央美术学院录取。

得知结果的那一天，我和大方、夏斌坐在一个小餐馆里围着一张方桌喝酒。大方举杯对着夏斌说：“来，敬你我高中七年的情谊。”

饭馆服务员吓一跳，瞪圆了眼睛看着我们仨。

我为了撇清关系慌忙说：“不是我，不是我，是他们俩，他们高中就硕博连读了。”

大方一个巴掌挥过来说：“去你的。”

我们三个人哈哈笑作一团，笑着笑着就安静了。其实本来该是四个人坐在这儿，或者说，本来应该是三个人，但这其中不该有我。

喝到最后，我们三个人都趴在了桌子上有一句没一句地聊着。这时，大方拿出手机拨了一个号码，只听仕平在手机的那一边喂了几声，大方颤抖着嘴唇说：“考上了，我和夏斌都考上了。”

随之而来的是电话挂断的嘟嘟声，随后三个人都倒在酒泊中，一醉不醒。

我好像还做了一个梦，梦里有一群意气风发的脏孩子，他们背着画板和画箱，讨论着马利和马头哪个牌子的颜料更好，他们省下饭钱只为了买几盒辉柏嘉的铅笔。他们似乎都不知道接下来的每一次考试，都像是一道分水岭，把曾经紧紧贴在一起的人，划分给不同的世界。大家只能彼此相望，互不打扰。多年以后，习惯在网络或是手机的两端，为了寒暄而彼此点赞。

那时的我们哪知道后来的生活是如此艰辛，甚至没有过多的选择，非得到不得不妥协的时候才明白，其实自己根本就没有认真抗拒过。年轻时所有的鲁莽，也只是为了反抗，才去反抗。路上转过身忽然想起那一年，自己还觉得命运就握在手里，那一年理想和肉体一样年轻，那一年我们并不知道理想和青春一样，都有自己的寿命。

今年休完年假，我在北京办事，第二天早上的飞机。晚上的时候，我去了一趟大方和夏斌合开的画室，如今他们全部是央美造型学院油画系的学生，可是他们依旧衣冠不整，胡子拉碴，还是和当年一个样。我看着那些双腮微红的高中生，将颜料盒里的水粉一笔一笔盖在纸上，心里五味杂陈，不厌其烦地重复着告诉他们，能坐下来好好画画就这么一段时间，一定要好好珍惜，好好珍惜。那一天晚上，我们三个人坐在一起画一幅静物，他们很快就画完了，而我还小心翼翼地、生疏地、笨拙地，一点点上着调子，用手纸、橡皮，擦来擦去。

第二天一早我没惊醒任何人就悄悄地走了，我拖着行李，在花家地西里慢慢地散步。有孩子背着画板从我身边跑过去，人们已经开始上班，城市开始恢复忙碌。我几乎是睡了一路，又好像梦了一路，耳边总是听见有人叫我，每一步好像都踩到了过去的尾巴，走一会儿，就得停下来缓一缓，等着回忆跟上来了，再往前走。岁月汹涌地流逝中，好像只有我一人突兀地晚点了。这一觉醒来，我已经在机舱内了，系好安全带，飞机开始启动，加速。

升空的那一刻，我感觉好像有什么东西，永远留在了北京。

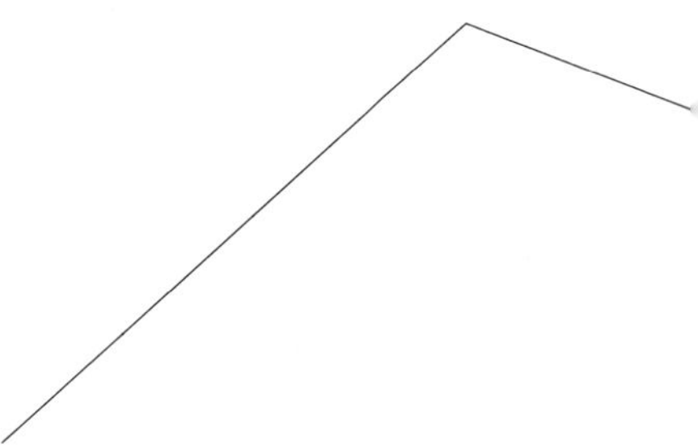

此生流年

模糊中，他好像怀念起儿时的那一双大手，将他童年的所有高大与遥远轻轻揽过，扛上双肩，指着天边的烟火告诉他，你看，那烟火多美。

朋友们围坐一圈，在余航家的超市里一边聊天，一边吃着火锅。余航的妈妈在超市门口一边看电视，一边织毛衣。阿姨穿着一件不是特别合身的迷彩军装，衣服因为洗过太多次而显得颜色很浅，但是干净整洁，没有一点破旧的模样，再配上脚下一双NB的白色运动鞋，从上到下透着一股伶俐劲儿。我打趣余航说："阿姨穿得好潮啊，比你会搭配。"

余航看了看门口的母亲，愣了一会儿。我随着他的目光望去，过堂风吹乱了阿姨松散的短发，门外车水马龙，霓虹交相辉映出阿姨的安静。她微微皱眉，认真而朴实，一针针织出生活的密布与纹理，好像熟练地拿捏着余航的尺寸与针织的技巧，慈祥中带有少许从容。

这时，余航转身对我说："墨啊，你不是会写吗？我给你说个故事，你看看能不能写。"

我往嘴里放一块牛肉点点头，带着有点期盼的目光，等着他开口。他咽下最后一口酒，顺了顺气开始说。

余航八岁那年，父亲因为工厂的机械事故意外去世了。余航妈妈为了能好好抚养余航，强忍着悲痛，拿着厂子里的抚恤金开了一家小卖部，也就是我们正在吃火锅的这家超市的前身。她像所有值得尊敬的单亲妈妈一样，一边打理生活，一边拉扯余航。

那时候，余航刚上小学，妈妈没有时间照料他。他每天只能自己上学、自己放学，不与人结伴，也不纠缠母亲。放学后，他看着同学们一个个都坐上爸爸妈妈的自行车后座，自己一个人贴着墙边一路摸着红砖或马赛克回家。

这样的日子没持续多久，张叔就出现了。张叔和余航妈妈是发小，青梅竹马。后因张叔的父亲执意要送张叔去当兵，两个人分隔两地，那个年代也没有手机网络，感情便就此搁置，不了了之。

张叔复员后归乡，余航妈妈已经怀了小余航。后来，张叔也娶了妻，几年后因为家中变故，又离了婚。

余航对张叔的记忆，要从他第一次坐上张叔那辆捷达车开始。那时，张叔给市里的一位领导开车。一天早上，余航背着小书包照常出门。张叔来小卖店买早饭，他对余航妈妈说：“我开车去上班，正好顺路，就让我送小航去学校吧，别老让孩子自己上学。”随后，张叔逗着小余航说，“我开车送你好不好？”

余航当然点头，好像还从没有人开车送过他上学。他没等有些难为情的妈妈同意，就自己先把车门打开将书包丢了进去。他兴奋得像是刚出窝的小鸟，蹭了蹭皮革座位，巩固了一下自己的位置，直视前方，心中幻想起同学们羡慕的目光。余航妈妈没办法，就没有收张叔的早餐钱。

那一路，余航到现在还记得特别清楚。张叔打开车上的广播，他们听了一路的齐秦、张信哲，余航跟着旋律一路哼唱，张叔边听边笑。他们时快时慢，超过前面的车辆，风灌进车内，歌声飘出车窗。直到很多年以后，余航只要在车里望外面的风景，就会想到当年这些情景。

从此以后，张叔没事就来送余航上学，余航妈妈就每天都为张叔准备早餐。张叔没事的时候，也经常到他们家来串门。从那时起，他和张叔、张叔和余航妈妈之间，就有了一种默契。

张叔的心意，余航那时虽然小，但多少都明白一点。但恰恰是这种明白，让大家都心知肚明的来意变得更加含蓄。张叔想要尽全力扶持余妈和小航，却担心打扰太多、顾忌太多。两个家庭之间的融合，邻里之间的议论和流言，余航妈妈本身是否愿意，都让张叔已经伸出来的手，又硬生生地放回口袋。余航妈妈也不是不懂，她在心里不断地揉搓着双手，不知道如何是好，犹豫间看着年纪还小的余航，就此搁置了念头，先赶着生活往前走吧，其他的，再等等。

余航上中学那一年，家里的小卖部扩建成了小超市。雇用张叔开车的那个领导退了休，张叔就转行去开出租了。三个人的生活都像同时挂上了新的一挡，全力加速跑着。

虽说小超市不大，但一个人忙有时也是手忙脚乱的。有一次，几个小流氓一窝蜂地扎进超市里买东西，几个挡在余航妈妈面前打掩护，剩下几个进去顺手偷东西。晚上，余航妈妈自己查货总是出错，想了一天，就觉得这儿有可疑，可是又不敢和余航说。

那天余航正好放学，赶上这几个小混混又来偷东西，被余航抓了个正着。小混混自知理亏，估摸着余航妈妈还在，丢下偷的东西就跑，还放了狠话让他们母子等着。

余航和余航妈妈都没当回事，以为就是小孩觉得被抓面子上过不去，威胁威胁过过嘴瘾。哪知道半夜的时候突然有人扔石头砸超市的玻璃，一块，两块……玻璃碎得稀里哗啦。余航妈妈吓得惊慌失措，不断唤着余航的名字。余航年轻气盛，穿上衣服抄起拖布杆就冲了出去，和他们打作一团。余航妈妈也穿好衣服飞奔出去，帮着余航拉小混混。一下子，超市门口就炸了锅。

好虎架不住群狼，余航再高再壮，还是敌不过这四个小混混。他们围着余航打，余航妈妈哭得越大声，他们打得越兴奋。

就在这时，一束灯光闪瞎了几个小混混的眼睛。一个穿着迷彩服的人飞奔而来，先是一拳一脚击中了一个小混混的腹部和要害，然后又顺手举起一个小混混丢向墙角。剩下两个还没反应过来，那两个已经全部倒地了。余航和余航妈妈被这一幕完全镇住了。

背光的张叔轮廓分明，杀气腾腾，这个一脸凶气、身着迷彩的中年大叔让对面的小混混丢了魂。张叔吼一声，震得两个小混混全身一哆嗦，其中一个丢下同伴转身就跑。剩下的一个体形较胖，壮了壮胆朝张叔扑了过来，这时被丢向墙角的小混混也站了起来朝张叔冲过来。余航起身一把揪住这个小混混，两人又打作一团。张叔毕竟是军队下来的人，三下五除二，就搞定了这个胖的，转身又冲向余航……

事后，余航妈妈一边给余航擦药，一边对张叔说："你看你衣服都破了，回头我再去商场给你买一套。"哪知道张叔哈哈大笑，只顾着拍余航的脑袋说："好小子，有骨气血性，一对四不屄，像个爷们儿，哈哈。"

这浑厚有力的拍打，一下子让余航变得温存起来。他好像很久没有被人以这样的方式肯定了，他在多年以后第一次想到父亲这个词，这个他既陌生，又在内心曾无数次被提起的词。他仔细咀嚼着这种失而复得的陌生感觉，张叔那爱抚孩童一般鼓励式的拍打，一下下敲在他的心上，将他惊慌失措的心，一下下拍软了。

模糊中，他好像怀念起儿时那一双大手，将他童年的所有高大与遥远轻轻揽过，扛上双肩，指着天边的烟火告诉他，你看，那烟火多美。

张叔走后，余航第一次和妈妈认真地聊张叔，他希望妈妈能找个依靠，不用再这么辛苦，不用一个人再这么操劳。

余航妈妈的眼神里有一丝光闪过，她憋了半天叹了一口气说："再等等，等你考上大学吧。"

余航没继续逼着问妈妈，但是从那时起，他和张叔有了一种超越邻里的亲密与默契，甚至多了一些男人间共患难的义气与信任。

高中毕业的时候，余航和其他孩子一样，解放一样地玩疯了。后来流行起考驾照，张叔就成了余航的专职教练。余航兴奋得像是第一次上幼儿园的孩子，每天兴致极大地跑到张叔家后院，勤奋而积极。

可是由于技术生疏，余航把张叔的车的保险杠撞歪了。饭桌上，余航妈妈唉声叹气，数落着余航，张叔却还是哈哈大笑说："第一次都有个错误，这小子还真有天赋，学得算快的啊，哈哈哈。"

余航侧过眼看着张叔，这种宽容与爱意，让他再一次贪婪地吸吮起来。他放肆地笑出了声，撞坏车的惭愧已抛在脑后，像得到父亲的宠爱般骄横，大口吃饭，大筷夹菜。余航妈妈看着面前这两个傻笑的男人，脸上也不由得挂上一丝笑容。

上大学前一天晚上，余航妈妈特别高兴，一边帮余航收拾行李，一边嘱咐着他和同学好好相处，别惹事别逃课。

余航再一次打断妈妈，这一次他问得更直接："妈，张叔哪里不称你心意吗？"

余航妈妈整理行李的手再一次停了下来，抬头打量着余航。她忽然发现不知道从什么时候开始，自己的儿子已经是个胡子拉碴的小爷们儿了。她有些欣慰，又有些激动，眼里泛光，又回头继续整理，说："唉，两个人过日子，哪有你说得那么容易？说在一起就在一起，又不是小孩儿过家家。”

余航从话中听出了一丝喜悦和幸福的犹豫，他继续穷追猛打说：“我觉得张叔挺好，人厚道，对咱俩也不错，是个值得依靠的人。”

余航妈妈有些不好意思地说：“小屁孩儿你懂啥，好好去念你的书。”

余航追着妈妈不放，余航妈妈只能又敷衍说：“再等等，等你大学毕业能独立时再说吧。”

有一年放寒假，余航提前一天到家却没告诉妈妈。他拎着行李悄悄地溜进超市，想给母亲一个惊喜，从门外探进头才发现，母亲和张叔两个人坐在桌前，一边吃着饭，一边聊着天。他们相敬如宾得就像一对老夫妻，嬉笑着数落着生活里的家长里短，打趣着邻里关系和世俗平常。余航悄悄地躲在门口看着，丝毫不敢再往前迈进一步，他怕打扰这样的气氛。那时，他多想就让这一幕永远持续下去，让母亲能真正地放松一点，不用总是紧绷着神经吃饭、工作，或是生活。

大学毕业时，余航被分配到家乡附近的一个城市工作。他特别高兴，因为可以随时买上一张车票，回家看看母亲或是张叔。

余航妈妈第一次看到儿子穿西装，笑着数落说：“哎呀，你看你这大学四年胖的，那裤腰快比我两个粗了。”张叔一边扇着蒲扇，一边说：“胖点好，胖点有男人样，哈哈哈。”

张叔开车将余航送到车站。余航拖着行李要走还没走，转身看了看这个曾经和他一起“并肩作战”的小老头。他已经没有了当年的威风，头发稀疏，霜鬓盘耳。

余航有些感怀，走过去一把抱住张叔，却什么也说不出来。张叔也有些激动，抱着他说："没事，家这边你放心，有我，你好好工作，报答你妈。"

余航上了火车后给妈妈发了一个短信说："儿已独立，难得有心人，母上大人切莫再等。"

余航妈妈没有回信息，但是余航知道，此时的母亲，想必已经笑开了花，或者正在和张叔分享这一条信息，或者他们早就生活在了一起，只是没有被形式所捆绑，没有像人们所执着的那样，宣告给身边人看，宣告给全世界看。他们早已经经历过生活里的起伏与跌宕，那一刻，他们只想静静地生活，不打扰别人，也不让世俗打扰他们自己。

那一年春节前夕，余航妈妈突然来电话说："张叔快不行了，你有时间回来看看他吧。"余航放下电话当时就蒙了，他连夜买了车票赶回家。在医院里，他看见瘦了两圈的母亲和不省人事的张叔，心一下就沉了下来。

余航挽着妈妈的手，坐在医院的长廊里。听她说，其实张叔身体一直都不好，只是从不跟他们母子说，多年以来积劳成疾，就变成现在这个病。余航妈妈把超市关了，到处寻医问友，甚至还要带张叔进京治疗，拼尽全力照顾张叔，陪着他和病魔一起斗。奈何生命这东西真是太脆弱，张叔病入膏肓，再难强求。

张叔出殡那天，余航陪妈妈坐在灵堂的边上，两个人都出奇地安静，只是淡淡地看着张叔的亲友来往于眼前。在余航心里，妈妈是全世界，是坚强的代名词。他很少看见妈妈脆弱的一面，所以余航不知道怎么安慰妈妈，只能静静地陪她坐着，观察着她的情绪变化。

余航妈妈忽然想起了什么，就对余航说："小航，你去把你张叔那身迷彩服取来吧，我想让他带上。"余航应声起身，往家的方向走去。

没走出多远，余航转身窥视妈妈。他看见妈妈蜷坐在椅子上，远远地盯着黑白照片里的人。目光淡定，面无表情，眼神里含着的是一种说不出的空洞。

这时，他忽然想起上学时放假回家，看见妈妈和张叔同坐在一张桌子前吃饭的模样。那碗筷交错的世俗家景与浓浓的平淡感情，味道中少有甜腻，甚至有些乏味，但是它依然陈旧得让人迷恋。他明白，妈妈和张叔是幸福过的，他们一定在某段日子里像爱人一样相处着，互相接近着、依靠着。他们虽不曾有像夫妻那般朝起晚归的陪伴，但是他们曾相互依附着生活过，而这短暂的依附与甜蜜，可能比其他人一生中获得的所有幸福，还要多吧。

余航想到这儿就站住了脚，脑海中出现的这一幕开始有了变化。他好像看见张叔放下碗筷，独自一人缓缓地消逝在画面中，而母亲因为张叔的离席，也从有说有笑的幸福模样变成现在的憔悴与苍白。

余航这才明白妈妈失去的是什么，他忽然读懂了妈妈眼中的那种孤独与绝望，并非仅仅来自张叔的离去。他终于体会到心爱的人在承受苦难或是离自己而去时，自己的那种无能为力。还有妈妈在接受命运撞击以后，花了几十年时间修复的伤口，再一次被人挖开、展示，表现出不可愈合的衰弱与绝望。

想到这儿，余航全身发软，巨大的痛苦仿佛从他胸中奔腾而出。他蹲在妈妈和张叔对角的远处开始哽咽，此刻他知道，眼前的妈妈虽然没有倒下，但是那世界里的光与灯，却在张叔走的时候，全都熄灭了。

Letter Time: 一场好梦

梦:

见字如面。

从今年的三月到现在，我一共瘦了十二斤。我把这个消息公布在朋友圈以后，除了“一方有难，八方点赞”的损友党，大部分女孩子都是来求教程的。我知道你没有这方面的担心，因为你和我一样，是个怎么吃都不会胖的怪异体质。不同的是你是女孩，这值得你炫耀，我却不行。

你有许多值得炫耀的东西，你的耐心，你的执着，还有你的好脾气。这些优秀的性格让你一直活得非常有质感，你不同于其他女孩，不习惯对感情有依赖，不依靠外界找存在感，并且只相信紧握在手中的东西。或许这就是我当初喜欢你的原因吧。

感情这东西在时间面前很渺小，无论回忆给了它多么盛大的包装和加冕，也只能任其宰割，因为它面对的不仅仅是流逝的考验，还有载体本身对它的筛选。就好像刚刚接到你的电话，听你哭了半个小时以后，我居然会如此平静。我真的没想到闹到最后，我们的关系竟和路人别无二样。我们没有在一起过，但还一直是朋友，却不承想你我之间的缘也接近于萍水之份了。

通话末尾，你问我："以后你要是有了恋人，我就不能这么和你打电话了，对吧？"

"是的。"我斩钉截铁地回答，态度硬得像是拒绝电话推销的工作人员。

随之而来的是你浓重的呼吸声，我听得出那叹息由意料之中的沉重包裹着一部分失望，卷在一起丢给我。随后，你道了一句平常的"谢谢"，说有空来我这边玩。我一时语塞，挂掉电话后，脑海中翻滚出许多和你在一起"玩"的日子。

我们相识是在大三下学期，所有人铆足了劲儿为大四的实习做准备，只有我们俩还不紧不慢地看电影、打羽毛球。天气热的时候坐在图书馆门前的长凳上喝食堂一楼的木子铁，看人们急匆匆地在图书馆内外来回奔波。

和你相处的那段时间真的特别舒服，两人莫名契合的习惯和行为感知，似乎早就剥夺了你我之间的界限。我陪你采购拿重物，你陪我买书听讲座，我们一起跑步，玩一款傻傻的游戏，吃完饭去下沉广场吹凉风。

这样的舒适，不断地将我拉向你，一步步不可逆转，一阵阵窃喜连连。

可即使我们的所有话题都巧妙地避开了工作、毕业，或是有关分别的词汇，这样舒适的日子也并没有持续多久，就被随之而来的大四打断了。

一批穿着朴实的父母带着自己的孩子在学校里留影，新生们用充满期待和警觉的目光打量着我们。老师们开始分组带毕业创作，每个人都攥紧拳头，准备向论文发起冲击。我们终于不得不收起冠冕堂皇的逃避，正了正衣襟，踏进大四的紧张期。

你问我开题报告这玩意儿应该怎么写。不忍心让你失望，也不想放过任何一个可以在你面前表现的机会，于是我花了一个晚上在电脑前整理资料、下载案例、学习、仿照、修改。迎着第二天的朝阳，好像是拼凑一幅你笑脸模样的拼图，将报告一点点拼接完成，最后一遍检查后按下保存的刹那，你完整的笑脸印在屏幕模糊的字间。

说实话，我早就忘了后来你高兴的样子，只记得电脑那头的你打了一大串感叹号和感谢，那使我很满足。也是从那个时刻开始，我在心中告诉自己，我们毕业后应该去同一个城市打拼，我应该和你一起流浪。

于是，我每天都在地图上寻找，找一个适合你，也适合我的城市。一个非常傻的行为，我却分析得甚有趣味，哪里离我们的家都近一些？哪个城市更适合人居住？哪里的工作和我们的专业对口？我一个圈一个圈地画上去，像在画发生战事的据点。

于是，反击战就这样开始了，接下来的日子里，我每天都扎在图书馆和工作室里找资料查文献、画图找灵感，一个人对着四五台电脑做设计，不停地做。所有人都放学了，你在C楼教室的玻璃外面看着我，怀揣爱意地笑。有时候上完晚课，朋友敲敲玻璃，指指手表示意我已经很晚了。

后来论文三审时，我的论文被放在学院的群共享里当作范本，而我的毕业设计也是应届的全系最高分。当然这些事情你无从知道，我曾想过把我为了和你在一起而准备的这一切告诉你，可还没来得及，故事就终结于此了。就好像战争一旦开始，就没有办法很好地收场，感情大多也是如此。

那一晚，我走出C楼已至深夜，脚步声孤独清脆，我却感觉特别踏实。突然天空中有烟火出现，远处传来一阵欢呼，好像有人故意起哄。我踩着好奇大跨步就去了，走到人群外围，目光穿过人墙，一眼就看见了惊慌失措的你。而你的面前，还有一个单膝跪地、手举玫瑰的男孩。

你也看见了我，目光中有些难以解释的慌张与尴尬。最后，你在众人的欢呼中无法下台，只得接过了男孩手中的花。

人们开始欢呼，甚至还有破音的鬼叫。灯光暗下，世界里只有我们两个人是对视，你脸上没有惊喜也没有幸福，我强挤出一点笑容，佯装祝福的模样鼓了鼓掌，便狼狈地慌忙退出，好让一场惊喜可以拉上完整的帷幕。

我记得我很久没有那么难过了，一整夜我都在摆弄着手机，希望从你那儿知道一些什么，或者是期待你和我解释一些什么。脑袋不受控制，感情指挥着逻辑进行推理，给你编织了“骑虎难下”“怕拒绝会伤对方的自尊”等类似的理由。直到天光大亮，在一片失望中昏睡过去。

醒来时，看到你的未接来电，我按捺着激动平静地回过去，你也确实像我说的那样和我解释，接过那束花，也只是为了当时可以圆满地收场。听到这番话，我几乎要从床上跳下来，因为这样的解释足以证明，你和他仅仅是现场直播的逢场作戏，而你却更在意和我之间的关系。

像是沙漠中迷路的人看见了一座村庄，绝望的疲惫得以缓解，步伐又变得稳健有力。

但是之后的日子里，那男孩一直没有放弃，他总是活动在你的周围，总是在我找到你的前一秒先找到你，缠着你。我开始生气，甚至要求你粗暴地支开他，而我们那时并没有确定任何关系，我们还因此吵了一次架，真是没想到我们会为这样无聊的事情而红脸。最终，你接受了我的无理要求，屏蔽了和那个男生的所有联系。但是，我们确实因为这次吵架，而有了隔阂。

学校招聘会的前一天，我看着作品集自信满满，想问你准备投哪里的简历，准备去哪个城市生活。电话里，我们约在女生宿舍楼下的过道里见面。我走到那儿时，看见你站在过道的门口尴尬地维持着和那个表白男生的对话。你看见我以后，主动挽起我的手臂，似乎向他宣告着什么。我礼貌地朝着那个男生笑笑，自知笑中带有一丝轻蔑，虽然幼稚可笑，但也确实在心底暗爽许久。

学校并不是很大，过道里也还有我们共同认识的朋友，我们在大家的注目中离开。我目光如炬，扫开一条路。可是出了过道，你就松开了挽着我的手。我有些意外，也没有多问，有一句没一句地聊着。

而最想问的那一句“你想去哪儿？”我却不知道为什么，一直没有说出口。

离别的日子里，时间撕扯着我们的快乐，居然没有一场欢笑是踏实的。

我们吃的最后一顿饭，选在一家人极其少的日本料理店，我们都心不在焉地胡乱点了一通。菜很久没上，我们也不急着催，菜上了一桌，我们也不急着吃。东西参半地聊着，我忽然意识到这一幕虽然无数次地发生过，但今后可能不会再发生了。我们好像有很多时间可以相处，又好像这是仅剩下的几个小时，我要把握每一个可能说话的机会，一分一秒地、紧张地、珍惜地，数着过。

后来，我们开始一杯杯地喝清酒，喝到最后眼神模糊、言语不清。你好像哭了，又好像没有。迷离中你叫着我的大名，你说：“墨啊，我是喜欢你的，可是这种喜欢有太多自我克制，因为我知道你不会跟我回家，而我只想当一个小女人，想在父母身边，不想远走，只要平平淡淡的就够了，不想太累，也不想追求太多……”

而我想都没想就开口说：“也许我可以和你回家啊。”

那一刻，你笑了，笑得特别开心，梨花带雨。但是，我看得出那笑容背后的东西，你似乎也了解这一时冲动说出的话，需要付出多少去实现，所以你的笑还是由兴奋夹杂着失望混合而成。这笑容，好像扎开了我心里的一个包袱，将自认为收拾好的情感全流露了出来，我泪眼婆娑，竟难过得发不出任何声音。

你走的那天我没有去送你，我想过给你一个结实的拥抱，想过在车站看你从车窗里朝我挥手，可你是知道我的，向来不喜欢离别的人，又怎么愿意面对离别？于是，我又喝了一场大酒，在昏睡的梦中，逃避着你的离开。

后来，我去了深圳，一个离你说远不远、说近不近的一线城市。两年后的七月，我去你家附近的城市出差。我父亲是知道你的，所以电话里他半开玩笑地问我到底是出差，还是去找你。我笑着说，都过去这么久了，怎么可能是找你。因为我毕业后一直单身，所以父亲不肯放过一个可能捕捉我“花边”新闻的机会，他问我们为什么最后没能在一起。

我就说你想回家，而我不可能去你家啊。我告诉他看似敷衍却也是最真实的理由，电话那头的父亲沉默良久后，居然问你家那儿的房价贵吗？我吓了一跳，心想坏了，老爸这是认真了，不知道怎么往下接话，就假装大男子主义地说：“爸，我是不会丢下你们去倒插门儿（入赘）的，我会好好工作……”

父亲打断我说：“不是，你误会了。我的意思是，咱们全家搬过去。”

我的心为之一颤，开口却打趣道：“爸，莫非这就是传说中的‘买一送二，倒插全家’吗？”

我的父母是万千大众中最普通的那一款，安分守己一辈子，老老实实工作、踏踏实实做人，攒了一辈子积蓄，供我念书，余下还打算帮我置办家产。

他们来南方时，我带着他们东走走、西看看。老两口开始还有些精力，后来便全然没有了新鲜之感，每天可活动娱乐的时间，满打满算也就四五个小时。超出这个时间，他们就很容易显出疲态，所以我再有心带他们多玩玩，也只能按着他们的状态来，既然到处玩累，那索性就多尝尝这儿的美食。

我父亲口重，南方菜不是很合他心意，吃个新鲜还可以。我母亲虽然是电机工程师，但是行业不景气时，她也做过一段时间厨师，想从她嘴里讨个客套话容易，讨个好评还真是难。但是在一起的每一餐，他们都吃得高兴、聊得尽兴，那我的目的也就达到了。

可是有一次吃过饭后，我在结账时等发票的间隙，无意中回过头看他们。我的父母像迷了路的两个小孩子，他们对周围的一切都感到陌生，茫然四顾地看着周围的一切，不安分地把目光东西挪动四处安置着，最终选择了一起望向窗外。

我忽然觉得那么难过。是啊，这儿是我所在的城市，这儿的天气，这儿的新闻，他们第一时间都比我熟悉，因为我的存在，他们才对这座城市充满了好奇，但是当我真的要他们来到这儿生活时，那便又是另外一种状态了。

长春的夏天有过堂风，或者说长春一年四季都在刮风，所以空调的用处不是特别大。在深圳时，我父亲每天都不敢出屋，看见楼下有人顶着三十多摄氏度的太阳遛弯，就觉得南方人真是太厉害了。我陪老妈逛市场的时候，正好撞见了两个不同地方粤语口音的人在吵架，回来的时候她问我，那广东话你能听懂几句。我坦白地说，地铁报站的都能听懂，但必须是罗宝线。

在南方的许多日子里，他们两个人经常是窝在家里，看电视、吃饭，重复以往，再来无数遍。可若是在东北老家，他们大可寻上三五同事好友，麻将打上几圈，再一起吃顿好饭，闲暇时乘着凉风、踩踩夕阳，喝喝酒、遛遛弯。作为子女，自知受恩太重，你说我怎么忍心要他们为了我一己之欲，而舍弃他们几十年来的习惯呢？

我忽然想起离别宴席时你的那一笑，那夹杂着感动与无奈的笑。我才读懂那笑容里含着的，是怎样的期盼与遗憾。你的家乡也是一座小城，但是我进不去，你也出不来，我们都没有办法为彼此多往前迈出一步。

旁人说，你们啊就是不够爱。是啊，不够爱，却有足够的理智。回想刚读书那几年，我们诚实得一无所有，手上每样东西都可以拿来典当周济感情，每次回血后都能再来一次奋不顾身。可感情是消耗品，没人能靠鸡血赢得最后的圆满，终于都被生活拖着走，在一次又一次的被动失去中，被现实打回原形。长大以后，连痴人都变成了感情奸商，也学着议价、分配，或是平衡。我们都是这个时代的病人，是夹缝中求生的平凡年轻人，面对着所有人都要面对的问题。

我一个深圳本地的同事给自己妹妹介绍男友，给她介绍的小伙子是湖南的，各方面条件都不错，结果姑娘却说：“哦，北方的就算了吧，离得太远了。”大家听后聚在一起笑。

你看，我们总想着把事情的风险降到最低，尽量避开一些不可控因素，好让爱情能多一些胜算，却忘了对一份感情的执着，才是大的胜算。所以我们怕，怕那个我们因为冲动而做出的选择，最终会被现实淹没。

工作以后，我也接触过一些女孩，有向自己示好的，也有自己感觉不错的。细细接触下来，记忆犹新的却是我对自己变化的后知后觉。原来和孤独这东西相处久了，也会产生依赖，一个人活得像一个世界了，当有人突然走进来反倒觉得不适应。于是，我悄悄地展示出一些笨拙与疏漏，在心里凿开一个洞，想放对方进来。尝试再三，两个人却总是对不上频率，以失败告终。

你想循序渐进地去依赖一个人，故事一开始却发现自己比从前更独立。工作需要经验，人生需要累积，爱情何尝不是如此呢？你需要经过伤心、无奈和失去，才能懂得一点宽容、忍让和珍惜。理想可求而不可遇，而爱人可遇而不可求。

他们说孤独和婚姻，坚持久了都会觉得是一种错，我这也算体会到“孤独坚持久了是一种错”了。

前些日子陪朋友去澳门，晚饭后无聊散步，在广场口看见一个由老头组成的乐队，周围挤满了人。一个国外的白胡子老头，憋红了脸努力地吹着一个崭新的萨克斯，他换气的时候我可以清楚地看见他的牙已经脱落了很多，已经开始漏风走音。他旁边的两个老头，一个哆哆嗦嗦地弹着吉他，一个敲着零碎的架子鼓。

说实话，他们的表演很业余，谈不上精彩。但是他们忘我、享受以及投入的那种感觉，却深深地吸引着我。

我想起一个已经当妈的人和我讲述的她的故事。独自一人打拼的那几年，她总想着能靠结婚救赎自己，以为有家了，就真的有依靠了。哪知道真正结了婚有了孩子以后，她每天也只是看着嗷嗷待哺的宝宝，面对着鸡毛蒜皮的琐碎，早出晚归，披星戴月。也没有其他有意思的事情可做，剩下的日子也就是慢慢变老，看着宝宝长大，离开自己，然后安安静静地等死。这一眼就望到了头的日子，实在是一种安逸的失望，甚至是绝望。

他们说孤独和婚姻，坚持久了都会觉得是一种错，我这也算是彻头彻尾地全都体会到那么一点了。

所以啊，三十岁之后，当工作已经由理想沦为生计，爱情已经变成亲情，我们是不是总得找一些能温暖自己的游戏呢？比如学一门没什么用，但是自己一直很想学的手艺。比如浪费一些时间，去做一些自己想做，却没时间去做的事。就像吹萨克斯，就像当流浪的艺人。所以我坚持着寻找、辨认、区分，为的并不是他们口中的出人头地，而是想在今后的今后，能拥有一个值得期待的、完整的、有意思的人生。

我明白，当初你所选择的归途和我选择的旅途，势必将你我分割开来。像不可控的洪流选择了自己去向汪洋的路，你我的分开并不是因为地域上的距离，而是我们早都已经选择了自己的生活方式，并且也没有打算为彼此做出任何牺牲。而自欺欺人的愚钝让我们都巧妙地避开了羞耻的自私，将分离的罪名，嫁祸给现实。

欲望更迭理想的时代，现实也会挫败现实，都各自有各自的难处。

分开这么久，我也曾无数次地问自己，是否为与你分离而后悔。思虑再三，我也只是感到遗憾。遗憾的是，好不容易碰到一个觉得对眼的，也还合适的人，就这么错开了。可惜不可惜、值得不值得都不重要，重要的是这一错开，想再找个合得来的人，居然这么难。

不后悔的原因是如果我当初没有选择背上包，走遍整个中国，或许我依旧是那个不知天高地厚、为争风吃醋而冲昏头脑的毛头小子，我就不会是现在敲下这些字的我。虽然还有那么多缺点和不足，但是好在这么长时间以来的努力，也算是收获了一些东西。所以，我挺喜欢现在的我。

你一直说，我欠你一个离别。因为毕业时我的懦弱，你总觉得我们之间像是有些话还没说完，堵在心口，哽咽难受。我们下一次见面不知道会是什么时候，也或许再也不会见面了。我想，我们能为彼此做的，也就是把今后的人生活得有意思一点了，即使是为了自己可笑的虚荣心与自尊，我们也不忍心让对方看见，在错过彼此以后，自己过得有多狼狈吧。你说呢?

倘若余生之中，真有人能恰如清风，吹开我窗边的君子兰，掀翻我的日记，在字里行间中斟酌着相守的时光，这样的默契如果能再来一次，我想即使前路再艰险，我也绝不会辜负，这一场好梦了。

当然，我也祝愿你，早日遇见那个人。希望今后的你，多一些感动，少一些难过；希望你以后的眼泪，能再一次流到一个人的心里。

这是我欠你的离别，加油，珍重。

祝眉目舒展，顺问秋安，天转凉，记得加衣。

你不曾了解的　刘墨闻

睡语：小小外星人

小小外星人
雨水洗刷着你曲折的天线
流过你纯白的瞳仁

小小外星人
希望在你的泪水上辗转
扣入错综焦虑的掌纹

你说见过这里最美的工具是石磨
磨坊门外有一只麋鹿和一片云朵
迁徙的白鸟在烟囱中飞过
摘棉的姑娘身上有一条流动的河

小小外星人
田野里埋着你的初恋
小小外星人
山的那一面　有醉人的风尘

后来城市伸向森林
欲望粉碎大海
你随着风浪的方向
在水花中与万万人合唱

你看见午夜叫卖的歌喉
听见细小心灵的颤抖
糖果落满晶莹的尘埃
城市在疲惫的梦中腐朽

小小外星人
你为何向着深渊示威
却对着火炉哭泣

小小外星人
为何温暖让你发指
眼泪却让你着迷

你尝试过一次奋不顾身
就像武夫的爱神
勇敢又盲目　真诚了就辜负
过程艰险　无暇自顾

你说爱一个不确定的人
就像追问一个暧昧的眼神
纠结着吞咽撕心裂肺的苦
伸出去的左手　又被右手拦住

小小外星人
当你被忽视　被伤害
你反而忍着疼痛
去敲打着自己的阴暗

小小外星人
当你被放弃　被欺骗
即使再怎么冷漠
也还是会心软

你早已分不清泪和汗
习惯了聚和散
你忽然想起家乡的云和土
想起冰冷的气层和寂静的迷雾

皮肤开始裂纹

指针提着白头
人们绕着爱恨离愁
画下一圈圈圆周
你去往下一个可笑的星球
继续在宇宙间漂流

小小外星人
你泪流满面地飞向年轮
像孤单的星辰

小小外星人
鱼群洄游一般的彗星群里
你在夜空留下明亮的吻痕

小小外星人
小小外星人
我的　你的　小小外星人

鱼群洄游一般的彗星群里
你在我眼中　留下沉默的吻痕

小小外星人

小小外星人

我的　你的

小小　外星人

前路虽远，
还好有你陪我

特别不浪漫

女人是感性动物，在最终变成泼妇之前，都想要一次奋不顾身的浪漫。每个女人的爱情都是宝，都是绝一无二的倾城之恋……

考官问："你们考驾照是为了什么？"

同学们纷纷答道："为了圆自己的驾驶梦。"

"为了开车不求人。"

"为了可以经常带女朋友兜风。"

……

聪聪想都没想就说："为了给我老婆顶分。"教练当场就气昏厥了。

聪聪是女人眼中最适合当老公的那种男人，踏实上班，挣钱不少，任劳任怨，低眉顺眼。按道理来讲，菁菁不应该拒绝聪聪的求婚，可是她气冲冲地坐在朋友们中间说："就那也叫求婚？自己在家炒两个菜，然后通知我一声。不行，不能算。"

朋友们都劝："差不多得了吧，家务全包，薪水上缴，聪聪每个月在你这儿讨零花钱，哪儿还来闲钱求婚啊。”

菁菁说：“他的卡我就放在抽屉里没动过，唉，想起这事我就后悔，以前他还偶尔买点小礼物啥的，现在都没有了，一点也不浪漫……”

守旧男拍案而起：“浪漫有什么用，能当钱花？”一小圈女人按着他们开始捶打：“女人是感性动物，在最终变成泼妇之前，都想要一次奋不顾身的浪漫。每个女人的爱情都是宝，都是绝一无二的倾城之恋，试问求婚这样重要的事情怎么能草草了事？”

菁菁又补充说：“我最近还发现了他另外一件事。前几天，他从小代那里借走三百块钱，他让小代告诉我说是借了五百块钱，然后在我这儿领了五百块钱走的，你说他这不是拿小代洗黑钱呢吗？”

小代打了一个激灵，战战兢兢地看着菁菁。

事后，小代问聪聪：“你为啥骗你媳妇啊？”

聪聪说：“她老是嫌弃我不浪漫，我想给她一个惊喜，送她一部新的iPhone6。”

这一年，iPhone6习惯性伴随着谩骂和嘲讽，在汪洋一般废弃样图的拥护中诞生。于是，女士们频繁和男友吵架，摔手机事件频频发生。

菁菁当然没有摔自己的手机，但是她摔了聪聪的手机。无奈的聪聪只能拣起自己躺在地上的iPhone4 plus去默默地维修了一番，坚持着能打电话、能发信息就是好手机的艰苦朴素原则。

尽管如此，他还是要坚持送女友一部新的iPhone6，他想送她一个大大的惊喜。

小代在一旁不解道："唉，你说为啥女孩现在都喜欢玩这个，小时候也没见她们对电子产品多感兴趣啊。"

聪聪一脸纠结地回答："我怎么知道？我小时候也不玩这些东西。"

小代追问："那你小时候玩啥？"

聪聪答："变形钢筋。"

聪聪把之前接私活赚的钱和日常开销节省下来的积蓄通通拿出来装在背包里，向公司请了假，向菁菁撒谎说出差，踏上了南下香港的路。他要在手机公开发售的第一时间买到它，他要让爱人拿起手机定位，愉快地看见新手机型号出现在朋友圈和微博的下方。

尽管之前他脑补了许多购买"疯六"的壮观景象，当他真正过关来到香港，站在九龙塘的苹果旗舰店门口时，他还是小小地震惊了一下。人山人海的队伍里嘈杂的叫卖声淹没了车鸣，各种各样的黄牛党席地而坐，不断地朝他挥手，喊靓仔的是本地人，喊哥们儿的是大陆同胞。他抱紧了胸前的背包，警觉地移动着目光，艰难地穿梭在人群里，最终坐在了一个流浪歌手的旁边伺机而动。

那歌手好像很快乐，他不停地唱着聪聪听不懂的歌，表情投入，不受外界的打扰，仿佛享受着与世隔绝般的生活。那一刻，聪聪似乎被什么东西感染了，他打算给他一些港币，直到歌手睁开眼看见他，用不太流利的普通话问："老板，要疯六咩？"

在徘徊了许久之后，聪聪将洽谈目标锁定在一位胡子花白的老爷爷身上，因为他看上去就有一种非常质朴的慈祥。

老爷爷普通话不是很好，聊了许久才知道他祖籍福建，十几岁时跟随父母搬到香港。他拿着刚从店里新鲜出炉的疯六，向聪聪进行着各种诱惑性展示。

开机，瞬间出现了“hola”的字样，大爷瞪大了双眼问：“看，hola，多么清晰的屏幕哇。”

聪聪：“hola……好辣？四川产的？”

……

老爷爷显然不是很高兴，开始中英文结合来展示疯六的高端：“Made in Shenzhen，富士康。You know？”

聪聪为了方便回忆，重复了一遍大爷的字眼：“富士康？”

老爷爷声情并茂地解释道：“那个跳楼很多的，You jump，I jump.”

聪聪心想这老头神经病吧，买手机跳什么楼？嘴贱回道：“You jump，I push.”

……

老爷爷显然是被气到了，颤颤巍巍地拿着手机打算离开。聪聪这才看出来老爷爷是真心卖手机，不是想骗他，于是强行将大爷拦了下来，最终以七千元港币的价格，买下了这台疯六。

从罗湖过关到火车站，因为要节省开支，所以回去的路只能坐火车。检票时，他把背包放在滚带上安检，胸前抱着被包了很多层纸壳的疯六。

安检人员略带疑惑地指着他胸前的盒子问："这里面装的什么？"

聪聪字正腔圆地答道："肾。"

……

当晚，聪聪被当作倒卖器官的罪犯，留在了车站警务室，盘查了近半个小时，差点没赶上火车。

聪聪好不容易连滚带爬地上了车，已经是晚上六七点了。躺在卧铺上，他五味杂陈，心想这次也算是有惊无险，想着菁菁惊讶的表情和高兴的样子，他抱着新手机甜蜜地进入了梦乡。

深圳到长春没有直达的火车，需要躺三十个小时先到沈阳，再转车到长春。路上，聪聪还结识了一个吉林的老乡，小伙子说自己是出来打工的，这次回家探亲。俩爷们儿聊得投缘，坐在下铺一起喝上了二锅头。

小伙子问："哥，你出来也是打工吗？"

聪聪拍着胸脯自豪地说："不是，出来特意给媳妇买礼物。"

小伙子一脸佩服："哥，你是好男人，真羡慕你们，感情那么好。"

聪聪放下烧鸡叹息道："唉，有什么可羡慕的，世界杯都不让看，还羡慕吗？"

小伙问："为什么不让看啊？"

聪聪左看看、右看看，小声嘀咕："以后你结婚了就会渐渐领悟，跟老婆相处，一定要少问为什么……"

不知道是不是喝了酒的缘故，那一夜他比前一夜睡得还要香。他怀里抱着手机，嘴角挂着甜蜜，马上就要看见菁菁了，马上就能看见她惊喜的表情了，马上又能找回刚开始恋爱的那种感觉了，想想还有点小激动呢。

一觉醒来，火车已经驶入了沈阳，马上就要进站，聪聪收拾行李物品准备下车，却发现裤兜里自己的手机和钱包都不见了，只剩下翻出来的白白口袋。他转身一看，坐在对面的“老乡”也不见了踪影。聪聪将怀里的疯六抱得更紧，一时间不知道怎么办才好。

走出车站，他环顾四周，尘土弥漫，他想找个网吧联系熟人，却发现口袋里一分钱都没有，身份证也随着钱包一起丢了。想找警察叔叔借一下电话，却一时间背不出家里人的电话号码。

他背着空空的行囊，抱着疯六，沿着街边一直走，就这样漫无目的地在城市里游荡了一天。晚上走累了就坐在路边歇着，立交桥上灯光斑驳，秋天的沈阳有一些肃清，聪聪就着分明的夜色，一个人失落得不行。

突然，聪聪的眼前出现了个移动的灯泡，光光的脑袋折射出夜色的璀璨，长袍大褂缠身，一个面如玄奘、气宇轩昂的大师向他走了过来。

和尚一鞠躬，言道：“斋主真诚，看您这等伤心，沦落至此，想必是遇上难事了。”

聪聪像压在山下的猴子遇到救星一样，激动得热泪盈眶，近乎哭腔一般说：“大师，你帮帮我吧，我……”

还没等聪聪说完，大师一伸手说："算卦五十，解难一百。"

聪聪气得站起来对着大师喊："你们都是骗子……"

大师一边走一边骂："不算就不算，你干吗拿石子砸我，哎，哎，还砸？你烦不烦人，讨厌……"

聪聪拣起一把石头子追着大师一边砸一边骂："我让你算卦，我让你算卦，还收五十？有团购吗你？"大师一边跑一边喊救命，两个人奔了几条街。

追着追着，路过一个烧烤摊，烤肉的香味从炉子里传出来，熏得聪聪神魂颠倒、口水奔流。他看着炉子上的烤肉走了神，一不小心踩进了土坑，整个人摔了出去。听见声音的大师一回头，哈哈大笑起来。

聪聪躺在地上哀号着求救，烧烤摊的摊主跑出来问聪聪："兄弟，你这是咋了？"

他强忍着疼痛对摊主说："大哥，你替我朝跑了的那个和尚做个鄙视的手势。"

摊主一脸迷惑问："你为啥不自己做？"

聪聪娇羞答道："……我脱臼了。"

摊主师傅心领神会，满脸坚毅，朝着跑远了的大师竖起标准的中指。

好心的摊主大哥扶着他去附近的医院接上了胳膊，聪聪气若游丝般回他道："谢谢大哥，医药费我先欠着……"话还没说完，肚子就咕噜咕噜地抗议起来。

回到烧烤摊，摊主又端来了两碗疙瘩汤（东北面汤），还有一些烤馒头。聪聪风卷残云般吞咽着，发出小狗护食般啧啧的声音。摊主一边看他吃，一边笑着问道："小老弟，看你干干净净的，也不像要饭的，咋给自己整成这德行啊。"

聪聪放下舔干净的碗，把自己"南下买惊喜"发生的前前后后告诉了摊主。摊主听后似乎是想起了什么，一个人也呆呆地望着桌上的空酒瓶出了神。随后，他转身对着服务员说："开一打冰镇雪花，来五十个肉串。"

两个人在午夜的街边聊了起来。酒劲上涌，聪聪问摊主："大哥，你说我是不是特别笨，是不是啥事都做不好，不会讨女朋友开心，好不容易想出个法子，还老是出错。"

摊主大哥点燃一根烟，讲起自己年轻时恋爱的事，说他那时候也有过攒钱给老婆买惊喜的事："那时的我们用自己所有的钱去给女孩买礼物，还不好意思问姑娘喜欢啥，只能凭运气往上撞，买衣服、雪花膏、比自己个头还大的娃娃，送错口味了，就买别的，送对口味了，就一直送。都是在不断地试错，不停地犯错。犯错并不可怕，我们都犯过，可怕的是后来，我们连试错的勇气都没有了，因为一点点错误都可能导致整局的失败，没了错，没了勇气，还哪有什么冲动和爱呢，唉……"

聪聪听后瞪大了眼睛看着摊主，试探性地问："那啥，大哥，你烧烤是兼职吧？"

摊主大哥看着聪聪怀里的盒子问："老弟，你为啥一直抱着那个盒子啊，里面装的啥？”

聪聪再一次字正腔圆地答道：“肾。”

摊主大哥面如土灰，五雷轰顶一般震愕，泪水充盈了眼眶，只见他大手一挥吩咐后面的小弟说：“再烤五十串腰子。”

第二天，好心的摊主大哥给聪聪买了一张沈阳到长春的车票，又塞给他五十块钱，告诉他好好养身体，千万别再出什么幺蛾子了。

聪聪叩谢了大哥，说如果以后来沈阳，还吃大哥的腰子。大哥吓得一激灵，伸手捂住自己的肾。

挥别以后，聪聪又意气风发地踏上了回家的旅途。火车上，聪聪一直想着摊主大哥和他说过的话，想着试错，也想了犯错，最后他做了一个决定……

因为整整一天联系不上聪聪，菁菁开始询问他的朋友。小代以为是聪聪故意设计的惊喜局，所以也说不知道聪聪去了哪儿，没见过他。直到菁菁问到聪聪的同事，才知道他根本没有出差，而是请了假说是家里有事。

一下子，全家都炸开了，说报警的要报警，说贴告示的开始打印，四处联络着寻找聪聪的消息，可是都一无所获。

此时的菁菁心里不断闪现出她曾经看过的那些韩剧的狗血剧情，她逼迫自己做点什么转移注意力，整理着房间，翻看着聪聪的旧物。一个笔记本从聪聪的电脑包里掉了出来，怀着好奇，一人在家的菁菁还是做贼一般小心翼翼地翻开，看看里面写着怎样的秘密。

不浪漫日记：

××年××月××日

“来，老婆，尝尝这个，嗯，好吃吗？”

“来，老公，尝尝这个，嗯，熟了吗？”

××年××月××日

“老公，今天这个虾口感真好，沙沙的感觉，是用鸭蛋黄炒的吗？”

“哦，不是，可能没洗干净吧。”

××年××月××日

“你最近天天玩《坦克世界》，都不理我，游戏比我还重要？昨晚上我做梦都被坦克给碾压了，呜呜呜……”“真的吗？太过分了，老婆不哭，你告诉我坦克什么型号的？”

××年××月××日

“昨晚上梦到天降伟人，他说可以实现我一个愿望。我说，我希望明天我跟菁菁的关系能受到法律的保护，他答应了。于是今天，我成了菁菁的贷款担保人……”

菁菁一边读，一边笑，不知不觉眼泪打湿了字迹，心心念念的爱人啊，你到底在哪儿？你何时回家？

回到长春的聪聪没有第一时间回家，而是先去找了小代。已经快被逼疯了的小代拽着聪聪说：“大哥，你总算回来了，你再不回来我都要兜不住了，谁知道你是真惊喜还是真失踪啊？你家人找你都找疯了，菁菁姐在家以泪洗面都说不定呢。”

聪聪掏出怀里包装得密不透风的疯六说：“问问圈子里的有钱哥们儿，谁要疯六，我要卖了它。”

小代眉毛拧到了一块儿，更加琢磨不出聪聪到底在想什么。

菁菁接到小代的电话以后，就跑出了门，没来得及化妆，也没有特意打扮。她听小代说聪聪的手机坏了，他在红旗街万达门口等她，让她快去。

她一路风风火火杀到了地方，却不见聪聪人影。这时候，不断有人上来送她气球，一个，两个……五颜六色。直到气球积攒成空中大大的一坨，一个满脸胡茬儿衣冠不整的民工般男主角出现了。

看得出他也没有来得及打扮自己，手里抱着一束玫瑰，脸上还有一些疲惫的痕迹。他走上前去扑通一声跪在地上，从怀里掏出钻戒，举到胸前。忽然让人觉得气氛不对，又说不出哪不对。

小代从角落里拿着DV溜出来，伏在聪聪耳边说：“求婚是只跪一条腿……”

聪聪尴尬地抬起了一条腿，小声嘀咕着：“在家习惯了。”

全世界都在等这个不浪漫男人的情话，他努力吞了几口口水，略带颤抖地说：“玫瑰不够九十九朵，钻戒也是最小的那一枚，但我不想只讨你一时的欢心，我想给你一辈子的惊喜，我嫁给你吧。”

谁都知道他说反了，可是又没有人愿意纠正。菁菁在众人的欢笑和起哄中接过鲜花，伴着眼泪缓缓开口问道：“你请假这么多天死哪儿去了？”

她没说愿意，也没说不愿意，只是一边问一边打，两人互相扯着滚在了一起。好好的都市言情剧，变成了爱情动作片。没有事前的精心策划，没有浪漫的多彩烟花，一个衣衫不整的御姐和一个破衣烂衫的民工。两人你推我挡，互相对掐，这种求婚还真环保啊。

最后菁菁还是答应了，那一句“我愿意”说不定淹没在了哪次起哄中，也可能她早已在心里说了无数次，所以听没听见都已经不重要了。只是后来听她说在来的路上，她一直在纠结，怎么这么大人了还玩失踪，这么不成熟。可是聪聪这一跪可倒好，不仅跪软了菁菁的心，也跪断了现实冷漠的纷纷扰扰，跪出了对过往不堪的一笔勾销。

回家的车上，菁菁一边擦眼泪一边问聪聪：“对了，老公，你买玫瑰和钻戒的钱从哪儿来的？”

聪聪心不在焉地答道：“我把肾卖了。”

……

后来，他们又在车里差点打起来。

后来的后来他们就结婚了，从那以后我再也没听过菁菁抱怨聪聪不浪漫，反倒是聪聪说菁菁越来越死板。

举个例子，聪聪说，有一次他特意把自己洗得特别干净，喷了不少香水，爬上床，用金城武般性感的声线情意绵绵地说：“老婆，晚安。”

一圈人围着聪聪问：“那菁菁姐说什么了？”

她说：“傻×关灯……”

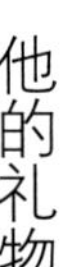

他的礼物

他那么有钱，长得又不衰，他没有理由在一棵树上吊死，他完全可以自己种一片森林，然后开着直升机俯视着挑选。

我收到过的最贵的生日礼物，是一双二手的锐步。或者说在我仅有的那么一点生日礼物当中，最贵重的是那双藏在角落里的，二手锐步。

我从小就没有庆祝的习惯，生日大都是一个人坐在路边咬一块小蛋糕，或是和一大群人一起出去吃饭，但是我不告诉任何人生日的事情，就在大家交头接耳或者打趣聊天时，一个人偷偷把愿许了。

那年十一长假的最后一天，邱林在QQ的好友提醒里看见了我的生日，于是请我在一家特别火的烧烤店吃羊排。酒过三巡，菜过五味，我们俩挺着肚子对着打嗝。我忽然看见坐在斜对面的男孩脚上蹬着一双锐步的Reebok Answer V经典款，我看了又看，甚是喜欢，想想自己年少时那么崇拜艾弗森，而如今英雄迟暮，锐步也被收购，年轻时喜欢的东西都被岁月无情地收走，竟莫名有些心酸。

邱林看出端倪，顺着我的目光望过去，问我："你看什么呢？"

我说："那双鞋，真漂亮。"

他盯着鞋看了一会儿，对我笑了，问："你喜欢？"

我点点头，他拍了拍自己的肚子说："那今天我送你一个生日礼物。"

说着，他就朝着那个穿着锐步的哥们儿走了过去，当着我的面开始询价。开始时，那哥们儿觉得可笑，看了一眼邱林就继续吃饭。直到邱林把钱掏出来一张一张摆在他面前，到碗碟薄厚那么一沓时，他才不得不认真地瞪大了眼睛看着桌上的钱，还有放钱的人。最终，邱林捏着鼻子拎着鞋，在我目瞪口呆地注视中走了回来。

他得意地把鞋子往我的座椅旁一丢。我失落地靠在后背上说："啊，早知道应该说他对面那姑娘挺不错的。"

邱林一咧嘴，哈哈大笑起来。作为一个土豪，他一向都是这么送礼物的。当年，他追夏丹也是这个套路。

邱林喜欢夏丹很久很久了，从学生时期到工作以后。他虽然一直都有女朋友，但每一次爱情的寿命都不是很久，最长的那次恋爱也才三四个月而已。而且无论他在做什么，只要捕风捉影到关于夏丹的一切，他就会不顾一切地凑过去。

当初夏丹刚刚失业的时候，在家附近的超市门口给一个饮料品牌做促销员。记得那天的促销活动是现场买饮料，拧盖就中奖，奖品在超市门口摆出一溜，其中最扎眼的是一辆橙色的自行车。夏丹特别喜欢，偶尔趁着休息间歇就骑上去绕着广场走，迎着风一直笑。

邱林说，当时夏丹的样子就像《阳光灿烂的日子》里的宁静，美得风摆荷叶，俏得雨润芭蕉。他当时就决定，一定要把那辆车买下来，他找促销的负责人问，这自行车多少钱，促销的负责人说："多少钱也不卖，这自行车是用来搞活动的。只有中了奖，这车才能骑走，要不您在这儿等着，看谁中了奖您再问问它卖不卖？反正奖品就在这几十箱饮料里，没跑儿。"

邱林一寻思：我哪儿有那闲工夫，你这饮料一天能卖出几十瓶就算阿弥陀佛上帝保佑了，谁跟你这儿耗得起啊。他一转身再看夏丹，他从来没见过夏丹那么喜欢一样东西，她下车时抿着嘴，带着一点可惜和一点怜意。邱林转身一拍桌子和负责人说："你这几十箱饮料我全要了。"

负责人一听都傻了，这年头还有买饮料包场的，目的就是一辆自行车。但邱林确实是这么干的，当夏丹知道这一切的时候，负责人已经拿着钱准备收工了。

一开始夏丹很生气，但是看见邱林抱着自行车傻呵呵地说"这个给你"的时候，还是一句气话也说不出来。她指着后面的几十箱饮料说，咱俩得卖到什么时候算完啊。

后来那些饮料都没卖出去，邱林找了辆车全部拉回来，挨个朋友家送。全部送光以后，就骑着自行车载着夏丹满街跑，一路上夕阳温热，路人看着他们笑。

到了晚上，邱林奔袭到我们家楼下的大排档气喘吁吁地说：“墨闻，我终于发现自行车的意义了。”

我一脑袋的莫名其妙，自行车的意义不就是方便、不堵车、我们穷人的代步工具吗？

邱林擦着汗说：“刚才夏丹搂着我的腰，我听见她在后车座上笑，这才是自行车的意义。”

他一脸溢出的幸福，声音有一些微颤，暖烘烘的喜悦带出了一点不讨人嫌的炫耀。好像从小到大他想要的东西向来唾手可得，而今天他终于体会到了那种费尽千辛万苦的努力，才能品尝得到的那种甜蜜了。

然而就算是面对邱林这样的攻势，夏丹还是丝毫没有给他机会，并且斩钉截铁地选择了和一个叫老葛的律师相爱。

老葛是农民家庭出身，在事务所里给大律师打打杂，处理处理民事诉讼，做做法律咨询，是最底层的那种小律师。因为鼻子上常年卡着一个玻璃瓶底样式的老式眼镜，所以人人都叫他老葛。没人知道夏丹喜欢他什么，只是听夏丹说他人有多老实，有多幽默，做饭多好吃，比起每个季度都有新款女友上架的邱林，实在是当老公的绝佳人选。或许爱情这东西本来就没有什么道理可讲，你问问那些曾经在一起后来却又分开的情侣，他们也答不上来当初对方到底哪点吸引自己。

但是用老一辈的话来讲，老实和幽默都不能拿来当饭吃。夏丹妈喜欢邱林的程度，几乎已经超过邱林喜欢夏丹的程度，隔三岔五就问夏丹怎么不和邱林一起出去玩，最近和邱林关系怎么样。当她听说夏丹跟了这个其貌不扬一贫如洗的老葛时，气得心脏病都犯了，吼着问女儿："他有什么啊？首付都拿不出来。"气势汹汹逼夏丹和老葛分手。小情侣无奈，只能转为地下恋情。被撞破以后，夏丹妈气得直接背过气去，最后挂着输氧管问夏丹："你到底能不能和他分手？"夏丹整个人瘫坐在地上，丧尸一般缓慢地点头。

忽然有一天，邱林发了疯似的打电话和我说，夏丹答应和他在一起了，在一起了。他一直激动地喊，然后匆忙把电话挂掉，再去打给下一个朋友。他要向所有认识的人宣布，他终于挖墙脚成功，他终于逆袭了对手，在一场已经输过的战斗中，反败为胜击溃了对手。

几乎没有谈恋爱，甜蜜冲昏了邱林的头脑，在一起没多久，他就开始准备婚礼。什么是豪，就是婚礼不要最好的，只要最贵的。"没有钱办不成的事"这个道理再一次被坚实地论证了，本来最少需要几个月筹备的婚礼，邱林在一个月内全都搞定了。庆典大堂内有几十棵郊区砍来的银杏树作为装扮，地毯以外的地方也都布满了玫瑰花瓣，俨然梦境一般。他们的婚礼既奢侈，又仓促，像是一场有关消费和人脉的华丽走秀，各界名流到场，环节礼物豪奢，展示和炫耀的内容很多，感人催泪的戏份很少。两个人走马灯般完成所有的程序，最后站在金灿灿的舞台中间，接受所有人朝拜一般的祝福。

婚后的生活是甜蜜的，邱林带着夏丹满世界玩，他们每天除了秀风景、秀美食，就是秀恩爱。他还给夏丹买了一辆橙色的跑车，发动机嗡嗡作响，轰鸣着爱的浓烈。人都是好逸恶劳的，但并不是每一个人都有邱林那样的命，都有像他一样的投胎本领，也并不是每一个姑娘都像夏丹一样，有可以选择的退路。

邱林结婚以后，兄弟们有一段时间全都沉浸在挣钱的兴奋当中。他们再一次相信了“有面包才是硬道理”的发展原则，坚持着有钱才有爱的激励政策。邱林的婚礼像是一剂清醒针，让大家再一次认识到了这个世界现实与浪漫之间的黑暗沟壑，是需要用钱去填满的。

直到一年后的一天，邱林叫上我们认识的所有兄弟在一起吃饭，当众宣布了一个让我们瞠目结舌的事情。

他出轨了，他和夏丹的婚姻要走到尽头了。

朋友们大眼瞪小眼地看着邱林，尴尬得一时间没有人说话。最后一个逗比打圆场：“林哥牛，太像你干出来的事了。”一群人呜呜泱泱地举杯喝酒。邱林哈哈招牌式地放声大笑，所有人陪着他笑。

我愣在原地，一时间回不过神来，呆呆地看着邱林，举不起杯中之酒。

后来许多人都喝醉了，他爬过来贴在我耳边酒气熏天地说：“你没喝醉，真不够哥们儿。”

我推了他脑袋一下说：“喝多了才不是哥们儿，到底怎么回事？”

邱林又开始咧着嘴笑，但这次不同的是，他没有笑出声音，口型还是“哈哈”的口型，但泪水伴着口水打湿了他的前衣襟。我不知道他到底咽下去多少事情，我只想等他笑完了，也哭完了，再好好看一看那眼泪里藏着的，到底是什么东西。

夏丹虽然和邱林结了婚，但心里还是想着老葛。邱林一边骂街，一边絮叨着说和夏丹亲热就好像是在奸尸，她没有任何反应，也不会迎合，只是等你完事穿好裤子，自己再去浴室冲洗。而表面上那些恩爱与幸福，不过是秀给父母看的罢了。

身体是最诚实的东西，邱林是个敏感的人，他早就明白这一切是因为什么。夏丹私底下联系老葛他是知道的，只不过他从来不管，他觉得横刀夺爱的是他，对不起老葛的也是他。他不敢问，也不敢多想，他太爱夏丹了，爱到自惭形秽，爱到拥抱都不敢太用力，爱到病态一般可怕的卑微。

直到有一天，邱林一个土豪圈的朋友告诉他，在自己开的海边酒店里看见了夏丹和老葛。邱林飙着车开过来，拽着朋友的衣服领子问：“你看清楚了？”

朋友用手指指电脑里酒店走廊的监控录像，邱林呆呆地看着屏幕，过了一会儿，他哈哈大笑起来。

他把车开到了海边，穿着衣服在浅滩处迎着海浪站着，被海水一次次拍倒，再爬起来，再拍倒。晚上，他就在车里躺了一夜，没有人问他为什么没回家，也没有人在意他到底在哪儿。

他的父母不会问，他的妻子，也不会问。他是个“公子”，他总有地方过夜。

老葛和夏丹第二次去酒店的时候，邱林的朋友问邱林要不要抓个现行，邱林说：“你等我去吧。”

到了酒店以后，邱林让朋友在夏丹和老葛的隔壁开了一间房，随后又拿起床头的“特殊服务卡”叫了一个姑娘。等姑娘一到，他几乎不给姑娘报价的时间，胡乱地开始扒她的衣服，然后麻木地提着肢体开始办事，但是他硬不起来，也没有任何欲望，只是猛烈地撞击着姑娘的身体，发出一声声犹如鲤鱼挣扎摆尾，拍击鳞片一般虚弱的声音。然后他拿起手机打给夏丹，直到对方按了接听键，听见电话这头女人虚伪的呻吟和他恶狠狠的喘息。

当然夏丹不知道，当时的邱林就在她的隔壁，就在那面墙的背后，一米的距离。

因为邱林的“出轨”，法院把房子判给了夏丹，把那辆橙色的敞篷跑车判给了邱林。

办离婚证那天，他叫上几十辆狐朋狗友开车，在城市里游荡。他坐在敞篷车里拿着喇叭喊：“老子又恢复单身了！”我在他旁边嫌丢人，捂着脸说：“你别喊了。”他站在风中凛冽着对我说：“就这样喊才爽，这才是敞篷车存在的意义。”

晚上他包了一个酒吧，夜场里全是他的人，群魔乱舞。他踩在桌子上拽起两个在角落里厮混的陌生男女，比画着喊：“这边是我的前妻，这边是我的情敌，来，让我们成全这对狗男女。”人们一片欢呼，没人在乎他喊什么。我以为我听错了，想努力辨认他刚才说的。他喘着粗气，仿佛这样的话太伤元气，多一次也说不动了。

他开始浑噩地喝酒，吐出口水和泡沫，灯光辉映，脸上热泪纵横，但是没有人看到。他明白，在这场昏暗的激情戏里，无论他花多少钱哄大家开心，也不会有人觉得他是主角。他只是个为自己埋单的人，因为需要一些群演，所以大家标榜着庆祝的意义，各自满足着私欲。演员们目光交错，没有人会注意除了猎物以外的生物，而他，这个花花公子，就可以光明正大地站在桌子上，借着暗影幢幢，难过得泪眼蒙眬。

他的夜场是戏，他的爱情也是戏。

父母对邱林失望透顶，一致认为他先是毁了自己，然后又毁了婚姻，在亲戚朋友里丢尽了人，也懒得再多管他。邱林变成了一个真正意义上的花花公子，他送每一个女人礼物，却不需要任何回馈。他的时间最宝贵，宝贵到只有自己一个人可以去浪费。

他说他的特色就是特别色，他说他的特长就是特别长。他油头粉面地钻进扭动的人群里，随便抓起一个姑娘开始跳舞。他还是笑，一声声爽朗，一声声干涸，伴着艳丽的裙摆和口中的红酒，掺杂着欲望的眼神和污黑的白肉。

但他却又不是个合格的浪子，他演得太狠，也太不入戏。所有的亲昵和放荡都只浮于表面，认识他的人都知道那是做作的表演，但是没有人去拆穿，任由他夸张地去演绎，就好像看一个小丑在舞台上演戏。他流着泪说："刚才从架子上摔了下来，说疼大家不信，说不疼自己却在哭泣。”所有人都在笑，都觉得他是在演，就算有人觉得眼泪是真的，他们也坚信，过一段时间伤口就会痊愈的。他那么有钱，长得又不衰，他没有理由在一棵树上吊死，他完全可以自己种一片森林，然后开着直升机俯视着挑选。

我曾经问他：“你那么做，是因为恼羞成怒而报复她吗？”

邱林瞪大了眼睛重复我的话：“报复？哈哈哈……”

他招牌式地笑，但却不是苦笑，是真实的笑。直到后来我才明白，我问的的确可笑，你若真爱一个人，交付的感情是一份礼，也是一把刀，任由对方挥霍，也任由爱人宰割。但在一场完完全全单向交付的爱情里，邱林手中没有武器，他只是用给夏丹的那把刀，不断地刮伤自己。

老葛和夏丹用离婚得来的钱又结了婚，据说他们的婚礼很仓促、很忙、很乱，很少人祝福。

邱林知道他们结婚的消息以后，就去了美国，开始了一个人的异国生活。没有人觉得有什么不对，在别人看来，他并不是这场感情里的失败者，他不需要逃避。他只是扮演了一个“得到以后玩腻了”的负心角色，而他的任务，是把这出戏演得有声有色。

圣诞节的时候，许多朋友成群结队出去玩。邱林一个人留在加州的家里，看着邻居全家吃火鸡，他拿起电话打给地球另一边正在睡觉的母亲。

蒙眬中，邱妈接起电话。邱林想说圣诞快乐，却后知后觉地发现爸妈是不过洋节的，他只能象征性地问问爸妈身体还好吗。邱妈醒了醒嗓子说：“哟，我们家老大什么时候这么懂事了啊？缺钱了吧？”邱林在电话另一头继续哈哈大笑。

雪花落满空巷，街角一对情侣拥吻，人们庆祝节日，没有人真正了解过他。

现在的邱林，朋友圈一百年也不更新一次，偶尔发一条，也是只言片语。他好像最近找到了一份工作，还在申请去学校念书，经常往返于两个城市之间。

休假时，他一个人安静地开着车，绕着夏威夷的Kauai Island游荡，阳光和海风均匀地洒在身上，感觉异常舒服。他第一次找到了敞篷车存在的意义，并不像他原来以为的那样。

我去年生日那天和一群朋友去玩密室逃脱，我们在一个屋子里不断搜索着信息，过关就可以进入下一个房间。房与房之间隔着一米的距离，每个房间内有一个密码箱，里面藏着的也许是提示，也许是钥匙，总之是通到下一关的秘密。我们呆坐在箱子前想方设法打开它，却不知箱子有时也只是诱惑，其实过关的奥秘藏于墙面地图的字里行间，所以箱子里装着的是希望，又是羁绊。或许我们早就不该纠结于向眼前的执念要一份答案，长路漫漫，机缘寥寥，我们并不需要向任何人交代或者解释，每个人的爱情各自知晓，他人永远也理解不了。

在耗尽时间被老板带出去的时候，我忽然就想到了邱林。在爱情这个迷宫里，我们都被困在了这一米的狭隘中，迫切地想打开密码箱寻找出去的种种可能。而面前的到底是宝箱，还是潘多拉之盒，我们似乎并不在意，只是急着想打开它看看，看看到最后的人是不是你、是不是我，看看曾经的那些付出，是否辜负了自己的执着。

后来，邱林找了个美国女朋友，是他在路上搭车认识的，女孩居然是个律师，非常美貌。他说，美国人其实没那么开放，只不过他们看待性的观点和我们不一样，看待钱的想法也和我们不一样。我忽然想起他问过我，爱情除了性和钱，到底有没有其他的可以谈。我当时不知道怎么回答他，现在也还是不知道，因为答案从未统一过，我们都会因为各自不同的人生经历而找到各自认为正确的答案。

现在的邱林似乎早就不再纠结于向对方要一份答案，向爱情要一个结果了。也许他用对背叛的祝福和出轨的放逐装满华丽的锦盒，换回了夏丹手中的那把刀，又或者他什么都没有拿回来，只是将所有的牵挂全部交还回去，从此恩断义绝两不相欠。在各自远离以后，悄悄地让时间腐蚀刀锋，让忙碌忘记疼痛，让成全与退出，成为他为爱情所准备的，最后的礼物。

我记得他送过她很多礼物，但是我再也没有见过那年邱林骑在橙色自行车上开心的样子。他激动地对我说，他终于找到了礼物的意义。

你听，有人敲暖气

她说自己老了，不中用了，连针鼻儿都看不清了，得让他帮忙穿针，他倒也高兴，一边穿针一边逗她笑说："我还是有点用的，是吧？"

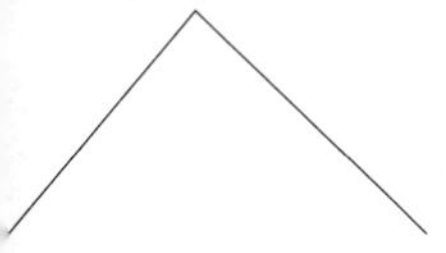

他出身书香门第，是新中国成立后村里的第一个大学生，全村人看着他戴着大红花，坐在马上沿着村边的土道游街。走到祖宗家祠堂的门口，他下来祭拜，里外围的都是人，一时间，他成了村里的红人。

她是由生父母过继给舅舅养的女娃，因为家里孩子太多，粮票不够，父母就狠心把她送了出去。她从小在舅舅家做活，割麦收粮，缝缝补补，逆来顺受，平时在舅舅的裁缝铺帮忙打杂，送货跑腿。

年少的时候，她去给他送衣服，野狗追她，吓得她不停地跑，一路跌跌撞撞。狗咬坏了篮子，也咬坏了里面的衣服，她坐在路边哭，不敢回家，更不敢去他家，细细摸摸这料子，她做活多久也赔不起。

他忽然拿起篮子和她说："没事，我骗我爹说挂坏的就成，你哭个啥劲。"

她还是哭，不停地哭。他没有办法，哄着她说："那我回家拿针线，你帮我补上吧。"

她穿针引线的样子十分熟练，樱桃小口将线头抿起一个小尖儿，一箭穿心般穿过有些黑锈的针鼻儿，将线捋直，打个结，开始静悄悄地缝衣服，一针一针，穿来穿去。一件布衫在她手上翻来覆去，像风中翻滚的白云，缝好后，她系上一个严谨却又有些调皮的扣。她温柔地咬断麻线，嘣的一小声，震醒了在一旁看呆了的他。整个过程他一直不敢眨眼，生怕错过某个镜头，成为晚上失眠的遗憾。

那一年，他喜欢她，喜欢得朝思暮想，喜欢得魂牵梦绕。他有时候故意把衣服蹭出几个口子，再风风火火跑到裁缝铺去，看着她缝。后来，他们就成了朋友。

他们俩最喜欢干的事，是戏班子来村头的时候两人坐在草垛子上听曲儿。他们都不是戏迷，也都听不懂，但就是喜欢这样待着。大家叫好，他们也跟着叫好，喊完还对着傻乐，根本不知道是因为什么笑，总是看着对方就莫名其妙地笑。

他十八岁那年，家里找媒人帮着说一桩亲事，他不依，说想要读书，不想太早结婚。家里人劝他，结完婚再读书也不耽误，他脑袋一转，说要结婚可以，但是必须和她结。

父亲从太师椅上跳了起来，气得直跺脚，门不当户不对，这门亲事可是要招外人笑话的，祖宗在上，婚姻大事父母做主，不能全由着他的性子来。

他第一次和父亲顶撞，蛮横地说父亲旧思想，除了她自己谁都不会娶。说完，他起身就出了门，头也不回地在土道上跑，避开鹅群、农田和归家的老人，直到裁缝铺门口。他看见她在门口晒衣服，掀起白白的床单，他才望见她脸上还带着辛苦过的汗水，润着吹弹可破的皮肤，透着一股清新的甜。

那一刻，他心情一下子又变好了，仿佛从未与人争吵过。

母亲按住了父亲的脾气，说年轻人一时冲劲儿，过一段日子，兴许他就没那么喜欢了。直到他考上了大学，家里人旧事重提，让他办了婚事，再去省城念书，他还是没改口，除了她，谁都不娶。

父亲气得摔断了手中的烟杆，剩下的半截朝他丢去，到处寻着物件作为武器。他一动不动，站在原地拧着劲让父亲打，倔强地展示着自己的决心。母亲呼天喊地地拦着，家里乱成了一锅粥。

晚上，年轻的他做了一个决定，要带她去城里念书。他去找她，跪在地上发誓对她好，她不知道怎么办，着急地一直坐在地上哭，就好像他们第一次见面时那样。

第二天凌晨，他收拾了一些细软，偷了账房的一些钱，在村口等着她。时间一分一秒过去，她还是不来。他急得跺脚，满头大汗，他哪里知道，她早就来了，躲在树后面，一直纠结着自己的决定。可后来她还是出来了，慢慢地，慢慢地靠向他，离开家。

那是村里轰动一时的私奔，状元郎带着裁缝铺的养女连夜去了省城，一时间成了乡里坝村茶余饭后的谈资。后来，他父亲因此大病了一场，康复以后每天都去女孩的舅舅家道歉、赔礼。

他读大学的那几年，靠着母亲救济，课下给学生伴读赚钱，勉强支撑了下来。还有半年就要毕业的时候，他们简单地办了婚礼，只是换了一副新的碗筷，做衣服的布匹也是母亲偷偷从乡下叫人用扁担挑来的。一些同学和老师帮忙，剪了些喜字贴在窗纸上，这婚礼，才像一点婚礼。

毕了业，他留在学校教书，她也在家里接了一些缝补的杂活，他们的日子逐渐转好。那个年代钱还是钱，糖块儿一分钱两个，冰棍五分钱一根，粮票是宝贝，发了肉票买不起也只能撕掉。难是难，但是两个人没抱怨过，赶上逢年过节，他就跟着学校的车，去河边捞鱼，改善改善伙食。有了女儿以后，她自己租了个铺子，全家人挤在铺子里，白天他上班，她背着孩子干活。总之，日子一步一步熬过来了。

“文化大革命”的时候，他父亲因为成分不好，被拉出去批斗，因为岁数太大，没熬过去，去世后直接葬在了乡下，家产充公，母亲搬到城里和他们一起生活。她挺着大肚子拽着女儿和他说：“换个大点的地方吧，婆婆这辈子没吃过苦。”他没说话，房子虽然没有换，但是她的话他一直牢牢记着。

后来有一次，他拿到了不少学术奖金。那一天，他特意早下班，回家的路上盘算着该怎么花。骑车路过街道口的时候，他看见母亲在市场口摆摊，卖一些自己腌制的酱菜，脸上全是疲态。他有些心软，忽然想起刚有女儿的那几年揭不开锅，母亲为了帮衬他们变卖了自己的首饰。于是，他狠了狠心，跑到城里的金店，给母亲砸了一对金耳环。

他看着母亲掩不住喜气地戴上，心里有些高兴，又有些担心。夜晚躺在床上，他觉得内疚，什么都没有给妻子买，变着法地问妻子是否生气。她微微一笑说："就当是以往欠婆婆的，现在还上了。再说，老人百年之后，这耳环还不是得留给我。"

他着实惊讶了一下，此时的她不再仅仅是自己平凡的妻子，而是一个真正有大智慧的女人。

他从老师，到讲师，到导师，学生越来越多，资历越来越老。她从杂工，到裁缝，到干洗店老板，身份不停变换，钱越攒越多。而偏偏两个人又都是物欲寡淡的人，没什么地方花钱，也没什么欲望去挥霍。有一次，学校组织去美国参观学习，他想带上她，又怕组织上不允许。那个年代公家的就是公家的，不由得有一点私心。

她说不去，嫌折腾。后来他也没去，说这辈子就没分开过那么长时间，她不去，他也不去。大女儿在一旁喊："我要去，我要去！"小儿子在旁边埋头吃饼干，一点也不关心去不去的问题。

有朋友劝过他拿一些积蓄出来做生意，他说他就是教书匠，就是喜欢做学问。有朋友劝她学着享受生活，和大家跳跳舞、按按摩、打打麻将，她说她就是个家庭妇女，就喜欢看看电视、做做饭。他们没有说过要追求多大的幸福，他们只想不打扰别人，也不被别人打扰，就过自己的日子，过像多数人一样颠簸又平淡的乏味人生。

晚年，他们把自己的钱一分为二，一半给了大女儿去美国留学，圆了她从小的美国梦，一部分留给小儿子结婚。老两口为了不讨人嫌，想回老家去住，算是落叶归根。

就在要回还没回的节骨眼上，他突发脑出血，整个人瘫了下去，颤颤巍巍走路，最严重的时候根本下不了床。虽然他双手还算灵巧，但也基本失去了自理能力，只能留在城里，每天让她照顾吃喝拉撒，给他洗漱更衣。

她每天坐在床边陪他说八卦，不知道从什么时候起她的话变得那么多，说都说不完，外面听来一点风吹草动，都要在他面前唠叨个没完。她从来不看书，却办了一张图书卡，每天从图书馆抱一摞书回家，图书馆工作人员问她："阿姨您拿得动吗？"她一摆手，提着小跑就走了。

上了年纪，她有些耳背。有一次，她在厨房做饭，他在卧室里喊疼，喊了很长时间她都没听见，后来回到卧室看见他满头大汗的样子，心疼得不行。她把药放在床头还不放心，不知道从哪儿掏来一根木棍，放在他手边叮嘱他，要是她在厨房做饭时没听见他说话，就拿着木棍敲敲暖气，她就知道，是他在叫她。

他拿着木棍，象征性敲了敲暖气，说："帮我倒杯茶。"

"你个老鬼。"她带着微笑转身去倒水。

有时候，她还是坐在床边缝衣服，他还是喜欢看她缝。她说自己老了，不中用了，连针鼻儿都看不清了，得让他帮忙穿针，他倒也高兴，一边穿针一边逗她笑说："我还是有点用的，是吧？"

有一天，小儿子观察父亲帮母亲穿针，煞有兴趣。等母亲起身出门的时候，他问父亲："您说这屋里让我妈打扫得一尘不染，连地上有一根头发丝儿她都能看见，这针鼻儿她怎么就看不清呢？"

小儿子随便说的一句话，却让他忽然间明白了什么。晚上他听着她的鼾声，忍不住心酸，老泪纵横起来。她醒来给他擦脸，问他："做噩梦了，是不是？"

没过几年，积劳成疾的她也病倒了，神经系统疾病，不太好治。在美国的大女儿想把母亲接过去治疗，不想让父亲的遗憾再重演。她不去，谁劝都不去，就要留在家里，全家人头一次见她这么顽固、这么蛮横。

有一天晚上，他一边给她穿针一边说："你去吧，早去早回，你要是病倒了，谁照顾我啊？"

这一句砸在了她的心眼上，她给他做了几件新衣服，对小儿子千叮万嘱，依依不舍地随着女儿去了美国。

他和她大半辈子都没有分开过，哪知道这一分，却是永远的阴阳两隔。他走得急，连一件她做的新衣都没来得及穿，一个再平常不过的清晨，他呼吸停止，撒手人寰。

姐弟俩商量好瞒着母亲，让她好好接受治疗，弟弟一个人偷偷给父亲办了葬礼。每次她打电话过来找他，弟弟要么说睡觉，要么说信号不好。她越是听不到他的声音，就越着急，纸是包不住火的，她还是知道了他先她一步去了。

开始的时候，大女儿见她平静得不行，着实吓坏了，询问了许多心理医生，也小心翼翼地观察母亲的行为。她开始还经常流泪，后悔没有送他最后一程，后悔来美国。时间推着人走，慢慢地，她也就接受了，但是精神状态很差，经常一个人望着一个方向呆坐很久，不动，也不出声。

忽然有一天她不见了，大女儿在楼上楼下找了一圈也不见她的踪影，花园的长椅上也空空荡荡。她发动了自己的邻居和朋友，沿着家附近的马路，一个街区一个街区地找，最终邻居在公园门口，“抓住”了还在四处游荡的母亲，她说她要找图书馆，要找图书馆。

大女儿带她去看医生，初步诊断是阿尔茨海默病。她的记忆力一天不如一天，甚至有时候连大女儿都不认识。后来，她又不止一次地走丢过，又都奇迹般地回来了。她经常跑到厨房要做饭，做到一半又跑回卧室，摔坏了不少东西，经常划伤自己。一家人被她弄得筋疲力尽。

一个夏季的午夜，大女儿的邻居在开party，年轻人占领门院，烧烤，唱歌，喝酒。有人投诉，他们以打击乐的形式抗议，表示不打算解散。

大女儿听见外面的喧闹想起床看个究竟，却在客厅里看见她穿着睡衣站在窗前来回踱步。

大女儿站在楼梯上带有一些责怪的口气问她：“这么晚为什么还不睡觉？在这儿干吗？”

她压低了声音，将食指放在唇边，做了一个嘘的动作说：“你听。”

大女儿并没有心思陪她做游戏，一脸迷惑地问她：“有什么可听的？”

她脸上挂满了焦虑和兴奋地说：“你听啊，有人敲暖气，你听见了吗？”

大女儿被她问得云里雾里：“这里怎么可能会有人敲暖器，你……”

话到嘴边，大女儿又咽了回去，她忽然意识到母亲行为的原因，恍惚间她把着楼梯扶手往下走，一步步靠近母亲。

她根本顾不上看女儿，四处张望，在屋里移动着寻找声音的来源，两只手握在一起，在胸前不安地颤抖着，脸上带着掩不住的喜悦和紧张。

大女儿走到一半忽然停了下来，又一步步往后退，最后坐在楼梯上看着母亲在客厅徘徊。大女儿这才意识到对于母亲来说，再也没有比这更珍贵的时刻了，那就让她在这些嘈杂的幸福里，能多待一会儿，就多待一会儿吧。

夜晚的城市里，远处有人时而敲打，声音渐行渐远。她在午夜耀眼的星光下，急得快要哭出了声。

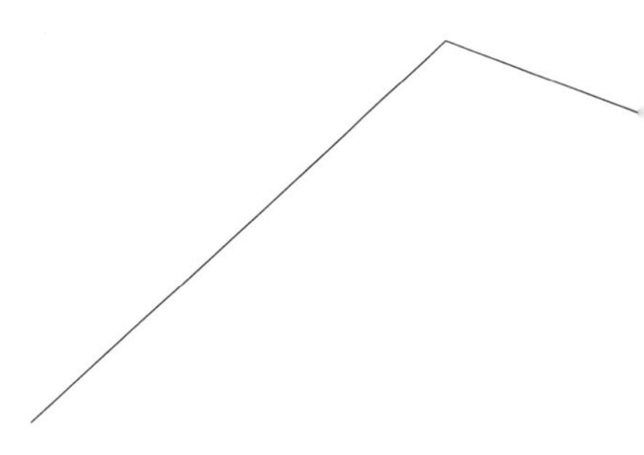

触不到的恋人

谢谢时差，谢谢距离，谢谢昼夜的陪伴，也谢谢关键时刻的孤单。她不再惧怕月亮盈亏的流逝和努力之后不尽如人意的遗憾，她学会了好好经营生意，好好经营自己……

涨潮，退潮。热恋时就像涨潮，疲惫期就像退潮。

可爱的是沉默，那种什么都不用说，即使安安静静坐在你旁边，也很踏实的沉默。

可怕的也是沉默，两个人都懒得再与对方说话，连架都舍不得力气吵，有人拼命地找了话题，不出半分钟又会迅速冷场下去。

秦大可和宁泉都明白，他们还是爱着对方的，有多爱不敢确定，但一定是爱着的。

他们也惧怕冷场，惧怕失去对方，开始想方设法地缓解着对方的疲惫。

开始时，两个人会一起做饭、一起吃饭。宁泉是福建妹子，自小吃鱼长大，以前经常是两个人一起吃一条鲈鱼，吃完一面，齐心合力将鱼翻过一面，再继续吃，有说有笑、有打有闹。而现在饭桌前的他们只有黑夜一样的沉寂，有时筷子碰到一起居然还有些尴尬，再也没了以前的那种默契。

宁泉是西点师，一人在家自主经营贩卖，每天早早起床，准备一天的食材。电商、微商一起做，生意火爆，想要吃她做的马卡龙或曲奇饼，要提前几天才能预定到。所以，他们家里总是弥漫着一股奶香和烤熟的面包味道。每次朋友们去他们家聚餐的时候，除了美味的西式糕点，大可和宁泉还会合力为我们做上一条鱼，有时清蒸，有时红烧，好吃到不行，也非常适合下酒。我本身是不喜欢喝酒的，但是每次我们去他家聚餐都是竖着进去、横着出来。朋友们你扶着我、我扶着墙，大可和宁泉在门口看着我们笑。

但奇怪的是，如果他们当中有一人没有参与做鱼的过程，即使食材调料以及火候全都一样，味道也会大打折扣。为此，朋友们还做了一次实验，宁泉单独做，味道太一般，大可自己做，简直不能吃。

我们看到厨房抽油烟机上贴了许多小便签，写满了拿捏调料的细节，暗自感叹或许这就是传说中的天生一对吧。有时候也劝他们两口子应该开一个餐馆，中西合并的那种，一准能火。

每次一聊到这儿，宁泉总是说："等钱攒够了，就开一家咖啡馆，卖研磨的咖啡，还有好吃的蛋糕，到时候大可就坐在前台里收钱，你们来蹭饭通通免费。"

这是宁泉的愿望，她曾一直心心念念有一家自己的小店，卖自己做的糕点，再研制一种新式咖啡，以爱人的名字命名。关于这家店，她曾有太多心思，也有无数种幻想。可是最近宁泉忽然发现，对于开店这件事，她已经失去了热情。不知道是不是受爱情的影响，她似乎已开始厌倦奶油、杏仁粉和可可粉，也厌倦了打蛋器、烤箱和食物处理机。对于她的工作，宁泉第一次感到如此厌倦。

突然有一天，有人在微信上投诉宁泉，说在她的慕斯蛋糕里吃到了不明的颗粒物体，还有人投诉她这次做的马卡龙超级腻。一时间，批评铺天盖地，连以前的老客户也间接向她表达不满。她打开一包还没有寄出的西点，自己坐在门口尝了起来，她一边吃一边努力下咽。随后，她退掉了所有的订单，也听了不少难听的话，不敢看朋友圈，更不敢看留言。

直到大可下班回到家，看见一屋子西点没有按时送出，想问又不敢问，拿起门口打开的一盒尝了一块，坐在宁泉身边说："或许你只是太累了。"

休息了将近一个月，宁泉想要再振作，可是不知道怎么开始，在朋友圈里发了预定信息，没有人回应，自己尝试做一些新口味，居然还有人来挖苦。原来互联网时代变脸也可以如此之快，好像批评能帮助他们释放压力一样，仿佛墙倒众人推一般的诟病，让每个人都变得趾高气扬。

一周过去了，只有两单生意，宁泉苦笑着对大可说："你教教我西班牙语吧，我给你当个翻译助理什么的。"

大可看着她，目光一动不动，没有拒绝，也没有附和，只是细细品着话中的难过。

又是一次沉默的晚餐。大可辛苦了一天，她贤惠地整理着饭桌，打算先去洗碗，大可一把拉住宁泉，把她拽到自己的腿上。

宁泉被大可突然的“热情”惊了一下，又迅速调整状态适应着他，有些欣喜，又带一些惊讶。

两个人安静了一会儿，大可突然说：“我们开家店吧，不用太大，让他们亲自来尝，不用在网上指指点点。”

宁泉有些感动，但还是理智地说：“我们钱不够。”

大可：“钱你不用担心，我会想办法。”

宁泉听着有些心软，逗着爱人说：“抢银行？还是被富婆包养？”

“公司要派人去阿根廷出差十四个月，薪水翻倍，我争取到了，我想去。”

宁泉该是非常生气的，她也的确有一些恼怒，在心里怪大可为什么不和自己商量，就一个人做了决定。

她话还没说出口，大可就接着说：“到了那儿，我会和他们先预支薪水打给你，你好好开店，等我回来。”

到了嘴边的气话被一口噎了回来，宁泉不知道说什么，两只手将大可的圆脸揉成一个团，带着愤怒，也带着怜爱，反复蹂躏着。

大可出国的前一天晚上，他们在菜市场里挑中了一条活蹦乱跳的鲫鱼。或许是离别的缘故吧，那天他们再一次找到了当初的默契，大可就像热恋时那样，将每一块鱼肉中的刺，小心翼翼地挑出来，再放进宁泉的碗里。两个人把完整的一条鱼，吃得只剩下化石一般干净的鱼骨。

饭后他们蜷缩在一起，大可说："以后吃鱼的时候，在手边放一杯水。"

"放水干吗？"宁泉调高了声音问，大可没回答，她也没追着问。

第二天他们在安检口分别，宁泉好像有些后悔，她拽着大可的袖口说："要不，咱们不去了？"

大可一下就笑了，他揉着宁泉披肩的秀发，在耳边轻声呢喃道："等我。"

这个机场每天都在上演一转身一辈子的戏码。午夜，宁泉在离开机场的路上盯着头顶的飞机，后知后觉地开始为别离哭泣。

她收到大可的第一笔款是三个月以后。因为信号不好，她在视频里看着大可卡带一般说："我，打，款，给，你，了。收，到，了，吗？"

在大可那一头，宁泉也是一个动作接着一个动作地卡着。宁泉用手一遍遍摸着屏幕上大可的脸，没有温度，冷冰冰的触感。等宁泉收回手以后，因为摄像头焦距较短，所以大可没有发现这个细节，他只听到宁泉用带着哭腔的声音一遍遍回答说："收到了，我收到了。"

春天时，她收到了大可的第二笔钱，加上第一次的和以前的存款，他们够钱开店了。她找了合适的店面盘了下来，朋友们按照专长开始分工帮忙，有人负责室内设计，有人负责跟装修材料，我帮着挑选桌椅和摆件，小咖啡馆渐渐有了模样。

开张那天，好友们坐在桌子前一起和大可视频。我们这边是下午五点，而大可那一边却是早上六点。我们在黄昏里庆祝，他却在早晨赶着上班。宁泉拿着手机在店里走，让大可看看这儿、看看那儿，有服务员调皮，对着宁泉的手机说："老板好。"

手机那头的大可笑得格外开心，连坐在店内一角的我，都听见了咯咯声。

店里的咖啡师麦姐，是大可同学的姐姐，今年三十多了，一个人靠着手艺，走了许多地方，在许多城市生活过。有时候一个人坐在店门口抽烟，看路上的行人，总给我们一种看破红尘的感觉。

有一次，店里的客人聊天特别大声，一个男孩和身边的朋友说："一杯咖啡几十块哎，你们说为什么要这么贵啊？几十块买书可以看好久呢。"

麦姐在柜台里一边给咖啡拉花一边说："因为你买的不仅仅是一杯咖啡，它还是我的记忆、我的过去、我的感受，有可能是我喝过的一种味道，也有可能是我自己创造出来的情绪。总之，你买的是我人生的一部分啊，那你说它为什么不能值几十块呢？"

男孩瞪大了眼睛看着吧台里的女人，低下头细细地品了一口咖啡，有些苦，又有些涩，但是真的蛮好喝。店里的人都把目光投向麦姐，宁泉隔着人群看见一个阅遍红尘的文艺女人形象，跃然于吧台之上。

"它是我人生的一部分啊。"这句话一直萦绕在宁泉的耳边，她细细品味着麦姐的话。

晚上，她和大可视频，一边是晚上八点，一边是早上七点。宁泉看着桌上自己刚做好的鱼，不停地揉搓着双手，然后小心翼翼地夹起一块，在摄像头前不停地显摆说：“吃不到，馋你。”

大可看着她笑，露出一排白牙，说：“我不馋，这边也经常吃鱼。”

宁泉把鱼放进嘴里，得意地说：“那你也吃不到我做的这种味道。”

嚼了几口以后，她放慢了咀嚼的速度，慢慢收起笑容，呆呆地看着大可。大可也看出来宁泉有些不对劲，他试探着问宁泉：“怎么了？”

“味道不对。”宁泉说，表情显得格外失望。

她忽然想起麦姐的话，或许那道红烧鱼的味道，该是他们共同人生的一部分，凭她自己，又怎么能复刻出一模一样的味道呢？她有些不甘心，又夹起一块放在嘴里，还是不对。她又吃了一口，有些气急败坏，不小心被鱼刺卡到了喉咙，一阵猛咳，急忙拿起手边的水一饮而下。

她咳得一张脸涨得通红，视频那头的大可一字一卡地说：“你慢点吃，再去接点水备着。”

炫耀没有得逞，宁泉有些难为情，任性地责怪大可说：“你是不是在那头咒我卡住来着？”

大可说：“我要是咒你，临走的时候干吗还嘱咐你在手边预备水啊？”

宁泉嫌弃道："少骗人，你告诉我预备水就是怕我卡到？"

大可安静了一会儿，想说又忍住，宁泉用挑衅的目光钩住了他。大可一字一句如实说："因为我不在你身边啊，鱼刺你又挑不出来……"

宁泉起身说去上厕所，站在浴室镜子前止不住落泪。她试图仰起头让眼泪退回去，泪水却滑过鬓角，浸入头发。她伸手去擦，又想起大可在耳边呢喃的那一句"等我"。此时的他们隔着千山万水，似乎也近在咫尺，一个房间里，一块屏幕前，上演着交加的悲喜。

开始时，他们视频的话题总是各种各样，宁泉问大可："南美的妹子身材火辣吗？够开放吗？"

大可说："你放心，这儿的姑娘我吃不消的。同事前几天泡了一个智利妞，晚上两个人缠绵，我同事已经结束了，人家姑娘却问他可以开始了吗？"宁泉逗得捂着嘴一直笑。

有一段时间，咖啡馆没什么客人，入不敷出，屏幕前宁泉总是唉声叹气，大可安慰她说："做生意一开始都是这样，慢慢运转开了就好了，别着急，有赔就有赚。"

但是咖啡馆并没有好转起来，一开始创业的新鲜劲儿，很快就过去了。每天朝九晚五的两个人视频次数也越来越少，即使视频也没有什么话题。他们的状态，又回归到了那该死的沉默。那种两个人累得都舍不得力气再去聊任何话题的沉默。

一天晚上打烊的时候，麦姐习惯性坐在门口吸烟，宁泉走过去要了一根，也象征性地吸了起来。她佯装熟练，偶尔带一些生涩地干咳。

麦姐问她："大可什么时候回来？"宁泉算了算日子说："还有半年多吧，远着呢。"

"真好。"麦姐猛吸了一口烟，做了一个陶醉的表情。

宁泉试探性地问麦姐："哪儿好啊？隔这么远，还得等那么久。"

麦姐吐了一个烟圈，缓缓开口说："以前想想啊，觉得要面对一个人几十年，真是太可怕了。可是一转眼过去的三十年，如钻石般闪耀珍贵的三十年，就这么不慌不忙地甩甩手走了。再想想，原来时间都是无声无息的，悄然地来，蹑手蹑脚地走。和一个人过几十年，说长也长、说短也短，是长是短，就要看和你一起过的这个人了。"

宁泉想了想，是啊，半年说长也长、说短也短。长是因为没有一对爱人天生就有分隔两地的准备，思念每时每刻折磨着他们，回忆不声不响，把时间和疼痛拉长；短是因为她还没有做好准备，没有把这家咖啡馆弄得风生水起、有模有样。她怕大可回来发现自己辛辛苦苦在国外打拼，换来的居然是一个烂摊子，自己实在是没有勇气面对爱人的付出和失望。那种盼望却又惧怕的纠结情绪一直煎熬着宁泉。

有一天凌晨，宁泉点开视频，大可刚刚吃完午饭。她如实汇报了咖啡馆的近况，持续赔钱的状况还是没有改变。大可说自己这边太忙，让她找找朋友商量商量，看看大家有什么办法。

宁泉关掉视频，她不知道怎么去和大可解释自己的疲惫和压力，许多话到嘴边想要说，居然没了力气，而最想听到的那一句嘘寒问暖，却因为隔着的十几个小时时差显得格外奢侈，好像这一句问候就算漂洋过海到了耳边，也还是会失效。

一个月以后，大可和宁泉说，公司又有了新生意，因为待遇丰厚，他又续签了几个月，这些钱会缓解咖啡馆的资金周转。

宁泉明白这是相隔万里重洋的大可唯一能帮得上忙的地方，她竟有些激动，对着电脑欲言又止。她想说她不要钱，只想他快点回来。她还想说，守着这家店，就像守着他一样。这家倾注了他们所有心血的咖啡馆，她捧在手里总会不明所以地颤抖。她太害怕了，太怕搞砸这一切了，有时她甚至是希望在阿根廷打工的是她，而不是大可。

宁泉把他们的事情和麦姐诉一遍苦。麦姐一边手把手地教宁泉拉花，一边说："爱一个人不就是这样吗？我们都是热锅上的蚂蚁，急得团团转，命悬一线乐此不疲，却还是喜欢为对方着急。你看，他那么累，隔着那么远，话都说不上几句，却还是惦记你。"

宁泉手一抖，却拉出了一个特别好看的图案，竟展示出了有望超过麦姐的天赋。

在收到大可的第四笔款以后，咖啡馆附近搬来了一家外企，馆子的生意居然奇迹般地好了起来。店里经常一半是中国人，一半是老外，还经常会有人打电话来订西点或是咖啡。店里也加了人手，每天都很忙。宁泉还研制了一种新口味的咖啡，名字就叫大可，虽然没有什么人点，但是店里的人都觉得“大可”的味道很不错。

第二年情人节的晚上，咖啡馆里没什么人，他们很早就打了烊。她一个人正沿着路边走，忽然大可打来电话，从他说第一句节日快乐开始，宁泉就哭了。她一路踩着人们的欢声笑语，穿梭在玫瑰和烟火之间，哭得毫不掩饰，哭得像个迷了路的小孩。妆哭花了，她用手擦，嗓子哑了，发不出声，还急着不停地说话。

“我去布宜诺斯艾利斯找你吧。大可，我去找你吧。”她带着像是要逃离一般的语气，不断地询问着。

大可说：“可是我现在在罗萨里奥啊。”

宁泉忽然意识到他们已经将近一周没有视频了。她翻看微信的聊天记录，也只是虚妄的几句琐碎问候，像是一种麻木的、必须执行的、习惯性寒暄。

那个绵长节日的夜晚，她不知道喝了多少酒，啤酒、红酒、桂花酒，她还在卫生间里吐了很久。第二天醒来时已经是十点多了，她没来得及打扮自己，简单洗漱后，就去了咖啡馆。

还是和往常一样，即使心里仍然非常难过，也不能被外界打乱自己的生活秩序，或许这就是成长的魅力吧。它总能在许多个不经意的瞬间，让你发现新的自己。

大可，我的大可，你有没有这种感受？如果你有，一定要告诉我，告诉我你变成了什么样，好不好，大可？清晨的阳光洒在宁泉身上，她忽然变得特别勇敢，一点也不像那个节日里哭了一路的落魄女人。

麦姐辞职的那一晚，宁泉又喝了很多酒，两个女人坐在空荡荡的咖啡馆里酒气熏天地声讨着异性。麦姐偷偷告诉宁泉，她曾爱过一个男人很多年，那人儒雅得像是书里的角色，声线性感，谈吐从容，但就在他们要结婚的前几天，男人却逃了婚。麦姐不堪受辱，便一个人离开了家，开始了漂泊的生活，这一漂就是五六年。她之前没打算来这里，是大可托他弟弟说了不少好话，她得知大可为了能实现宁泉的心愿所做的一切，第一次有些触动，就接下了这笔“大单”，答应为宁泉打工，暂定一年半为限。

而最让宁泉记忆犹新的是麦姐和她说：“这一趟异国之旅没有人知道结果会如何。他也不知道你们会不会因为这次分隔而分手，你也不知道这家咖啡馆能否让你们的感情变得更牢靠。但是大可教会我一个道理，那就是你不能在拥有爱情时惧怕失去爱情，更不能像我一样，在失去爱情以后憎恨爱情。”

晚上，宁泉和麦姐在咖啡馆二楼的开间铺了一张床，两个人裹了许多衣服，挤在一起开始睡觉。宁泉想对麦姐说谢谢，如果不是麦姐，可能现在生意不会这么好，她也不可能学到那么好的咖啡手艺。她刚想开口，麦姐抢着说：“我的任务完成了，现在要换回那个人了。”说完就睡了过去，宁泉给她盖好衣服，没有多想。

她掏出手机点开大可的微信按住语音键，半天说不出话来，最后挤出一句：“谢谢爱人，谢谢勇敢。”

谢谢时差，谢谢距离，谢谢昼夜的陪伴，也谢谢关键时刻的孤单。她不再惧怕月亮盈亏时光的流逝和努力之后不尽如人意的遗憾，她学会了好好经营生意、好好经营自己。她终于明白那些不安和恐惧都是源于自己的弱小和故作愤怒的情绪。她把对一个人的感情全部倾注于双手，认真对待每一样食物，做的东西越来越美味。她变得更加淡定，学会了安静地等待一个人，理智地选择方向和脚下的路，温柔地与生活相处。

夏天刚刚到来的一天早上，咖啡馆里没有人，一个脏兮兮的男人坐在窗边的座位上昏昏欲睡，样子像是跑路的逃犯。宁泉刚走进咖啡馆，服务员就慌慌张张地跑过来和她说："老板娘，那人一大早就坐在那儿，好像来找茬儿的。问他要什么，他说要一条红烧鲫鱼。我说我们这儿只有西点，他还是坚持点鱼。"

宁泉转身仔细打量着这个胡子拉碴、头发蓬松的脏男人。他斜靠在座椅上昏睡得特别香，似婴儿一般，放松得不像话。宁泉几乎快认不出来这个人了，他瘦了，龌龊了，也沧桑了，但无论如何，他还是回来了。

就好像一年多以前，他们之间的问题还不是距离的问题，她也不曾有过破釜沉舟去实现愿望的勇气。而在失望过后、误解之后，在她终于理解了他以后，他还是回来了，不由分说地回来了。

有人出去买鱼，一大早服务员们居然轻手轻脚地开始打烊。宁泉坐在他对面，他的鼾声像一只小猫，呼噜，呼噜。她像看着一个秘密一样小心翼翼地端详了他很久，阳光从这头照到那头，他的口水从嘴角顺到衣襟。

朋友们接到消息后陆陆续续来到了咖啡馆。每个人风风火火进门，看见大可和宁泉以后却小心翼翼挪动着双脚。一群人坐在离他们不远的地方安安静静地看着他们，谁的手机响了，所有人一起做出嘘的手势。

咖啡的香味肆意起来，路上行人匆匆，此时的大可还在做梦。我猜他一定是梦到了什么好吃的东西，不然口水为什么那么长，不然为什么睡那么久还不愿醒来。或许他只是太累了，或许他们俩都很累了。阳光描出宁泉侧脸的曲线，有疲惫后的放松，有挺过煎熬的感动。她伸出手，摸了摸他的衣襟，是真实的，不再是一块冰冷的屏幕，不再是隔着太平洋、大西洋，不再隔着十一个小时的时差，是真实的，他们都不再会是一个人上班、做饭、吃晚餐，或者打烊。

大家泪眼蒙眬地看着他们，谁都不打算说话，想要把感动托得长久一点。每个人都储足了眼泪做好准备，陪着宁泉，等那个沉睡的世界一起醒来。

Letter Time：我自己的倒影

墨闻：

见字如面。

现在是午夜零点，今年的生日刚刚到来，而你却坐在登机口旁的长椅上，等待晚点的航班。我忽然想起你上一次过生日的时候，是和一大群朋友坐在夜空下看烟火，天空五颜六色的烟花一朵一朵。人们跟着欢呼，张开嘴随着烟火的形状开合，你在所有人都不知晓的情况下偷偷许了愿。

而当时许下的愿望，今年都已实现。真好，替你高兴。

你变老了，脸上容易浮现出疲态，眼睛变得更小了，更会说话了，再也不知道紧张是何物了。记得你小时候说话有一些结巴，常常被人嘲笑，你第一次去幼儿园时，老师要你在讲台上介绍自己。

老师问："你叫什么？"

小小年纪的你，第一次为这样简单平常的问题而头疼，居然陷入了深深的思考。

"她是问我大名，还是问我小名呢？我到底该先说哪个？"

老师又问了一遍："你叫什么呀？向大家介绍一下自己嘛。"

被老师这么一催促，你心直口快把父母给你起的乳名告诉了大家。

“我叫四郎。”

从那以后大家都以为你是日本小孩，还有口齿不清的小孩唤你“色狼”。

就这样，你在这个单纯呆萌的环境里，被叫了两年多的“色狼”。

记得你在北京工作时，与一位外国同事一起坐地铁。在站里等车时，你的外国同事大声朗读站内电视屏幕上的中文，发声僵硬，且并不流利。当时，周围的许多人都在笑，笑他的发音，笑他的笨拙，可是他并不介意，毫不在乎其他人的眼光，一直执拗地练习。

忽然，你特别感动，你好像从他身上看见了什么，自己又说不上来。只记得当列车在站内白炽灯的光晕中如约而至时，你好像被带回了某一段时光，小书包里装着“三国”、漫画和彩虹笔，一个人站在阳台上念文章，书声朗朗，颇具真情。

二十岁之前，你一直都很自卑，经常把一些事情搞砸，并且异常骄狂。现在看来，那些虚无的骄傲，都是因为深谙自己的孱弱，所以故意展示出的不在乎，在明知自己得不到或做不到的情况下，事先表现出不屑，虚伪地拒绝，保全内心可笑的骄傲。

高中时，你是班长，虽然作文写得好，但成绩却真是烂到家。但是你遇到了一个好老师，他从来不会拿你的成绩来教训你，而是经常夸耀你写得好，鼓励你多写、多看。突然置身于这样的赞美与鼓励之下，你一时间拿不准状态，居然开始惺惺作态谦虚起来。你露出了自卑的尾巴，和老师坦白说：其实总是觉得自己笨，什么事都做不好。

老师笑了，捏着你当时还算宽厚的肩膀说：“有些人生来笨拙，只是为了等待这个更加笨拙的世界。”

你听完这句话就呆住了，抱着老师送你的书久久不能动弹，激动在体内来回流窜。虚无的安慰也好，无意义的套词也罢，总之，这句话再一次把你的心揉得很软，让你一直不能释怀到写出更多的文字，去表现自己的“笨拙”，去诠释自己的“笨拙”。

直到现在，你依然很笨，但是你终于发现了这笨拙之中，含着比技巧更重要的东西，那就是你的诚恳。

城市太急躁，人们太可笑。写字楼里每天都有人喊口号，你只需要听清内心的独白。我希望你有攀爬的能力，但不需要你一直在高处。你要行走，到人们真正的日常生活中去，把他们最显而易见的常态写出来，把他们的悲欢离合讲述出来，把他们的爱恨离愁表达出来，用你的笨拙，还有你的诚恳。用最朴素的文字告诉阅读的人，他们在那里，他们那样生活，他们在这里，他们这样相爱。

时至今日，你总是害怕，总是小心翼翼，担心自己不够好。习惯性纠结，畏首畏尾。后来，你明白那些对自身的怀疑和不满，一直在小心翼翼地推着你反复试探着往前走。你开始习惯了这种自我怀疑，甚至开始害怕现在做到的这一切会让自己满意。你怕看见自己的极限，希望有更多的提升空间，而不是仅此而已。一时间你的内心充斥着许多情感，多一些畏惧，反倒多了一些欢喜。

你从未给自己放过长假，即使是学生时期的寒暑归途，你也一直在路上。那一年冬天，你在朋友的画室里做助教，站在学生和模特的后面，远远地指导着画板上的色彩与明暗。你刚去没多久，画室里就来了个特殊的学生，一个双腮绯红的独臂少年。他坚持自己背画板，用仅有的一只手拎着画箱。见到你时，他一躬到底，诚诚恳恳地说“老师好”。

后来，你发现他的神经一直紧绷绷的，一根铅笔在他身边落下，他迅速拣起还给别人，但眼神却一直涣散着逃避。仿佛他知道每时每刻都有好奇的目光砸向这里，落在他身上火热地灼着。他的母亲远远地望着他，眼睛里满含期待。他却从来不曾与她多说半句话，他的每件事都要自己做：在画板上固定画纸，他用嘴咬住图钉狠狠地摁进去；刷画盘时，他借着水盆的反作用力，揉搓着调色盘上干了的水粉，斑斓的水和他的汗一起顺流而去。

你觉得他真棒，闲暇时和朋友经常提起他，希望老师们都能留意一下他，多照顾照顾。可是你的朋友语重心长地告诉你，若是真心想帮他，就别特殊对待，别吝啬批评，别心软放任。就和对待别的孩子一样，严格，指教，把他当成和所有学生都一样的人。

你如梦初醒，之后的日子里，你对他格外严格，打扫画室的轮班也没有对他有任何照顾，他的打扫速度比其他学生要慢上两倍。母亲远远看着大汗淋漓的他，却满脸堆笑。是的，他不需要“照顾”，他需要的是作为一个人的肯定，而不是那种伫立于高处，以完整姿态俯身拥抱他的慈善式夸奖。你要投身到他的身份中去，感受他的自尊与自卑，感受他的任性和认真。

想到这儿，你豁然开朗。你看着他满头大汗地说：“老师，我打扫好了。”你平常一般寒暄说辛苦了，顺手递给他一瓶饮料，看着他自己咬开并与你碰杯，一切那么自然。

你明白了从小到大我们都被教育要善良、要做好事，只是没有人告诉我们，做好事，也应该用正确的方式。

于是，你一路看着他自己扛着画板、拎着画箱，用嘴叼着准考证去参加艺考。直到第二年的七月末，他带着通知书一路奔到画室，满头大汗地告诉你他考上了，不负众望。这一次是他自己来的，你并没有看见他的母亲。你们像当初一样，咬开一瓶啤酒，碰杯，最平常的恭喜，并没有觉得这是多么惊人的奇迹，因为你相信，他的极限远不止如此，未来的路还那么长。

他让你再一次想起自己学画的那段日子，有那么一个冬天，你身无分文却不知愁，背着画板大跨步地走在长安街上。路的尽头，仿佛就是理想的入口。你独自一人在城市的墙壁上挥斥涂抹，顶着严寒用自己的画与汗水，换来一次旅行的盘缠。我记得有那么一段岁月，你身上总是五颜六色，困得分不清酸奶和颜料白，很少自己买铅笔，在地上转一圈盒子就满了。

那时的你是多么快乐，不知疲惫，我这才明白原来一直让你内心骄傲的，就是你也有这样一份倔强，一份无论多狼狈，都一定要把生活转危为安的倔强。

你当过老师，做过家具，跳过舞，写过歌词，还曾和一群朋友坐在大篷车里在北方到处去演出。你做过那么多事，见了那么多人，他们用自己的故事与生活构造了今天的你，影响着你。你见过的幸与不幸，一点点抹掉你宽厚的神经表层，让你变得敏感。有时你疲惫，有时也倦怠，好在你天生就是劳碌命，在一个地方歇久了，就全身不自在。

你当然还要继续走，还得继续看、继续蜕变。就像歌中唱的那样："再过春天，再过秋天，这里都不会改变，或者永远都不变，如果我们都只愿做旁观的青年。"所以总得做点什么吧，哪怕做错事，哪怕走错路，哪怕上错车，你也要去看更多的风景，认识更多的人。这当中有你喜欢的，也必定有你排斥的。成年之后，大多时候你是失望的，事与愿违与不尽如人意常常伴随着你，并且你排斥的尔虞我诈与成人交际一直紧紧围绕着你。开始你自恃清高，避让、不屑，甚至鄙弃这些东西。

你做设计师的第一年，遇到了一个奇怪的客户。他已近中年，一直未婚，老是把你的方案改来改去，不确定自己想要什么东西。那时，他在你心中就是一个患有重度更年期综合征的商人。

你去找他签确认单的那天，他在公司楼下花园的果树上摘果子，秘书在树下汇报工作。他在树上反复挑拣，那画面别提多喜感。摘了满满一小兜儿，他孩童般兴奋地把你叫到跟前，向秘书吩咐完工作，便拉着你坐在树下面开始吃果子，也不洗，像电视里那样在身上蹭蹭就吃，一边吃一边笑。他不和你谈工作或是经验，只是和你讲他小时候放学以后，要走十几里山路回家，一路上漫山遍野的果树，走一路吃一路，到家的时候基本就吃饱了，那时候真快乐啊。当时的你懒得听他说这些，只是想着赶紧签完单子早早回家洗个澡，美美地睡上一觉。

再后来听说，你设计的那个产品，是他们的闭关之作，在这之后，他们公司就倒闭了。一下子你就火了起来，被同事戏称为“终结者”。你心有不甘，四处打听着关于他们公司破产原因的种种。

直到他的秘书告诉你，公司不是因为运转不佳而关门，是他自己把公司卖了。

在你们的合作结束以后，他的得力助手忽然患了病，需要一大笔手术费，他看着助手满面泪容的妻子和年幼无知的女儿，深深自责起来。他心想这么多年忙来忙去，钱是越忙越多，可是信任的人却越来越少，真不知道自己是图的什么。就这样，他坐在病房门口冥思一夜，第二天早上他把公司卖掉，支付了助手的手术费用。

等助手康复以后，他就带着钱回了老家，盖了所希望小学，包了一大片果树林，每天看着学校里面的孩子一路摘着果子上学来，再一路吃着果子回家去。一下子，他就脱下了浑身铜臭的西装，变成了一个早晚耕种的农夫。两年后，你听说他结了婚，还凭借着果树林供出了十几个大学生。

你看，他终于还是过上了自己理想中的那种生活。后来，你明白，选择进入一个世界以后，首先要摸清它的秩序，再了解它的准则，然后遵守它，再适应它，不蛮横任性，不敷衍逃避。一点点提高自己，你才有选择的权利，也才有为选择所带来的后果埋单的能力，无论你选的是快餐或是野果，高层还是土地。

当然，或许你穷尽一生也没有摆脱它，也或许有一天你老了，老得折腾不动了，就再也不用去看这世俗里一张张功名利禄的脸，也再不用蹚这人情世故、淤泥暗沼的潭。但是在这之前，我希望你能一直保持着好奇与冲动，探索未知，也勇敢尝试。在心知当下无法逾越之时，懂得执着与坚持，自以为靠，端正面对，既不怯懦，亦不莽撞。

你想见的，你就去见；你不想听的，充耳不闻。我们这个年纪懂的道理已经够用了，所以你不必再去教诲别人，只需时刻怀着谦卑，好好地聆听，好好地书写。趁着还年轻，听更多的演唱会，和许多人在一起跳舞，在朋友家里打牌睡觉，遇见心仪的姑娘就去追，能赚多少钱就赚多少钱，旅行能走多远就走多远，山河万里，路途漫长，别让心里的游乐场提前打烊。

你说来这昏黄的人世走一遭，谁都不是归客，我们都是旅者。他指着东边说这条路通罗马，她又指着西边说那条路才到家，他们都以“为了你好”的名义，说了那么多“对的话”，你偏偏谁都不信，自己悄悄地背着包在他们都不曾注意过的一条路上开始小跑。背后有人喊你，他们说你选的这条路有多不好走，路灯尽头说不定什么都没有。你对这些话充耳不闻，在赶路的一群小黑点里把头深深地埋下去，默默匍匐着。

倒不是因为你有多高尚，因为你也不知道写到最后，自己会变成什么样子，会成为什么样的人，是会变得更富裕，还是更贫困？但是你知道自己并不在意路的尽头到底是不是伊甸园，到底有没有宝藏。因为你只是喜欢写字这条路，仅此而已。

所以，无论是你的外国同事、你的独臂少年，还是你的奇怪客户，你知道，你在他们那里看到的和学到的那些东西都会变成你身体的一部分，陪着你十年，再十年，就像影子一样，渗透进你的生活里。我对你期待有之，畏惧有之，无端地憎恨有之。这些复杂的情绪让我一直不肯放弃你，总是以一个旁观者的身份饶有兴致地观察着你、陪伴着你。直到电影最后，我和你一样期待，结尾会是什么样子，我到底能不能把自己问心无愧地、完整地，交付给你。

即使你因为过于笨拙，有些事情醒悟得太晚，我也希望你能像最喜欢的电影里说的那样，去做你想做的人。这件事没有时间限制，只要愿意什么时候都可以。你可以从现在开始改变，也可以一成不变，这件事没有规矩可言，你能活出最精彩的自己，也可能搞得一团糟。我希望你能活得精彩，我希望你能见识到令你惊奇的事物，我希望你能体验未曾体验过的情感，我希望你能遇见一些想法不同的人。

如果你发现自己还没有做到，我希望，你有从头再来的勇气。

希望你能一直都有从头再来的勇气，并且一直带着那颗敏感的心和手中的笔，在不停遇见的路上，继续找自己。

我会一直盯着你的，十年，再十年。加油，永远年轻，也永远热泪盈眶。

生日快乐，许个愿吧。

你自己的倒影　墨

书于26岁生日

睡语：你知道休息总是短暂

你知道　捆住河流的不是船
是我们一心寻找的港湾
城市夜晚的归火
扣住生命的阑珊

耗尽力气的驯服
不如心甘情愿地归顺
电梯里做作的香水
不如森林中自由的鸟粪

传道者口袋里装满真理
自以为台下的听众充满赤诚
我小声问你爱情像不像一场现代化战争
打到最后谁都不会赢

你说骗子是赢家
可是我惧怕失去爱情里的坦诚

远甚于我恐惧失去爱情

终究还是学会了别人口中的沉默
人在爱中　是奋不顾身　也寸步难行

你执着付出耕耘的土地
却将你的双眼蒙蔽
我们放下手中的农具
看着自己开垦的伤疤　掩面而泣

你何必执着
我又何须怀疑
好在我们都走不出
那一声声嗒嗒的马蹄

你说她或他的爱
都像是一座囚房
总不能从逃出这儿　再去那儿
逃来逃去有什么不一样

游走的爱情撞到信任的墙
年轻的暧昧碰上猜忌的凉

我带着最美的诚意和歌声
走路来陪你大哭一场

路上看见暮色四合的云和火焰
看见海和天颠倒了一面

看见冬天的雪和扣子连成线
看见秋天的叶和衣服连成片

我在耳边不停地重复快到了
就快到了

我听见下雨的日子里
流浪的植物都歇了歇找水的脚
消防员的妻子也可以睡个好觉

我也终于有了自己的　第一把伞
你知道　休息也总是短暂

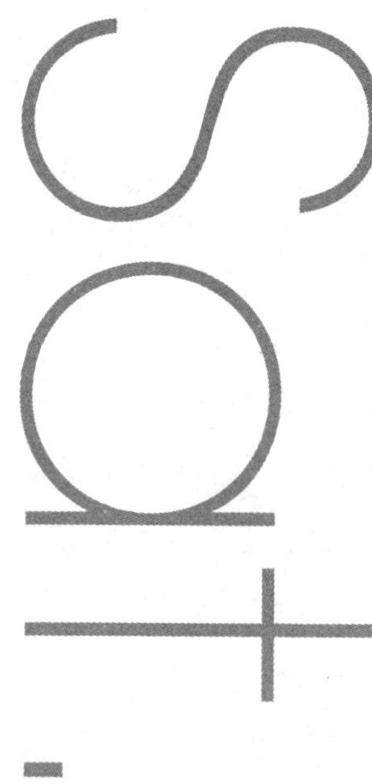

后记

天亮的过程

今年的许多日子都是在路上度过的，有一次在飞机上等待起飞信号时，看见跑道旁边是一片绿油油的麦田。飞机加速，绿色的生机在我眼前快速地掠过，竟有恍如白鹭的错觉。衬衫和安全带将我拉回剧情，空乘提醒我在座位上不要乱动，屏幕上不断更新着信息。我有些不甘心，贪婪地望着斑驳的大地，最后小鸟飞入云层，灰蒙蒙的雾气掩埋了我的兴致，机窗玻璃反射出倒影，我盖上毛毯戴上耳塞。

灯光暗下，在午夜的空中沉睡。梦里，我看见流淌的街道，迷雾后的远方，我听到寂静的流淌，汹涌的来潮。我不停歇地奔跑，不曾迟疑，跑过车站，跑过蹉跎，跑过一整个城市的灯火。

有连绵起伏的山脉和交错复杂的河流，它波澜不惊，荒而不废，它是我的生活。

初中开始写字一直到现在，已经过去十多年了，开始只是零零散散地随便记录一些东西，到后来成为自己与外界沟通的一种方式，其中过程甘苦并至。我有过一个博客，几乎每天都写，有日记、散文、信件、短诗，也有各种各样的故事。开始许多朋友去看，写留言。大学的时候达到了顶峰，一些同学还经常把我写的乱七八糟的东西转走，我当时也没有在意，后来毕业的时候一个同学和我说，想把那些记录了大家生活的文字打印出来带走，就像真的把这段时光带走一样，我一时间有种说不出来的感动。

就是从那时候开始，我有了想把生命中遇到的那些人和故事记录下来给更多人看的想法。和朋友沟通以后，他们非常支持，老是不定时地催稿，我老是拖着不交差。最后大家催得我有点烦了，我就把自己的签名改成了“它会在适当的时候和你相见，可能是大雨中，可能是冬雪后，我亦如此”。

该来的时候，适当的时候，它自然会来，我也一样。

这本书包括后记在内，一共七个章节，我是按照一周七天的形式排列的。细心的朋友可以注意到一周的顺序是从周日到周一排列的，这么做当然不是粗心大意或故意装洋气，而是因为周日是一个美好的词，我希望你能以一个愉快的心情打开这本书，最后结束时，你看完了所有章节的所有故事，我们又迎来了周一新的开始。

虽然“周一”是这个世界上绝大多数人比较痛恨的词，但也正是周一的鞭策，让我们在前行的追寻路上，既疲惫，又欢喜。而书中的故事也正是如此，有的结局圆满，也有的不尽如人意。

这本书陆陆续续写了很长时间，有的故事写得自己一直在笑，有的故事写得自己一直在哭。最中间的几个章节有非常明显的故事特点，比如周二的章节写的是几个姑娘的故事，周三则是几个有关婚礼的故事，而周四则是几个有关离别重逢的故事。

关于故事和信，还有诗歌搭配的形式，是我自己定的。写信是我长期以来的坚持，对着一个亲近的人，将想说的话一点点流出来，带着唠叨、真诚和绵绵不断的情感。书中的每一封信都和那个章节的故事主题较为接近，却又有一丝丝不同，信中的故事也都是我身边真实发生的事，而阅读信件的人就好像真的参与到故事中去一样，反而比故事更容易让人投入进去，而诗体正好作为整章故事的最后一节，可以像聊天一样把情绪整理好，这样的收尾再好不过了。

以前努力想把一个故事说得完整、说得有意思，后来故意留出一些不严谨或者没说清的地方，让读者自己去理解、去猜测，多方面形成各种各样的信息，汇聚到一起，特别有意思，也特别好看。

曾经有一个写连载的朋友，他在自己的主页面一篇篇更新小说，到了最后快结束时，他发现大家在留言板里自己意淫撰写的结局都比他自己写得还要有意思。

或许过程就是这样，作者通过文字表达自己内心的一些东西，而读者从不同的角度诠释作品带给自己的感受，相互揣测、交流，这样地互动下来彼此就都有了力量。

热爱写字和阅读的人都是敏感的，心之敏感既是福祉，又是苦难，而恐惧和勇敢也都救不了我们。作为折腾星人，天生的命格就是需要付出比别人多几倍的辛苦，才能达到和别人一样可观的效果，所以作为相依为命的同一种人，很庆幸能和你们走到一起。

学画时，一位老师和我说过某位艺术家的名言：“艺术不是永恒的，通过艺术传达给人的感受才是永恒的。”既然总要留下点什么证明自己真的来过，那么我选择写，不停地写，写下每一次失落和感动，每一个黎明和黄昏，不受外界太多的声音干扰，一直默默地写。假如有一天，我必须选择一种方式将自己救赎，我的选择仍然是写字和阅读。

感谢故事中的人物，感谢一直陪伴我的读者，感谢我的父母以及亲友。最后感谢我自己，在每一个天亮的过程，把故事内外的人都叫醒。

我们后会有期。

刘墨闻

2014年10月31日凌晨